Rektorn som gjorde rätt?

En berättelse om motstånd vingummi och mod.

Tack till...

...Göran Persson som kommunaliserade skolan. Utan honom hade skolan förmodligen inte varit lika dysfunktionell och lika rik på kommunal galenskap att hämta inspiration från.

...Carl Bildt som sålde ut skolan till marknaden trots kraftfulla varningar från OECD. Bildt liksom Chiles Pinochet genomförde reformer som lät marknadskrafterna ge sig på skolan. Chile tog sitt förnuft till fånga men Sverige som enda land i världen fortsätter med sitt extrema marknadsliberala styre av skolan. Något som är fin källa till inspiration för denna bok.

...Sveriges Kommuner och Landsting som i snart trettio år kämpat ned lärarkåren till ett kuvat släkte bestående av snabbspringande servicepersonal. Utan SKL hade denna bok aldrig kommit till. Inspiration från ett lärarbristens Sverige är ovärderlig.

Ett varmt tack till…

…Lisa Heino som har varit ett bollplank från första kapitlet till det sista. Hon har läst, uppmuntrat och läst igen. Ingen känner Tord som hon.

…familjen som gett mig den skärmtid som behövts.

Förlag: BoD – Books on Demand, Stockholm, Sverige
Tryck: BoD – Books on Demand, Norderstedt, Tyskland
ISBN: 9789175691688

Bruksanvisning

En bok av den här kalibern kräver instruktioner för att behållning-
en av berättelsen ska vara till belåtenhet. Läs igenom följande punk-
ter för bästa läsupplevelse:

- Allt i du läser är påhittat från början till slut. Det enda som
  egentligen stämmer är författarens namn och sidnumreringen.
  Däremot har inspiration hämtats från verkligheten. Skulle du av
  någon anledning känna igen dig eller någon annan i berättelsen
  är det helt och hållet en slump.

- Ingen research har gjorts till denna bok. En hel del detaljer
  stämmer antagligen inte överens med hur verkligheten ser ut.
  Jag har t.ex. ingen aning om hur skolsystemet på Island funge-
  rar, hur halvkriminella upplägg är möjliga i kommunal miljö
  eller hur sjukvården hanterar slarv och tråkiga besked.

- Häng inte upp dig på detaljer. Försöka att skönja ett djupare
  budskap. Är du lässvag, trött eller ointresserad av boken kan jag
  redan nu avslöja att budskapet handlar om hur svensk skola
  skulle kunna se ut.

* Någon korrekturläsning, språkkonsultation eller annan form av bearbetning av texten har jag inte råd med. Därför bör du som läsare varnas för diverse stavfel, grammatiska blessyrer och tankevurpor.

* Berättelsen är kryddad med humor och ironi och ska inte tolkas bokstavligt. Ibland, för att inte säga rätt ofta, kan det vara svårt att veta vad författaren menar. Är du osäker? Starta en bokcirkel, prata med kompis eller fundera en stund innan du förfäras eller förvirras.

* Svensk skola är inte jämlik. Skillnaderna mellan kommuner, skolor och klassrum är avgrundsdjup. Det är inte säkert att den skola som beskrivs i boken är något du känner igen.

Höstterminen

Lena

"Men han måste ju få försvara sig!"

Den lilla mustaschen guppar upp och ned när han pratar. Det ser nästan komiskt ut, men bara nästan. För en utomstående liknar det säkert en fars eller åtminstone ett avsnitt ur någon halvdålig amerikansk serie. Det var bara bakgrundsskrattet som saknades.

"Jo, men... han kastade faktiskt en sten i huvudet på en annan elev. Det är väl kanske lite väl..."

"Ja just det, och vad hade den andra eleven gjort? Varför pratar ni inte med hans föräldrar? Va!"

Ja vad gjorde han, din son? Han råkade ta fel spade. Självklart är en sten i huvudet proportionellt försvar. Det är väl det minsta man kan räkna med. Tänkte faktiskt själv dra iväg en sten i huvudet på honom. Nu behövde jag ju inte det eftersom er son så rådigt löste situationen. Här borde det passa med bakgrundsskratt.

"Jo, det klart vi pratar med hans föräldrar, men nu är det er son det gäller och det vore bra om..."

"Så då är det alltså okej att min lille son blir kränkt? Är det så? Det undrar jag verkligen om det är sanktionerat av rektorn?"

"Jo, alltså..."

"Och rektorn, varför svarar han inte? Han är skyldig att svara föräldrar! Han är skyldig att se till att min son inte blir kränkt! Tro inte att jag inte kan skollagen!"

Prata med rektorn? Vem tror han att han är, skolinspektionen? Audiens med rektorn kräver nog lite mer än en sten i huvudet. 800 elever, 1600 föräldrar och lika många möten. Glöm det!

"Men då så, det var ju bra att vi fick prata ut om det här."

"Va!"

Hans mustasch stannar till som om den tvekade och inte visste riktigt om det skulle hoppa upp eller ned. Om blickar kunde döda hade han nog bara genom en blinkning haft ihjäl de flesta inom en radie på 200 meter.

Mustaschen kommer igång igen.

"Vi kommer naturligtvis att gå vidare med detta! Vi får helt enkelt omvärdera vårt skolval!"

Gå vidare? Vart då? Skolinspektionen, utbildningsministern, kungen? Jag skulle också vilja gå vidare. Kanske ett nytt liv någon annanstans. Långt bort från stenkastande barn och lättkränkta föräldrar.

"Jo, jag förstår. Det är synd att…"

"Det finns fler skolor."

Ja, det gör det säkert. Men det får nog bli i en skola i en hårdför diktatur om ni ska hitta någon skola som accepterar stenkastning. De undervisar säkert i ämnet. Och nej vi kommer inte att sakna skolpengen. Den täcker inte på långa vägar upp alla samtal och all dokumentation som rör din son. Rena vinstaffären för oss.

"Men vad bra då säger vi det. Ha en forts…"

"Säger vadå? Vi har inte kommit någon vart. Det här mötet har inte haft något som helst resultat. Som vanligt! Adjö!"

Inget resultat? Det gav mig pappersjobb, tidsbrist och huvudvärk. Det är inga dåliga resultat.

"Ja, men då så, då ses vi."

Inga bakgrundsskratt, inga applåder bara tystnad efter att dörren slagits igen. Det hade kunna varit en fars. En riktigt rolig scen ur en tokrolig serie. Kanske något för Robert Gustavsson. Alla skulle skratta, alla utom lärarna förstås. Fast så illa var det ändå inte. Dokumentationen blir lättsam. Samtalet var i stort likadant som det förra veckan, och veckan för dess. Bara att ändra ändra datum och kopiera.

Fyra och en halv minut sen till mötet. Fikarummet ligger i rätt riktning. Det borde gå. Det är sällan någon är där den här tiden på dagen. En snabb kaffe och sen... Eller kanske en Treo, den här huvudvärken är inget kaffe biter på. Treo blir bra. Fast sista kaffet var i morse. Abstinensen kommer inte att visa någon barmhärtighet. Kaffe får det bli. Fast å andra sidan...

I korridoren är det lugnt. Specialpedagogen dyker upp från ingenstans.

"Har du...?" frågar specialpedagogen utan att stanna.

"I morse, skrivbordet", svarar Lena.

"Kanon, skickar vidare... bup."

"Bra, remiss, hab?"

"Får se, kanske..."

"Möte, konferensrummet?"

"Ändrat, sal 14, projektorn."

"Ok, kaffe, kommer."

Tretton meter och åtta sekunder senare rusar Lena vidare. Fikarummet är tomt och sumpbehållaren är full. Inget kaffe alltså. Ett beslut mindre att fatta. Kaffe är ändå överskattat. Borde slutat med eländet och börja med te, grönt te. Fast sluta med kaffe!? En religion är inget man slutar med. Måste tänka positivt.

Räddningen dyker upp i form av en termos bredvid micron. Antagligen kvar från femmornas friluftsdag. Hade hon haft tid skulle kunna mikra slatten som är kvar men tiden var inte på hennes sida idag.

En balansakt med en pärm, en planeringskalender och en halvtom kaffekopp genom en heltom korridor är något som går av bara farten. Sal 14 ligger bra till i förhållande till fikarummet. Bara sex minuter sen. Borde vara de bland de första.

Lena glider ljudlöst in NO-salen balanserandes med kalender, rättning, och en halvtom kaffekopp. Kaffet är inte längre hett, några grader över rumstemperatur, men det duger gott. Koffeinintag har inget med temperatur att göra. Och jo, hon anser att koppen är halvtom inte halvfull. Positivitetskonsulterna kunde säga vad de ville. I hennes kopp saknades det kaffe och det kunde omöjligt vändas till något positivt. Kaffeautomaten är en tjuv som ofta berövar henne på en halv kopp, felanmälan till trots. Den som ser något positivt i det bör söka hjälp. En halv kopp kaffe skulle möjligtvis glädja hennes morfar som om han vore i livet sannolikt hade sett en möjlighet att fylla på med starksprit i den halvtomma koppen.

Hon hade läst hjälp till självhjälpsböcker, gått på stresshanteringskurser och tagit meditationslektioner. Hon hade till och med börjat dricka grönt te en period. Enligt henne mynnade allt till insikten om att problemen fanns i hennes knä och det var upp till henne att lösa dem. Att stress, huvudvärk och håravfall kunde bero på dålig arbetsmiljö kunde hon inte läsa sig till någonstans. Stresshanteringscoachen hade bara lett tillbaka när hon trött frågat om inte 27 mindre tama ungar, varav 4 diagnoser, kunde påverka humöret i fel riktning. "Ditt humör påverkas av din egen inställning vad än livet har i beredskap för dig", hade hon fått till svar. Sen hade han avslutat kurstillfället med asiatiska visdomsord och ett ännu större leende. Klart att karln log, med den timpenningen. En vecka i hennes tofflor, med hennes lön och med kommunens kaffe hade nog leendet varit mer ansträngt om det nu skulle finnas kvar. Efter en termin hade han knaprat blodtryckssänkande och utvecklat en ohälsosam kaffekonsumtion. Och det trots alla asiatiska visdomsord. Det var Lena övertygad om.

Huvudvärken passerar gränsen för vad en rekommenderad dos Treo klarar av medan hon ilsket skakar av sig tankar på asiatisk vidskepelse och överbetalda kursledare. Kanske skulle hon själv bli en sådan där positivitetscoach. Dra land och rike runt, debitera 1900 kr i timmen och kläcka ur sig citat från döda asiatiska filosofer. Hur svårt kunde det vara? Uppmana folk att le, jobba hårdare och gilla läget. Eller kanske en pessimistkonsult? Tala om för folk att det blir inte roligare än så här, otur du valde ett kvinnoyrke. Hon skulle kunna berätta om hur man lyckas med att gå på toaletten, hämta kaffe och kopiera under en tidsrymd av 5 min. Värdefull information för de flesta. Ingen skulle gå hem från hennes kurser missnöjda.

Resten av arbetslaget sitter redan på plats. Kalendrar, kopierade utskrifter och kaffekoppar belamrar bänkarna. Ett svagt brusade skvallrar om att någon just dukat upp ett glas med Treo. Ingen tar någon större notis om Lena som glider ned på en tom stol. Huvudvärken visar ingen barmhärtighet. Medan hon masserar tinningarna försöker hon lokalisera den brusande Treon utan framgång. Den gömmer sig förmodligen i någons kaffekopp redo att mota någons huvudvärk.

"Någon som har en vettig formulering? Själv är jag tom i huvudet. Som att röra om i kall gröt. Du Lena, du är ju bra på sådant här." Bengt grimaserar när han pratar och det står ganska snart klart att det är han som sitter på den brusande Treon. Två klunkar och sedan hörs inget brus mer.

"Jag, jag kan inte det här bättre än någon av er. Dessutom kommer jag från ett mindre roligt samtal. Att jag ens sitter här är en bedrift i sig", suckar Lena till svar medan hon bläddrar fram senaste versionen av analysrapporten av utvärderingsmaterialet från förr terminen.

"Man kanske skulle göra som Ove", muttrade Bengt till svar.

"Som Ove? Vilken Ove?" frågar Lena något förvånad.

"Ove, han som klev ut genom fönstret och försvann. Han bara drog ifrån allt. Tänk att bara, vända planer, IUP:er, åtgärdsprogram, bup, soc och hab ryggen. Bara dra."

"Ove? Det var väl inte Ove som klev ut genom fönstret. Var inte det hundraåringen?"

"Ja, han som hette Ove."

"Nä, Ove, det var ju han med Volvon", svarar Eva, skolans specialpedagog, utan att titta upp från sin bärbara dator.

"Saab, svarar Lena", måttligt irriterad över sina mindre belästa kollegor. De hade antagligen inte ens läst böckerna.

"Va?"

"Han hade en Saab, inte en Volvo."

"Det spelar väl ingen roll vilken bil det var. Han drog ju bara. Det är det som är poängen. Tänka att bara kliva ut genom det där fönstret och bara dra från allting." Bengt pekar demonstrativt mot fönstret medan han berättar som sina flykttankar.

"Jo, jo det klart, men är det inte ganska dumt att kliva ut genom det fönstret. Det är ju andra våningen. Lär göra ont. Då måste det vara bättre att ta ett fönster på första våningen." Eva låter nästan bekymrad.

"Det handlar väl för sjutton inte om vilket fönster du tar. Du kan ta en helikopter från taket om du vill. Det är ju själva idén om att bara dra jag pratar om." Bengt börjar bli frustrerad till gränsen på irriterad. "Bara lämna allt. Förstå den känslan!"

Lena fortsätter på Bengts dröm om en plötsligt flykt från allt. Vem skulle sakna henne? Vart skulle hon åka? Vem skulle skriva henne IUP:er? Vad kostar en biljett till Västindien? Lite väl många frågor för någon som tänkte lämna allt bakom sig. Typiskt henne att fundera, planera och oroa sig. Hur skulle hon kunna kliva ut genom ett fönster och bara dra? Hon som fick tryck över bröstet och akut huvudvärk när hon inte hade sin kalender på en armlängds avstånd. Hundraåringen som rymde hade knappast med sig planeringskalender, scheman och ett tusen frågor om vad som skulle hända härnäst.

"Hallå, hur var det med analysrapporten?" Eva knuffar Lena milt i sidan. "Visst var det du som satt på den?"

"Öh, jo, jag har den här." Lena kommer motvilligt tillbaka till verkligheten som just nu bestod i eftermiddagsmöte, analysrapporter och kallt kaffe. "Jag kan dra en kopia om det är fler som saknar?"

Samtliga räcker trött upp sina händer. Lena försöker att inte stöna, sucka eller på något sätt låtsas vara besvärad. Det var inte första gången hon ensam hade koll på pappren. Vad skulle de göra utan henne? Ta sig i kragen själva ta med sig sina papper? Knappast. Sitta handlingsförlamad och klia sig i huvudet? Förmodligen.

"Okej, strax tillbaka." Lena försökte verkligen låta glad och obekymrad, men hon var ganska övertygad om att hon misslyckades. Huvudvärken dunkade i samma takt som hennes steg i trappan ned mot kopieringsrummet. Planeringskalendern, analysrapporten och kaffekoppen fick följa med. Analysrapporten var av uppenbara skäl tvunget att vara med. Kaffekoppen och kalendern ville hon inte för allt i världen inte vara utan. Kaffet skulle hon hinna få i sig samtidigt som hon planerade in nästa veckas utvecklingssamtal. Allt medan kopieringsmaskinen tog sig an analysrapporten.

Lena hann inte mer än öppna dörren till kopieringsrummet förrän hennes huvudvärk gick upp till en ny nivå, strax under migrän. Kopieringsmaskinen blinkade ilsket rött och demonstrerade på så vis att den inte alls var särskilt samarbetsvillig.

Andas, tänkte hon, andas djupt och ta det lugnt. Papperstrassel, naturligtvis hade någon lämnat kopieringsmaskinen med papperstrassel. Det fanns ingen meditationskurs i världen som kunde få ner blodtrycket efter en omgång papperstrassel.

När hon ska till att öppna den vänstra nedre luckan, som enligt kopieringsmaskinens display måste öppnas utan dröjsmål, tappar hon naturligtvis kaffekoppen och kalendern. Kalendern hamnar i en pöl av halvkallt kaffe på golvet. Hur snabb Lena än är lyckas hon inte rädda kalendern som på några mikrodelar av en sekund sugit åt sig det mesta av kaffet.

I ett kort desperat ögonblick funderar hon på att snabbt kopiera kalendern innan hennes anteckningar för evigt gick förlorade i kommunala kaffefläckar. Kopieringsmaskinen som fortfarande stod och blinkade rött, nu nästa triumfatoriskt, skulle självklart inte medgett något sådant.

Redan kopieringsmaskinens blinkande felmeddelande borde ha varit nog för ett nervsammanbrott. Den förstörda kalendern med sina kommunala kaffefläckar och det utspillda kaffet borde ha fått hennes huvudvärk att passera nya gränser som inte ens vetenskapen kände till. Men inget av detta händer. Lena står bara där. Den kaffedroppande kalendern i ena handen och analysrapporten i den andra. Lite förvånat märker hon hur hennes axlar sjunker ned samtidigt som magen vaknar till liv. Hon känner sig hungrig.

Det är så här det känns att gå in i väggen, att bränna ut sig och att inte orka mer, tänker hon nästan lite besviket. Inget tryck för bröstet, håravfall eller något av alla de andra symptomen hon fått lära sig på kommunens stresshanteringskurser. Märkligt.

Lena känner efter, jo hon är hungrig och nej hon kan inte känna några tårar i ansiktet. Hon kanske bara är lite vidbränd och bara nuddat väggen. Håravfallet och det okontrollerade gråtandet kanske kommer senare. Kanske bryter hon ihop när hon kommer hem och får svår ångest så att hon inte tar sig upp ur sängen eller i sängen, beror lite på när ångesten kommer. Eller också...

Lena kommer plötsligt att tänka på hundraåringen i exakt samma ögonblick som hon ser fönstret ovanför kopieringsmaskinen. Det är visserligen ett litet fönster och det sitter högt upp, men nog borde hon väl kunna... Hon försöker ruska av sig tanken. Klättra ut genom ett fönster och sen då? Vart skulle hon ta vägen? Hon hade ju inte ens en hel kalender längre.

Det som sker sen förstår Lena inte. Hon förstår inte varför hon gör det, hur hon får kraft till det eller var idén kommer från. Kaffemuggen och kalendern slänger hon i papperskorgen. Hon rensar kopieringsmaskinen på papperstrassel, fyller den med A4-papper av den dyrare kvaliteten. Med ett lugn, en inre frid som hon inte upplevt på länge, sätter hon analysrapporten i inmatningsfacket, trycker in 999 färgkopior med dubbeltryck på maskinens display, självklart med häftning. Innan hon trycker på startknappen stannar hon upp ler och njuter av stundens eufori. Lena blundar och trycker på knappen.

Fönstret är inte att tänka på. Istället går hon med lugna och fjäderlätta steg till arbetsrummet. Hon är ganska säker på att hennes kalorigömma är tom, men tittar ändå efter. Ingen chokladbit, kex eller kola, helt rensat. Reservkalorierna tog oftast slut redan innan vecka 44.

Hon blir sittande vid skrivbordet en stund. Än går det att backa. Fortfarande finns möjlighet att stänga av kopieringsmaskinen ta med sig kopiorna av analysrapporten och gå tillbaka till mötet. Hon skulle kunna genomlida mötet, återskapa åtminstone delar av sin kalender, och sedan stappla hem och rasa ihop i sängen. Och sen? Kliva upp mer död än levande och göra tolv timmar till? Lena behöver inte fundera mer.

Kappan, plånboken och mobiltelefonen är det enda Lena tar med sig. Handväskan, rättningshögen, diagnoserna, datorn, läroplanen och mappen med vad den nu innehöll lämnar hon kvar på skrivbordet. Hon går förbi de överfyllda skrivborden som trängs i det lilla arbetsrummet som hon i snart 14 år suttit i. Förr klagades det högljutt på trångboddheten, den dåliga ventilationen och den svaga belysningen. Det gick till och med en skrivelse till nämnden. "Ohälsosam arbetsmiljö" nämndes ett otal gånger. Svaret kom någon månad senare. Självklart var ett trångt och oventilerat arbetsrum inte acceptabelt och självklart skulle något göras åt saken. Ärendet fanns nu med i kommunens investeringsplan strax under arenaprojektet och rondellerna vid köpcentrumet. Renovering var att vänta vilket årtionde som helst. Numera hade inte någon tid att sitta vid skrivborden som mest fungerade som avlastningsytor. Kommunen kunde lugnt bygga vidare på sina arenor utan klagomål från några pedagoger som kippade efter andan i något bortglömt arbetsrum.

När Lena stänger dörren till arbetsrummet har hon bestämt sig. Hon blir förvånad och nästan lite skrämd över hur lätt det var att bestämma sig och hur snabbt det gick. På mindre än tio minuter har hon fattat beslutet. Hon som har stora våndor över vilka formuleringar hon skulle använda i sina IUP:er. Nu finns ingen beslutsångest eller tvekan. Med eller utan fönster nu tänkte hon dra. Det sista Lena hör innan hon stänger dörren till skolans entré är kopieringsmaskinens ilskna pipande. Papperstrassel, felmatning, slut på papper eller bara allmänt missnöje? Lena struntar i vilket. Pipandet gör hennes steg ännu lättare när hon går ut från skolan. Hon inser att hon aldrig skulle ångra sig. Tärningen är kastad och hon skulle inte ta upp den, snarare stampa på den.

Lätt duggregn och rå kylig luft möter Lena på skolgården. Den blytunga hösten visar ingen barmhärtighet och känns ända in i märgen.

Resecentrumet ligger nära på öde. Rusningstrafiken, om det nu finns någon sådan att tala om i det lilla samhället, är över. Endast några få resenärer sitter utspridda i vänthallen när Lena går in i kommunens en gång så stolta resesatsning. En kommun utan ett resecentrum, ett par arenor och ett nyrenoverat torg är ingen kommun värd namnet. Resecentrumet invigdes med pompa och ståt, och massor av framtidshopp. Kommunen var på frammarsch och det skulle synas.

Nio nedlagda bussturer och fem år senare var åtminstone vänthallen öppen, i alla fall fram till åtta på kvällarna. Biljettkontoret tillika informationscentrum stängdes förra året och stod nu tomt. Någon hade placerat plastblommor framför biljettluckan. En liten skylt som hänvisade frågvisa resenärer till en webbsida där alla bekymmer en resenär kunde tänkas råka utför gick att lösa, utom möjligtvis att få reda på när nästa buss gick.

Lena åker aldrig buss. Hon har sin cykel och ska hon längre sträckor, vilket är sällan, har hon sin Nissan Micra. Bilen var egentligen det enda hon hade velat ha efter skilsmässan. Inte för att hon behövde den särskilt ofta, men bara tanken på att den stod i garaget ingav en känsla av frihet. En frihet som hon sällan utnyttjade. Men nu stod hon här i resecentrumet framför plastblommorna och funderade. Det måste ju gå att köpa biljett på bussen. Hur gjorde alla andra? Hon kom att tänka på hundraåringen. Köpte han sin biljett på bussen? Han lät slumpen avgöra, hade ingen plan överhuvudtaget. Pengarna, eller snarare bristen på pengar, fick styra hur långt och vart han åkte. Tanken svindlade. Men kunde han så kunde hon.

En buss svänger in till en av utgångarna.

Lena fiskar upp plånboken ur kappans innerficka. Efter en snabb inventering kan hon konstatera att hon förutom en radda kreditkort, ett bibliotekskort och en uppsjö av medlemskort för de flesta affärskedjor som sålde kläder var ägare av 123 kr i sedlar och mynt. 123 kr fick bestämma hennes vidare färd bort från hennes gamla liv. Hur långt fick man åka för 123 kr? Om hon tagit en taxi skulle hon antagligen inte tagit sig bortom kommungränsen. Men buss, nog borde det bli några mil?

De tre personerna som väntat på bussen har redan satt sig bekvämt tillrätta när Lena kliver på och lägger fram sina 123 kr till busschauffören.

"Så långt man kan komma för 123 kr." Lena försöker låta så naturlig som möjligt.

"Ledsen, men vi tar inte emot kontanter", svarar busschauffören lite surmulet och pekar på ett slitet klistermärke på dörren. Informationen var tydlig. Inga kontanter.

"Öh, jaha hur...", får Lena fram förvirrat.

"Kreditkort går förstås bra, men helst inte. Bäst är om du har våra nya busskort. Du laddar dem hemma på nätet. Du behöver bara ett inlogg som du får av..."

"Okej, okej, jag betalar med kreditkort." Lena ville för allt i världen inte höra talas om hur krångligt det vara att få tag på ett busskort.

"Och till vilken destination?" Busschauffören försöker inte ens låta glad. Resenärer utan giltigt busskort var inget som roade.

"Ja, alltså. 123 kr var hamnar man då?" försöker hon klämma ur sig lite käckt, men hon hör själv hur nervöst det låter

"Granköping är slutdestination. En biljett dit kostar 70 kr. 55 kr med pensionärsrabatt."

"Va, pensionsärsrabatt? Nä jag är inte... Granköping blir bra. En biljett till Granköping då tack. Utan pensionärsrabatt."

Lena var snarare förbluffad än arg. Hon pensionär? Visst, hon hade passerat 50, gått igenom en tuff skilsmässa och jobbade heltid som lärare. Men pensionär? Hon funderade sällan på sin ålder. På senare tid hade hon mer funderat på hur många år hon hade kvar till pensionen, vilket var för många. Om politikerna fick bestämma, något de oftast gjorde, skulle åren till pensionen bli än fler. Hon skulle aldrig orka. Som alla andra hade hon funderat på att läsa vidare till något som inte innebar klassläraransvar. Svenska som andraspråk, specialpedagog eller egentligen vad som helst som inte krävde mailkorrespondens med upprörda föräldrar på sena kvällar. Hon hade till och med kommit på sig själv när hon drömmande sneglat efter budet som kom med internposten. Förmodligen hade inte personalen på internposten den högsta lönen i kommunen, men de hade definitivt bland de lägsta blodtrycken.

Lena sjunker ner på ett säte så långt ifrån de andra som möjligt. Vilket inte var så lätt eftersom de övriga passagerarna i enlighet med svensk social tradition spridit ut sig i bussen med så stora luckor som möjligt. Hon kom åter att tänka på positivitetskonsulten som nästan med förakt beskrivit svenskars osociala beteende när de färdas med kollektivtrafiken, och hur de låser in sig i sina lägenheter med en fjärrkontroll och en påse chips. Det var mycket möjligt att det var så, men jobbar man ordentligt och dessutom med barn och ungdomar vill man helst åka ensam i chartrad buss hem, och ligga i fosterställning i en soffa i en mörkt rum utan tv-dosa.

Känslan av att ha glömt något var stor där hon satt på ett ensamt säte på behörigt avstånd från de andra passagerarna. Något fattas. Kalendern har hon ju medvetet lämnat kvar. Den saknade hon inte även om känslan av dess frånvaro påminde om fantomsmärtor. Den hade ju trots allt varit näst intill en del av hennes kropp. Hela hennes liv och mycket mer därtill hade rymts i kalendern, och nu var det borta, nedsölad av kaffe och slängd i soporna. Nä, kalendern var det inte och inte telefonen eller plånboken.

När bussen passerar Barkby kommer hon på det. Hon skymtar Barkbyskolans mörka huskropp. Den är svår att urskilja i skymningen där den ligger bakom buskage och några ensamma träd.

Huvudvärken, det var huvudvärken som saknades. Skolan där hon tidigare arbetat hade introducerat henne både för migrän och Treo.

Det hade ändå varit en bra tid, långt innan åtgärdsprogram, IUP:er och avancerade digitala administrationsprogram. Men hon hade haft för höga ambitioner och velat för mycket, därav av migränen och senare en ohälsosam Treokonsumtion. En bra rektor och stöd från erfarna kollegor hade dock hjälpt henne till en mer sund inställning till läraryrket.

Magen kurrar och huvudvärken lyser med sin frånvaro medan Lena sitter försjunken i sina egna tankar på bussen mot Granköping. Att hon är hungrig förvånar henne. Hon hade ju fått i sig både lunch och eftermiddagsfika, och det på samma dag. Än mer förvånande är kanske hennes lugn. Hon visste ingenting om vad som väntade de närmaste timmarna. Hennes liv hade ju hitintills varit extremt inrutat och planerat. Ändå känner hon någon sorts lugn som nästan skulle kunna liknas vid harmoni. Lite överraskande att hon hittar lugnet på en buss till Granköping. Det skulle de kommunens dyrt inköpta stresshanterare aldrig kunna gissat sig till. Lena fnissar till av tanken på alla kurser hon gått för att hitta sig själv, hitta harmoni, hitta en stressfri vardag, hitta sitt positiva jag och allt annat som kursledarna tyckte att hon saknade. Och så hittade hon lugn och harmoni på en buss till Granköping utan ett enda asiatisk visdomsord eller positivt mantra. Egentligen borde hon ha panikångest och magont. Hon kunde räkna upp ett hundratal saker att oroa sig för när man lämnar arbetet och resten av livet, och sätter sig på en buss till Granköping. Märkligt nog kände hon inget av detta, bara lugn och harmoni. Hon kom på sig själv att le.

Granköping ligger i mörker när bussen rullar in i samhället. Gatlyktorna gör sitt bästa för lysa upp gatorna men grådasket är svårt att rå på. Busstationen ligger öde när Lena kliver av. De övriga resenärerna skyndar iväg hem eller bort. Mörkret slukar dem helt och Lena blir kvar ensam medan bussen kör vidare till något bussgarage någonstans i Granköping.

Regnet tilltar och smattrar mot plåttaket som sticker ut från stationshuset. Under taket står Lena och funderar. Vad gör man nu? Vad gör man i Granköping en kväll mitt i veckan i september? I ett regnigt Granköping dessutom? Detta var så långt bort från hennes inrutade vardag som det bara gick att komma. För några timmar sedan visste hon vad hon skulle göra. Först cykla hem. En cykeltur som tar 14 minuter, 17 vid dåligt väder. Efter mikrovärmda rester eller förmodligen i samband med mikrovärmda rester rättning av grammatikprov. I bästa fall hann hon sjunka ned framför sena nyheterna på fyran, slumra till och vakna lagomt till vädret, bara för att gå och lägga sig.

Nu finns inte en sekund planerad. Framtiden är tom, helt blank och helt utan rättning. Lena känner sig trots allt lugn nästan harmonisk. Ingen panikångest, ingen gnagande oro eller maktlöshet. Bara ett förvånande lugn med en tilltagande hunger. Och så får det bli. Hon låter magen bestämma.

Lyssna på din kropp, var det någon positivitetskonsult som hade sagt till henne på en av de kommungemensamma dagarna då fortbildningen gått i tänk-positivt-och-jobba-mer-anda. Det var nog inte kurrandet från magen konsulten tänkte sig. Snarare ett bultande huvud och ett bankande hjärta. Viktiga signaler från kroppen som talade om stress och en nära förestående utbrändhet. Lite mindfulness, positiva tankar och ett leende var det svaret kroppen fick.

Lena slår sig ned vid ett ensamt bord så långt bort från de övriga gästerna som möjligt. Gästerna är få och tystlåtna på den något nedslitna pizzerian mitt emot busstationen. Ett gäng ungdomar sitter böjda över sina telefoner förmodligen förlorade i jakten på likes, eller kanske bara uppkopplade i största allmänhet. Någon bryter då och då ut i någon form av grymtande som påminde om ett skratt eller möjligtvis en kommentar. En av killarna i gänget sitter med fötterna på bordet och kepsen långt neddragen över pannan. Kalsongerna syns vida omkring eftersom byxorna hänger på trekvart.

Samtidigt som pizzan lite slarvigt sätts ned på bordet framför Lena öppnas dörren till restaurangen och en regnvåt tvåbarnsmamma tillsammans med sina två lintottar till söner rasar in. Innan den arma modern hunnit ta två steg in i pizzerian har sönerna redan hunnit tagit två varv runt lokalen, provsuttit elva stolar och triggat igång Lenas huvudvärk. Instinktivt sträcker hon sig mot handväskan och dagens andra Treo.

Lena hejdar sig för ett ögonblick. Lintottarna käbblar och gormar om vilken plats de ska sitta på och vilken pizza som är godast, allt medan mamman sitter försjunken i djup skärmkoma, antagligen bland kattbilder, bekräftelser eller identitetslösa personlighetstest. En av sönerna välter en stol med ett ljudligt brak som följd. Till och med pizzabagaren reagerar och är nära att tappa en näve strimlad skinka i golvet. Mamman rör inte min. Skärmkoman är avgrundsdjup. Någonting inom Lena vaknar till liv.

Utan en min eller tvekan reser Lena sig upp går resolut mot den lilla tornadon av ouppfostrade barn som garanterat skulle få minst en klass 2 varning på vilket meteorologiinstitut som helst. Varken den uppkopplade mamman eller hennes söner tar någon notis om Lena när hon kommer fram. Lena ställer sig bredbent framför bordet, höjer den knutna näven och drämmer den i bordet så att besticken lyfter ett par decimeter. För andra gången på mindre än fem minuter håller pizzabagaren på att tappa strimlad skinka på golvet. Den här gången stannar han upp och tittar förvånat åt Lenas håll. Det här ville han för allt i världen inte missa.

Mamman rycker till och tappar telefonen i golvet. Tornadon stannar upp, ungdomarna sliter sina blickar från telefonerna medan servitrisen smyger sig närmare.

"Vad i helvete?" ropar mamman förvånat när chocken lagt sig.

"Här." väser Lena sammanbitet samtidigt som hon med en bestämd rörelse lägger fram två treotabletter framför mamman. "Det är dina unga och din huvudvärk, inte min", fortsätter hon.

"Va?!" Mamman möter Lenas blick och kan blixtsnabbt konstaterar att den kvinna hon har framför sig är en vägg av ilska som man nog bör hantera varsamt.

"Och ni!" Lenas röst är knivskarp och rasande när hon riktar uppmärksamheten till de numera förskräckta sönerna. "Där sitter du och där sitter du. Ni beställer en varsin barnpizza nummer fem. Och nåde den av er som törs lämna sin plats mer än för att tacka bagaren för pizzan."

"Men, men så kan man väl inte säga?", viskade mamman tveksamt.

"Jo du, det kan man. Det borde du ha gjort för flera år sedan. Jag börjar bli innerligt trött på att uppfostra andras ungar."

Pizzerian blir tyst, knäpp tyst. Så tyst att det går att höra pizzaugnarnas svaga brummande. Lena spänner blicken i lintottarna som inte vet om de ska gråta eller springa därifrån. För att understryka sin tillsägelse sätter hon pekfingret för munnen morrar fram ett sch-ljud. Sedan vänder hon sig om och går tillbaka till sin kallnande pizza.

"Bravo mormor!", ropar en av ungdomarna. Tillropet följs av rungande applåder.

"Mormor!", ryter Lena till svar och vänder genast stegen mot ungdomarna.

"M m mamma, jag menar mamma, bra mamma." Den unga killen inser sitt misstag men inser också att han insett det försent.

"Om jag vore din mamma skulle jag lärt dig att sitta ordentligt, ta av sig kepsen och dragit upp byxorna", morrar Lena till svar.

"Öh, ja, jo visst", mumlade killen tillbaka och satte sig tvärt upp, drog upp byxorna och slängde av sig kepsen. Hans vänner följde hans exempel och snart satt de alla uppstramade kring bordet. Ingen sa något om vare sig mormor eller mamma.

Visserligen var pizzan kall och colan avslagen, men det var en middag i lugn och ro. Ungdomarna släntrade ut med en varsin försiktigt nickning mot Lena som log tillbaka. Lintottarna tycktes ha mist både talförmågan och klass 2 varningen. Hon känner sig uppriktigt förvånad. Var det så lätt att riva i och slå näven i bordet. Hon hade fått hela restaurangen att tystna, fostrat två odågor till barn och stramat upp ett tonårsgäng utan större ansträngning. Hade hon haft den här förmågan i sig hela tiden? Varför hade hon inte använt den tidigare? Hon kan lätt räkna upp minst tre situationer bara idag då henne nyupptäckta superkraft hade varit användbar.

Lena blir ganska snart ensam i restaurangen. Pizzan och colan är slut för länge sedan. Hemma hade hon antagligen redan sovit framför nyheterna på fyran. Det alternativet finns inte nu. Vad skulle hon göra? Vart skulle hon ta vägen? Hon kan inte komma ihåg att hundraåringen ställt sådan frågor till sig själv. För honom löste sig problem naturligt eftersom. Skillnaden var kanske att han var en litterär skapelse, en ren fantasi, och hon högst verklig.

Rektorn

Det fanns dåliga dagar. Och det fanns överjävliga dagar. Detta var definitivt på väg att bli en av de sämre dagarna. Det gick att konstatera redan före sju på morgonen vid frukost, då mobilen började vibrera. En förestående dubbelbokning av två elevärenden, två sms varav ett var ytterst oroande och en tom kaffeburk med tedrickande som följd var inte en optimal början på en dag. Det skulle bli en lång dag.

Tord var hårdhudad. Han hade varit med. Två vändor till Bosnien, Srebrenik och Tuzla, först som vagnschef och sen som plutonchef. Rekryten gjorde han som infanterisoldat på I15, Älvsborgs regemente i Borås. Den militära karriären var inte spikrak men efter några år gick han ut Infanteriets officershögskolan i Halmstad. Han nådde kaptens grad innan nedläggningarna av kompanierna började. På kort tid fick han vara med om två nedläggningar. Först Svea Livgarde och sedan I5 i Östersund. Plötsligt fanns det ett överskott av officerare. I brist på officersjobb i Sverige och krig i världen bytte han bana. Rektor, hur svårt kunde det vara? Med två utlandstjänstgöringar i en krigszon, en officersutbildning och en kaptensgrad skulle rektorsjobbet bli ett lugnt sätt att ordna tillvaron på och dessutom få lön. Arbetslös borde han inte heller bli. Det var sällan man la ner en hel kommun.

Efter ett halvår som rektor blev han arbetslös. Utbildningskoncernen som ägde skolan han tagit tjänst hos gjorde omstruktureringar för att förbättra balansräkningen. Följden blev att Bäckaskolan Future Graduation och några skolor till var tvungna att lägga ned till förmån för andra skolor. Trots miljonvinster fick Tord kämpa, vänta och slita för att få ut sin sista lön som han fick långt efter att han skrivit på papper för en ny rektorstjänst. Den här gången kommunal.

De först åren som rektor var utmanande men också engagerande och roliga. Visserligen var det tufft med stort ansvar och många nya arbetsuppgifter. Han kände att han gjorde nytta, fick lika mycket energi som han gav även om han trött och slutkörd när han kom hem om kvällarna. Efter en god natts sömn var han tillbaka dagen efter med ny kraft för att ta sig an de utmaningar rektorsjobbet bjöd på. Det var några fina år som rektor. Sen kom effekterna av kommunaliseringen, nedskärningarna och lärarbristen. Nu skulle han fördela resurser som inte fanns, hålla underdimensionerade budgetar och uppfylla höjda mål- och kravnivåer. Hans medarbetare började klaga, bli sjuka och säga upp sig. Föräldrar med nyvunnen makt över skolan ställde orimliga krav. Politiker och mellanchefer ställde ännu orimligare krav. Situationen blev ohållbar. Blodtrycket sköt i höjden, huvudvärken blev kronisk, de sömnlösa nätterna blev allt fler och skilsmässa med frun oundviklig. Allt utom skilsmässan gick att bota med kraftfull medicinering. Skam den som gav sig.

18 månader i Bosnien och 15 år i den svenska armen var ingenting mot nio år som rektor i den svenska grundskolan. Visst, skaderisken på Balkan hade varit hög och nog hade han fruktat för sitt liv några gånger, men ändå. Det gick inte att jämföra. På sex år hade fyra läkare, två sjuksköterskor och en personlig tränare varnat ho-

nom för att han antagligen stod närmare döden nu än han någonsin gjort på Balkan. Hans värden var inte dåliga, de var katastrofala till gränsen på att bli publicerade i Medicinsk vetenskap. Åtminstone om man fick tro läkaren vid senaste besöket på hälsocentralen. Högt blodtryck, ojämn hjärtrytm, begynnande magsår, huvudvärk, sömnsvårigheter och en felande armbåge. Armbågen skadade han i Bosnien när en 25 kilo tung vagnslucka lossnade och träffade honom i sidan. Allt det andra kunde tillskrivas hans rektorstjänst. Läkaren ville sjukskriva honom, något som var helt otänkbart. Han tog den medicin som stod till buds, började ta yogalektioner och drog ned på kaffet. Varken han eller försäkringskassan var intresserade av någon sjukskrivning.

Regnet gjorde inte morgonen bättre. Det fanns gränser för vad hans blodtryckssänkande medicin kunde göra. Idag skulle definitivt den gränsen passeras. Två lärare var frånvarande. En vabb, inget ovanligt i sig. Kerstin hade tre barn i förskoleåldern, något som genererade minst fem vabbdagar i månaden, i bästa fall. Bara att tugga i sig. Problemet var att den enda vikarien som just nu fanns att tillgå jobbade för Kenneth som gick någon kurs i skolverkets regi. Det var dock inte den största källan till oro just nu. Lena hade bara gått hem igår. Inte heller det så ovanligt. Många lärare hade gått hem gråtandes, utmattade eller med hjärtklappning. Några kom tillbaka, men de flesta såg man inte till något mer. En kommunal blombukett skickades med ett krya på dig kort och ett lycka till i den fortsatta ökenvandringen på sjukskrivningarna och arbetsprövningarnas snåriga stig.

Men Lena, det oroade. Hon var inte den sorten som brände ut sig. En stabil arbetshäst som alltid gick att lita på. Aldrig sjuk, aldrig ledig och krånglade aldrig. Visserligen inte den starkast lysande stjärnan på den pedagogiska himlen. Hon var inte heller någon som stack ut i det systematiska kvalitetsarbetet. Lena var helt enkelt en strävsam slitvarg i klassrummet. Hon knorrade aldrig. Nästan aldrig. När de extra lönesatsningarna från staten skulle fördelas blev hon upprörd till gränsen på arg. Lojalitet, plikttrogenhet och idogt arbete i klassrummet gav inga extra pengar. Lönesatsningarna gick till andra. Men Lena som alla andra svalde förtreten och fortsatte att jobba på som vanligt. Ända tills nu.

Vaktmästaren

Förbannade tak. P.A hade lärt sig svära i det tysta. Han begrepp inte varför de bannlyst de för honom så viktiga ederna. Det var hälsofrämjande att få svära och därmed få släppa ut lite av ilskan och frustrationen. Tänk om ungarna fått svära när det gick ont för dem. De skulle säkert bli lugnare, mer harmoniska, kanske rent av trevliga. Fast å andra sidan gick det ont för ungarna hela tiden. Så fort det blev motigt eller de inte fick som de ville blev de kränkta. Buhu buhu, vad skulle det bli av glasgenerationen som inte tålde en tillsägelse eller ens en blick från en vuxen? De skulle bryta ihop så fort någon krävde ett uns av ansvar.

P.A var äldst i gården. Han tillhörde skolans inventarier. En vaktmästare med guldklocka och fler arbetsår i kommunen än någon annan. Det fanns inte en skruv, en list eller en glödlampa som inte fått någon form av handpåläggning av honom. Skolan var hans domäner, hans kungarike dit bara han hade nycklar. Eller nycklar och nycklar, elektroniska plastbrickor som ständigt envisades med att inte fungera. Och numer var det inte bara han som hade tillgång till samtliga dörrar. Indragningarna i hans tjänst tvingade lärarna att låsa upp morgnarna. Så någon enväldig kung var han kanske inte längre, men eftersom ingen annan begrep något om lokalerna betraktade han sig som herre i huset. Pannrummet, elcentralen och förrådet i källaren hade han fortfarande ensamrätt på.

Taket, det förbannade taket! Några droppar i minuten föll ner i hinken. Inte mycket men tillräckligt för att stänga skrubben som inhyste skolans bibliotek. Dropparna trängde fram från de ljudabsorberande plattorna som redan börjat gulna av fuktskadan. Vidare rann dropparna längs kedjan som höll upp armaturen för lysrören. Någonstans bland lysrör, glimtändare och kablar fortsatte vattnet för att slutligen hamna i hinken. Bara en sån sak, vatten i armaturen! I normala verksamheter styrda med sunt förnuft och mindre byråkrati hade det enda vettiga varit att stänga av strömmen, stänga ner skolan och gå på rast. För tjugo år sedan hade han ringt till Bengan på Tak & Plåt. Efter en halvtimme hade Bengan varit på taket och innan dagen var slut skulle taket varit som nytt och hinken i skrubben borta. Men det var då. Nu måste rektorn göra en felanmälan på kommunens intranät. Någonstans i kommunhusets långa korridorer gjordes en bedömning och prioritering av ärendet, om de var en bra dag förstås utan vab, tjänsteresor och dagslånga möten. Tillhörde problemet skolverksamheten skickades det vidare till P.A:s chef som skrev ut en arbetsorder till P.A Det var den snabba vägen. Om ärendet däremot tillhörde fastighetsnämnden skickades det till en annan korridor i kommunhuset där en ny bedömning och prioritering gjordes, om det var en bra dag förstås utan vab, tjänsteresor och dagslånga möten. I värsta fall gick ärendet tillbaka till den första korridoren för en ny bedömning. Om ärendet bedömdes som ett fastighetsärende skickades en tjänsteman från kommunhuset ut till den aktuella skolan för att göra en okulär inspektion. Därefter granskas de upphandlade avtalen och när det står klart vilken firma som kan göra jobbet skickas en beställning av jobbet. Ett förfarande som tog minst en vecka, om det var en bra vecka utan vab, tjänsteresor och dagslånga möten.

Så nu stod han där P.A och kunde inte mer än begrunda droppandet, hinken och den livsfarliga elarmaturen. Innan rektorn gjort felanmälan kunde han på sin höjd byta hinken när den blev full. Förbannade tak! Ibland undrande han om alla arkitekterna varit fulla större delen av 70-talet. Bygga platta tak norr om Italien? Vem gjorde det? Antagligen svenska arkitekter som åkt på bjudresa till Spanien och suttit på platta tak med en Sangria i vardera näve. Det funkar riktigt bra med platta tak i länder där solen skiner 364 dagar om året. Men Sverige? Ett land med en årsnederbörd på 700 mm, två meter snö på vintern och fem dagar med torkväder. Lägg därtill bristande underhåll och ungar som springer på taken och saboterar. Klart att det blev problem med takdropp. Kunde man inte räkna ut det hade man antagligen varit full hela 70-talet.

Det fick droppa. Inget att göra åt just nu. P.A låg redan efter innan han ens druckit sin andra kopp kaffe. Naturligtvis hade kopieringsmaskinen fått ett utbrott och vägrat samarbeta. Någon lustigkurre hade kört igång en kopiering på 999 kopior, dubbelsidigt med färgtryck. Klart att kopieringsmaskinen ger igen efter en sådan misshandel. Papperstrassel på vartenda tänkbara ställe. Displayen hade blinkat som en gran på julafton och han hade behövt öppna samtliga luckor minst två gånger. Efter 30 minuters grävande i maskinen hade han använt alla svordomar han kunde. Då tyckte antagligen kopieringsmaskinen att det var nog. Hämden var utkrävd och ut kom P.A:s arbetsordrar.

Högst prioritet bland dagens uppgifter var en av elevtoaletternas dörrar. Låset krånglade och elever blev inlåsta med tårar och ilskna brev från föräldrar till följd. Toalettlåsen var en historia som saknade både sunt förnuft och slut. Visserligen gjorde de rejäla grejer på 70-talet men efter 40 år av toalettbesök fanns inte mycket mer att göra för P.A. än att smörja och svära. Längst ned på prioriteringslistan fanns byte av möbeltassar på en av sofforna i personalrummet. Byte av möbeltassar! Världsordningen kunde omöjligt vara i balans om en karl var tvungen att krypa runt på alla fyra och klistra fast möbeltassar på en IKEA-soffa när taket läckte vatten rätt ned i elarmaturen. Enligt P.A. var detta ett vansinne skapat av förlästa pärmbärare som aldrig haft riktiga jobb.

Beskedet

Att smyga förbi expeditionen direkt in på kontoret gick inte. Det hade Tord prövat många gånger förut. Helt omöjligt. Administratören, Leila, hade förmågor utöver det vanliga. Superhörsel, superminne och superordning. Det skulle inte förvåna Tord om hon klädde om till en superhjälte på helgerna och flög fram bland stadens kontorslandskap och skapade reda bland pärmar, häftapparater och gem. Hon var omänsklig men värdefull. Utan Leila kunde de lika gärna stänga ner skolan och i bästa fall syssla med barnpassning. Det fanns inte ett kommunalt datorsystem hon inte behärskade, inte blankett hon inte visste var den fanns och inte en pärm som inte var noga placerad i en ordning som ingen utom hon förstod. Det var Leila som kvitterade ut nycklar, höll koll på lösenord, beställde kaffe och uppdaterade vikarielistan. Den senare uppgiften var förvisso inte särskilt svår. Vid höstterminens start bestod den av fyra namn. En var Tord tvungen att anställa som vikarie i svenska redan tredje veckan. Två av de andra fick jobb i grannkommunen. Den fjärde var ung men ändå duktig. Problemet med honom var att han ofta var upptagen med vikariejobb på skolan.

Idag var inget undantag. Skoladministratören använde sina superkrafter och haffade Tord redan vid entrén. En pärm, fyra post-it-lappar och ett otal blanketter hamnade i hans famn medan Leila rabblade upp dagens utmaningar.

"Du har två elevärenden före lunch, en vattenskada i biblioteket att felanmäla, möte med ekonomerna klockan nio, möte med ledningsgruppen efter lunch, någon gång efter 15 kommer fastighet hit för besiktningen av skolgården och vi behöver få fram två vikarier innan 8.00. En för Lena och en för Kerstin på musiken. Jag har redan sagt till P.A att sätta igång en film för Kerstins klass nu från morgonen. Det köper oss tid att hitta någon. Och jo, få se, ser ut som att du kan ta kisspaus 13.45."

Det sista var till en början ett skämt dem emellan. Efter att han beklagat sig över stressen och bristen över pauser hade Leila med sedvanlig precision men skämtsamt lagt in toalettraster till honom. Nu var han inte så säker längre om det var på skoj. För övrigt var det rätt ovanligt för att inte säga mycket ovanligt att administratören höll koll på rektorns schema. Men när han kommit tillbaka från senaste besöket på hälsocentralen hade han antagligen sett sliten ut. Efter det tog Leila över. Hon hade ju ändå koll över alla lösenord även hans.

Post-it-lapparna satte Tord upp bland de andra. Pärmen kunde han ta i tu med hemma och blanketterna struntade han i just nu. Felanmälan av fuktskadan borde han hinna innan dubbelbokningen av elevärendena. Fyrtio minuter kunde gå fort ibland och kommunens datorsystem kunde bråka om de var på det humöret. Men han borde hinna. Samtidigt skulle han med lite tur kunna gå igenom siffrorna innan ekonomerna kom.

Den bärbara datorn tuggade igång, malde, surrade, uppdaterade, laddade och kämpade sig igenom startrutinerna. Att kalla den för bärbar var kanske lite väl optimistiskt. Med tanke på storleken var släpbar ett mer rättvist namn på Tords dator. Från början kunde han drivas av vansinne över tiden det tog för datorn att komma igång, hitta wifin och hitta fram till kommunens inloggningstjänster. Numer var han luttrad och hade alltid ett analogt jobb vid sidan om. Idag; gå igenom ekonomin som helt plötsligt förvandlats till röda siffror från förra månadens stora plus. Inte så mycket att oroa sig för. Nästa månad kunde siffrorna peka i hans favör igen. Det berodde helt på ekonomernas sätt att räkna fram och tillbaka, höger till vänster och upp och ner. Det fanns ingen logik i rapporterna därifrån. Då var det värre med mailen. Tjugotre olästa mail. Fem kunde han direkt markera bort till papperskorgen. Enkätförfrågningar öppnade han inte ens. Det var skolverket, skolinspektionen, kommunen, lärarhög, SCB och några tusen institutioner till som så otroligt gärna ville ställa några korta frågor som bara tog tjugo minuter. Ignorerade man sådan mail skickade de några påminnelser innan de gav upp och riktade sin enkätterror mot någon annan.

Efter att ha skördat dagens mail kunde han konstatera att det inte var värre en vanligt. Två föräldrar som hotade med skolinspektionen, en förälder som opponerade sig på resultaten på en bortglömd diagnos i engelska och tre andra föräldrar som meddelade att de inte kunde komma på föräldrarådsrepresentantmötet. Det gick trots allt bra. Fem minuter kvar innan dubbelbokningen. Det fanns med anda ord tid för rekreation i form av höga nivåer av socker. Tredje skrivbordslådan uppifrån fanns hans Hariboask halvfull med billiga vingummiliknande sötsaker. Njutning i dess renaste form. Socker rätt ut i blodsystemet. Helst hade han velat haft en flaska whiskey i skrivbordslådan. Det hade ju alla chefer i amerikanska filmer. Det gick tydligen för sig att ta ett järn lite då och då på jobbet i de flesta filmer. Antagligen hälsosamt för klena nerver och svaga sinnen. Annat var det i den svenska skolan. Här kunde man få en rejäl utskällningen av någon lättkränkt förälder om man bar för starkt rakvatten. Skulle se ut det om han tog emot föräldrar efter en sexa starksprit innanför västen. Nä, då var det bättre med vingummi.

Precis när han skulle stoppa sin första Haribo i munnen ringde telefonen. Naturligtvis. Mitt i sockerintaget.

"Ja, Tord."

"Jo, hejsan är det Tord Svensson?"

"Öh, jo det stämmer."

"Det här doktor Torkel Klingberg från hälsocentralen. Det gäller dina prover."

"Jaha, okej." Tord höll sig förvånansvärt lugn. Det kunde aldrig vara bra när de ringde från hälsocentralen, men trots det kände han ingen oro. Vilken del av kroppen var det som bråkade nu? Vad fanns kvar?

"Jo, det är så att det ser inte alls bra ut och vi vill gärna att du kommer hit för att diskutera din vårdplan."

"Vårdplan?" Torkel kände sig fortfarande lugn. Enligt hans senaste fyra doktorer låg döden alltid och lurade i form av högt blodtryck. Värre än så kunde det ju inte bli.

"Våra prover visade på Malignt melanom. En aggressiv form av cancer. Det ser allvarligt talat inte bra ut. Vi rekommenderar att du träffar oss redan nästa vecka."

"Cancer, nästa vecka, allvarligt?" Tord hade svårt att ta in vad han just fått höra. Men kände sig fortfarande lugn.

"Jo, som sagt, det ser inte bra ut."

"Det är lite körigt nästa vecka", svarade Tord i en affärsmässig ton. "Men en lite cancer ska vi väl kunna klämma in. Onsdag?"

"Hur sa? Din prognos ser inte god ut. Du bör ta detta på allvar," svarade doktorn i märkbart irriterad ton.

Prognos? Tänkte Tord. När har min prognos sett bra ut? Vare sig i Bosnien eller i kommunen har det sett särskilt ljust ut. Han avslutade samtalet med att boka in en tid och blev sen sittande i sin kontorsstol förundrade över att han inte bröt ihop och besviken över att han inte hade en flaska i den tredje skrivbordslådan. Det hade han behövt nu.

Lämningen

"Aldrig, jag vill inte!" Joel skrek så högt som hans lungor och stämband förmådde. Tårarna sprutade och snoret rann.

"Vi har pratat om det. Du vet att du måste" Christina hade fortfarande ork och kraft att behärska rösten när hon talade till sin son. Lågaffektivt bemötande, lågaffektivt bemötande, lågaffektivt bemötande, tänkte hon desperat för sig själv. Psykologerna hade varit tydliga. Tappa inte fattningen, brusa inte upp möt ditt barn med lugn. Det borde vara kriminellt att säga så till en heltidsarbetande ensamstående morsa med tre barn varv en med neuropsykologisk nedsättning. Helst ville hon bara skrika, gråta alternativt strypa nästa psykolog som kom med goda råd. Hon behövde inte goda råd. Hon behövde hjälp. Hur länge skulle hon orka? När passerade hon gränsen och hur skulle det komma till uttryck för henne? Skulle hon ramla ihop utmattad utanför ICA med matkassarna utspridda över hela parkeringen? Eller skulle hon fullständigt bryta ihop och våldföra sig på parkeringsautomaten i centrum, när den för tionde gången snodde hennes mynt, bli hämtad av polis och inlåst på psyket? Skulle hon plötsligt en dag hitta sig själv under sängen liggandes i fosterställning och vibrera i ångest? Hur skulle det sluta?

"Klockan är mycket nu älskling. Du måste gå nu", vädjade Christina samtidigt som hon svalde undan gråten. Inte gråta, inte gråta, inte gråta. Inte nu.

”Dom hatar mig! Alla på skolan hatar mig!” skrek Joel till svar.

”Klart att dom inte gör Joel”, försökte Christina men hörde själv hur ihålligt det lät. Hon visste hur rätt han hade. Hata kanske var och ta i men omtyckt var Joel inte. Han var våldsam, bråkig och störde lektionerna. Det var inget som gynnade kompisrelationerna, genererade bjudningar på kalas eller som fick kompisarna att ringa på helgerna. Hon kände själv av det när hon lämnade och hämtade något hon på sista tiden försökt undvika. De andra barnens föräldrar log förstås och ansträngde sig att vara trevlig. Men deras ansikten och kroppsspråk var lätta att tyda. Det är ditt barn som förstör lektionerna. Det är ditt barn som kastade en sten på mitt barn. Det är ditt barn som är omöjlig. Hur vore det med att uppfostra ditt monster? Sånt gick att undvika genom att lämna och hämta på parkeringen.

”Det blir bara fel. Jag hatar skolan.” Joels röst började bli hes men hans ilska gick det inte att ta fel på.

”Det gör inget att det blir fel ibland”, viskade Christina med en klump i halsen som var omöjlig att svälja. Fel ibland var naturligtvis en underdrift. Fel jämt, fel tre-fyra gånger per dag. Det var en pina varje dag att hämta och få höra hur katastrofal dagen varit. Fick hon inte höra det från läraren eller fritidspersonalen fanns det alltid barn som mer än gärna berättade hur fruktansvärt illa hennes son betedde sig, hur många slagsmål han varit med om, hur många gånger han rivit klassrummet, hur många barn han slagit, hur många fröknar han rivit och bitit, hur många... Listan tog aldrig slut. Hon pratade med Joel varje kväll om det som gick fel. Joel som var förtvivlad, kände sig misslyckad, var arg, var ledsen och som inte förstod varför allt var fel.

”Jag vill inte mamma”, viskade Joel tillbaka. ”Jag vill inte.”

"Jag vet. Men jag ska försöka sluta tidigare idag. Vi hittar på något roligt efter skolan."

Sluta tidigare, ta ledigt, sjukskriva sig och ta semesterdagar. Allt för att hjälpa Joel. Ibland var hon med i skolan. Ibland var hon tvungen att hämta honom tidigare då det inte funkade längre. Sen var det habiliteringen, utredningar och möten med skolpsykologer, andra psykologer, läkare, rektorer, lärare, kuratorer, skolsköterskor och specialpedagoger. Det tog aldrig slut, något som hennes semesterdagar däremot gjorde. Och trots en armé av människor som skulle vara till hjälp för henne resulterade allt bara i kilovis med papper i form av utredningar, åtgärdsprogram och extra anpassningar. Efter ett år fick Joel en assistent 54% av sin skoltid och 14% av sin fritidstid. Rektorn var ärlig och sa som det var. Pengarna räckte inte längre. En ung kille nyss fyllda 20 fick ansvaret för Joel. Duktig, smart och rolig men inte utbildad och totalt okunnig om ADHD och andra neuropsykologisk nedsättningar. Periodvis ett eget rum, en surfplatta och lite längre raster blev resultatet. Någorlunda lugnar dagar men fortfarande ett helvete.

"Okej, hejdå." Forfarande snyftande klev han ur bilen och började gå mot skolgården.

"Hej då, älskar dig."

Tårarna kom medan Christina backade ut från parkeringen. Om det var tårar av ilska, sorg eller trötthet visste hon inte, antagligen en kombination av alla tre. Det fanns mycket att vara arg för, ännu mer att vara ledsen för men kanske mest fanns det att vara trött för. Ilskan tog över när hon påminde sig om mötet med skolan nästkommande dag. Förra mötet hade varit en katastrof. Hon hade kunnat räkna till sju personer från skolan och elevhälsan. Alla satt och hummade och skrev i sina anteckningsblock. När hon bönade

och bad om en mindre undervisningsgrupp, anpassad studiegång
eller kanske till och med byte av klass eller skola blev stämningen
en aning ansträngd i det lilla rummet. Psykologen berättade om
den senaste forskningen som tydligt pekade på att det var bäst för
alla barn att inkluderas i en klass. Ingen skulle behöva bli utpekad
genom att tas från klassen. Alla skulle med. Christina nästa grät när
hon svarade med att Joel blev utpekade varje minut i klassrummet.
Helvetet kunde omöjligt bli värre. Nja, det är inte bra för Joel att gå
i en mindre grupp. Det blir stigmatiserande. Vi får inte misstro
forskningen. Mötet avslutades och några kilo papper till kunde läg-
gas till handlingarna.

Dubbelbokningen

Cancer? Den var ny. Han hade gissat på hjärtinfarkt eller hjärnblödning. För 20 år sedan hade en landmina eller en krypskytt varit mer troligt. Men inte cancer. Hur allvarligt kunde det vara? Ett år? Ett halvår? Rörde det sig om några månader? Gav man verkligen sådana besked på telefon? Frågorna snurrade i Tords huvud. Fortfarande kände hans sig lugn nästan till freds. Inte en tillstymmelse till sammanbrott, chock, panik, bestörtning, oändlig sorg eller ångest. Förvåning, förvirring och en svag känsla av hunger var snarare rätt ord att beskriva hans sinnesstämning. Lite märkligt men å andra sidan han visste ingenting om att ta emot ett cancerbesked. Kanske var det normalt, kanske kom chocken och paniken senare. Men hungrig?

Tord var inte rädd för att dö. Det kändes mest synd att inte få vara med ett tag till. Fast med närmare eftertanke, vara med om vad? Han var skild, hade inga barn och jobbade 13 timmar per dag. Hans hälsotillstånd var uselt, hans sociala liv begränsat till en faster i Borås och en gnällig granne samtidigt som han fortfarande betalade av på en villa han inte bodde i. Vara med ett tag till lät inte så tilltalade när allt kom omkring. Ju mer han tänkte på det desto mer tillfreds blev han. En anmälan till skolinspektionen, hur lång tid tog det innan det blev konsekvenser? Antagligen efter hans död. Hur lång tid tog det innan ekonomerna upptäckte en kraschad ekonomi? Med stor sannolikhet efter hans död. Och blodtrycket? När skulle infarkten komma? Absolut efter hans död. Och hade han bara lite flyt skulle han missa utvärderingsveckan i juni. I ett slag löste sig många bekymmer. Vad fanns det nu att oroa sig för? Förutom cancern då, förstås.

Tord lät Hariboasken ligga framme på skrivbordet när han tog emot det första inbokade föräldrasamtalet. Han visste redan vad det gällde. Det tre A4-sidor långa mailet som föräldrarna skickat kvällen innan var det sista han läste innan han somnade. Samma sak varje gång. Skolan var usel, lärarna var usla, rektorn var usel och blev det inte bättring var det minsann dags att byta skola och göra en anmälan till skolinspektionen. Varje gång sådana mail dök upp fascinerades han av att det krävdes minst tre A4-blad för att basunera ut sitt missnöje. Det räckte gott och väl med ett par meningar. Och självklart använde de sina jobbkonton med signaturer som dr Eberhard, Advokat Torstensson eller Managementkonsult Gregersson. Det lät så klart mer respektingivande än signaturer som Antons farsa, Mia eller Kalle. Men idag hade det ingen betydelse. Idag kunde mailen undertecknas med Kungen eller statsministern. Han var förberedd. En halvfull Hariboask, en blankett och en länk. Låt dem komma.

"Min son blir kränkt. Det klart att han blir arg och vill försvara sig. Och var befann sig personalen? I fikarummet? Det är er skyldighet att se till att min son inte blir kränkt. Det finns faktiskt andra skolor. Vad tänker ni göra åt saken?" Pappan hade kommit igång ordentligt och höjt rösten åtskilliga decibel. Tord var tvungen att anstränga sig för att inte fnissa åt pappans mustasch som hoppade upp och ned medan han pratade.

”Bra att du ställer frågan, svarade Tord torrt med en bister min.
”Det är naturligtvis allvarligt att en elev kastar en sten i huvudet på
en annan elev. I vanliga fall relegerar vi elever när sådant händer.
Självklart med stöd av skollagen. Men vi gör ett undantag för er son
eftersom ni tänker byta skola.”

”Va! Det är väl inte min son som ska relegeras. Det var inte han
som började!” Pappans ansikte började anta en rödaktig ton i ansik-
tet.

Tord stoppade sakta ett vingummi i munnen och tuggade lång-
samt och länge innan han svarade.

”Som sagt vi gör ett undantag för er son i det här fallet. Här är
blanketten. Båda vårdnadshavarnas underskrift behövs. Blanketten
lämnar ni till mottagande skola. Självklart ser vi till att det blir en
bra överlämning. Det är viktigt med tanke på er sons våldsamma
beteende.”

”Öh, va! Mottagande vad då? Det vi menar…”

Tord jublande inombords, en triumferande lycka spred sig i hela
kroppen när han såg den förvånade och förvirrade pappan. Det var
svårt att hålla den bistra minnen och prata med ett neutralt tonläge.
Visst, en anmälan från skolinspektionen skulle komma som ett brev
på posten efter ett sådant här samtal. Men det var ju inget han be-
hövde bekymra sig om.

”Åh, förlåt mig vad dum jag är”, svarade Tord. ”Här har ni en
penna. Två underskrifter så sköter vi resten sen.”

Pappan satt tyst en stund och bara stirrade på Tord, vände sig
mot sin fru ett kort ögonblick och stirrade på Tord igen.

”Ja, alltså vi tänkte kanske inte byta skola just nu. Det är mer
som en sista utväg om det inte blir bättre alltså. Min fru och jag är i
grunden positiva till skolan. Det är bara det att.. ja det finns en del

saker att förbättra." Pappans mustasch rörde sig inte längre när han pratade.

"Fast nu förstår jag inte. Jag tyckte ni var mycket tydliga med ert missnöje med vår skola i mailet ni skickade i går kväll. Ni skrev uttryckligen att ni tänkte byta skola. Vi har förberett för ett skolbyte. Vilken är den mottagande skolan?" Nu kunde Tord snart inte hålla sig längre. Han tog ett vingummi till för att maskera eventuella drag av fniss.

"Nja, vi har alltså inte…Vi har inte tittat på någon speciell skola eller så." Pappan pratade tyst och sneglade osäkert på sin fru under tiden.

"Ni ska alltså inte byta skola?"

"Nej inte för tillfället."

"Men ni har ställt er i kö?"

"Ja, jo det…det har vi."

Tord hade inga problem att se att pappan ljög. Det klart att de inte hade ställt sig i kö någon annanstans. Nästan genast började han tycka synd om föräldrarna. De skulle aldrig komma att ha något förhandlingsläge när det gällde skolval. Inte med de problem deras son hade. Skolmarknaden var grym och inte till för alla. Kanske förstod de det just nu i denna stund. Förhoppningsvis förstod de antingen nu eller senare att deras son hade uppenbara problem i skolan. Det var knappast en diagnos att prata om snarare en tråkig attityd något som gick att jobba bort under tid bara man hade föräldrarna med sig.

"Hmm…okej," fortsatte Tord i samma torra ton. "Jag förstår. Då var det anmälningen som ni skrev om. Jag har en länk här till skolinspektionens hemsida där ni mycket lätt fyller i era uppgifter och skickar iväg en anmälan. Om ni vill kan jag naturligtvis hjälp er här och nu." Tord räckte över post-it-lapp med en webbadress till pappan.

"Äh, hmm, det kan vi titta på när vi kommer hem, kanske."

"Annars kan jag visa er här på min dator. Väldigt enkelt att göra en anmälan."

"Ja, nä det behövs inte…"

"Bra", avbröt Tord. "Då föreslår jag att ni tar kontakt med er sons klasslärare så hjälper hon er med en plan för att komma till rätta med er sons tråkiga attityd och våldsamma beteende."

Tord log för första gången under mötet. Visserligen kort och professionellt, om man nu kunde le professionellt. Leendet försvann när han kom och tänka på att klassläraren var Lena som mystiskt bara dragit. Han måste få tag på henne.

"Men då så, då säger vi så", sa Tord och reste sig upp från sin kontorsstol. "Här ta ett vingummi."

"Jag är ledsen att ni fått vänta. Det blev en dubbelbokning." Tord tittade på klockan och kunde konstatera att förra mötet tagit 18 minuter och 25 sekunder. Måste vara ett rekord som med stor sannolikhet stod sig bra i kommunen. Det var åtminstone hans personbästa.

"Det är okej, sa Christina trött medan hon förvånat såg sig om i rektorns trånga rum. "Blir vi inte fler? Vi brukar ju vara tio stycken. Var är de andra?" Med de andra syftade hon på skolpsykologen, skolsköterskan, skolkuratorn, skolläkaren och några fler titlar som började på skol som hon nu glömt.

"Nä, det blir bara vi. De andra är upptagna på annat håll, svarade Tord med en vänlig och glad röst. Hans bistra min och neutrala röst från förra mötet var borta. De andra skolfolket var upptagna med att vänta på honom och mötet han just skulle ha. Som av en händelse väntade de i en annan del av skolbyggnaden. Han hade bett Leila att om en halvtimme meddela hela skolgänget att vare sig eleven eller mamman dykt upp och att mötet är inställt. Att han själv satt i möte med mamman och eleven behövde inte Leila veta även om hon förmodligen räknat ut det. Hon var slug, förmodligen den smartaste i hela skolbyggnaden.

"Sätt dig ner Joel. Här ta ett vingummi." Tord sträckte fram Hariboasken medan han nickade åt Christina att även hon var välkommen att sitta ned.

"Va, men…Man får inte äta godis på skolan", sa Joel misstänksamt och tittade på asken med godis som om det vore något mycket lurt på gång. Skulle han bli förgiftad? En rektor som bjöd på godis när det inte var skärtorsdag hörde inte till vanligheterna.

"Jo, jag vet. Men det är det som är så bra med att vara rektor. Man kan mumsa vingummi hela dagarna om man vill. Äh, ta två vettja."

Även Christina tog från Hariboasken och en smaskande tystnad uppstod i rektorns trånga rum. De satt och tuggade vingummi några minuter medan var och en funderandes på sitt håll. Att han inte tänkte på det tidigare. Han bestämde sig för att från och med nu alltid bjuda på vingummi innan varje möte. Det blev ett naturligt sätt för mötesdeltagarna att samla sig, tänka igenom vad som skulle sägas och få den där välbehövliga sockerinjektionen. Om inte annat skulle det effektivt få tyst på ekonomerna. Han påminde sig själva att inhandla några fler askar inför mötet med ekonomerna.

"Okej Joel, då kör vi igång. Jag har ett personbästa på 18 minuter och 25 sekunder. Tror du vi slår det idag? Vi fixar det på en kvart, eller hur?" Tord log mot Joel och försökte med blicken få samtycke om att slå rekordet.

"Okej, men vi har slösat bort 5 minuter på vingummi redan. Blir svårt att komma under 18 minuter", svarade Joel.

"Slösa bort? Tid man lägger på vingummi är inte bortslösad. Det kanske är den viktigaste tiden på hela dagen."

Christina trodde inte sina öron. Satt hennes son och rektorn och diskuterade vingummi? Visserligen var alla de andra mötena hon haft med skolan totalt meningslösa med oceaner av bortkastad tid, men vingummi hur skulle det hjälpa Joel? Dessutom, var väl socker något som försämrade koncentrationen, ökade oron i kroppen och gav energikickar som hennes son definitivt inte behövde.

"Det är så här Joel", började Tord. "Jag vet att det mesta i skolan har gått åt skogen för dig. Du mår inte bra. Du har svårt för att koncentrera dig, svårt för att sitta still och svårt för att förstå vad andra menar samtidigt som du blir arg väldigt lätt. Men det gör ingenting. Det är okej. Vi på skolan ska hjälpa dig med det." Tord tog en paus för att se hur det han nyss sagt mottogs hos både mor och son.

"Hur då?", frågade Joel osäkert. "Jag är ju inte som dom andra, jag kan ingenting, fattar ingenting. Jag är helt värdelös."

"Nej, det är du inte. Du är bara annorlunda, du är bara…" Christina hann inte prata till punkt innan Tord avbröt henne.

"Äh, du är som alla andra busfrön. Alla behöver hjälp med något och jag vet hur vi ska göra. Jag har ett förslag."

"Förslag?" Joel lät skeptisk.

Christina öppnade munnen för att säga något men fann inte orden. Det här var nytt. Helt nytt. Vingummi, bara rektorn och ingen som satt och skrev frenetiskt. Dessutom ett förslag? Goda råd hade hon och klassläraren fått i det oändliga. Har ni provat med bildstöd, låta honom sitta långt fram i klassrummet, tydlighet, lågaffektivt bemötande, fokusera på det positiva, skriva på en platta? Råden var lika många som självklara. Det klart att både hon och klassläraren hade gjort allt och mer därtill, vänt ut och in på sig själva, kämpat, slitit och gråtit. Hon tyckte synd om klassläraren, eller snarare skam, över att Joel förpestade tillvaron för henne. Klassläraren var ung, nybakad och oerfaren men ändå bra, i alla fall enligt Christina. Men hur bra läraren än var kunde hon inte trolla med knäna. Särskilt inte när hon gick på knäna. Klassen hade flera diagnoser, flera utåtagerande barn, det hade hon förstått. Visserligen var Joel i en nivå för sig, men de andra barnen var inte heller lättsamma. Christina kunde bara känna empati för klassläraren som också bara fick goda råd. God råd i all välmening hjälpte inte Joel. Förslag däremot lät som något annat.

"Så här har jag tänkt mig", började Tord. Han pratade sakta och tydligt för att försäkra sig om att han hade med sig både mor och son i resonemanget. "Du börjar skolan som vanligt på morgonen och är med på den första lektionen. Då måste du plugga matte och svenska ända fram till första rasten. Efter rasten hänger du med P.A resten av dagen."

"P.A?", svarade Christina förvånat. Hon kunde allt om ADHD. Hon hade gått kvällskurser, läst det mesta som fanns skrivet om ämnet och pratat med diverse experter. Christina skulle kunna skriva en avhandling på professornivå. Hon kunde allt. Men P.A det hade hon inte hört talas om. Det måste vara något nytt. En behandlingsmetod, metodik eller kanske medicin. Christina blev besviken att hon inte hade läst om det först.

"P.A? Får jag det?, frågade Joel misstänksamt.

"P.A? Vad är P.A?" Christina vände sig mot Joel som tydligen visste vad P.A var. Hur kunde det komma sig? Att hon inte visste men Joel kände till det. Naturligtvis måste det vara kuratorn som pratat med Joel om den nya metodiken. Modet sjönk och förhoppningarna som så smått börjat spira försvann. Christina var innerligt led på alla nya fantastiska påfund som skulle underlätta vardagen för barn med NPF. Det var samtal, bilder, rollspel, ritövningar och rörelseövningar. Hon hade till och med fått tipset om att ge Joel fiskleverolja, Omega 3. Men doserna var alldeles höga för att hon skulle ha råd samtidigt som hon var tveksam till att det skulle fungera. Det lät lite för bra för att vara sant. Och nu kom då alltså ännu en ny fantastisk lösning för hennes son.

"P.A, det är vår vaktmästare. Jag tänkte att Joel får följa honom under halva skoldagen. P.A kan behöva hjälp och Joel kan behöva lära sig att använda en skruvdragare och andra verktyg. Enligt lärarna är du ju händig, Joel. Vad tror du? En timme från morgonen i klassrummet och resten av dagen med P.A."

"Vaktmästaren? Det går väl inte? Hur då? Vad har han för utbildning?" Christina började allt mer misstro sitt eget omdöme. Hörde, förstod hon rätt? Eller drömde hon rent av. Rektorn kunde ju inte mena allvar att en outbildad vaktmästare skulle ansvara för hennes son med den problematik han hade.

"Utbildning och utbildning, han har jobbat här på skolan i 42 år, borde ha gått pension för ett år sedan. Dessutom har han el-behörighet A. Väldigt ovanligt för att inte säga unikt hos en vaktmästare," svarade Tord. Fast el-behörigheten har han ingen nytta eftersom elektriska ärenden hamnade hos fastighet som skickade vidare problemet till det företag som för tillfället hade avtal med skolan, tänkte Tord bittert.

"El-behörighet? Men, men kursplaner och timplanen då? Joel kommer att missa massor av saker. Vaktmästaren har väl inte koll på sånt?" Christina var egentligen inte särskilt frustrerad eller arg över förslaget mest förvånad.

"Fast tänk efter", svarade Tord. "Vad missar du, Joel, egentligen? Du missar att sitta och skrika under bänken, att sitta i korridoren ledsen och förtvivlad, att bråka med dina klasskamrater, att misslyckas, att må dåligt. Kan det bli värre?" Tord studerade både mamman och sonens miner. Kanske gick han ut för hårt. Samtidigt kunde han inte vara mer sanningsenlig. Joels skolgång var ett misslyckande från början till slut. Skolan, som Tord var ansvarig för, hade misslyckats kapitalt att ordna en fungerande skolgång för Joel. Det var ett under att han överhuvudet taget kunde läsa.

De satt tysta en stund, mamman, sonen och rektorn. Två av dem förvirrade. Det var för mycket information på för lite tid. Information som fullständigt stred mot allt de hade lärts sig om skolsystemet. Den tredje passade på att njuta av en Haribo vingummi.

Tillslut bröt Joel tystnande.

"Får man ta med sig sin egen skruvdragare?"

"Vad har den för vridmoment?"

"55, inställbart i 14 steg plus borrsteg."

"55!, inte illa. Då slår du P.A med hästlängder. Bra. Vi börjar imorgon. Jag möter dig i korridoren och är med första lektionen sen får du hjälpa P.A med takläckan." Tord behövde inte spela imponerad. Det var ingen dålig skruvdragare han hade. Ett gott tecken som visade att Tord hade rätt. Det här skulle bli bra. Han skrev ner P.A:s telefonummer på en post-it-lapp och gav till Joels mamma.

"Men kan man verkligen göra så här?" Christina lät tveksam när hon tog emot lappen med telefonnumret.

"Självklart", ljög Tord. Självklart kunde man inte göra så. Att ta ett barn ur klassen, skippa timplanen och kursplaner och dessutom lägga över ansvaret på en vaktmästare var ett stort nej och skulle vara grund till ett större antal anmälningar till skolinspektionen. Men för en gångs skull var han tacksam för svensk skolbyråkrati. En anmälan tog lång tid på sig. Längre tid än vad han hade. Det var nästan så han kände sig lite stolt. Två förmodade anmälningar till skolinspektionen och det före lunch.

"Okej, men åtgärdsprogrammet då? Vi brukar ju alltid revidera det. Vi brukar ju lägga till alla anteckningar och så." Christina var inte helt övertygad. En post-it-lapp med ett telefonnummer kändes lite futtigt med tanke på alla andra möten som genererat dokumentation som nära på kunde räknas i kilo. En post-it-lapp?

"Jag har gått igenom din mapp Joel. Du har mer papper än en intern på Hall. Vi behöver inte fler papper." Tord insåg genast att han gått över gränsen. Även om konsekvenserna låg bortom hans vårdplan var det onödigt att dra sådan skämt.

"Va! Men…" Mer hann Christina inte säga innan Tord avbröt henne och reste sig upp.

"Vad bra, då säger vi det. Vi ses imorgon Joel."

"Det sket sig", svarade Joel och tittade upp på Tord.

"Va, hur då?" , sa Tord märkbart förvånad.

"Ja, alltså, ditt personbästa. Du slog inte ditt rekord. 24.35 är inte ens i närheten."

Insikten

Tord satt kvar i sin kontorsstol efter att mamman och sonen gått. Nu var tärningen kastad och det långt bort, riktig långt bort. Det fanns ingen återvändo. Ingen möjlighet till u-sväng eller att backa från din inslagna vägen. Det fick bära eller brista. Eller rättare sagt det fick brista. I hans situation skulle det ju ändå brista förr eller senare och vad han visste delade varken kommunen eller skolinspektionen ut förelägganden postumt. Han satt säkert, så säkert som man nu kunde sitta med en vårdplan som inom en snar framtid skulle avslutas.

Tord borde vara panikslagen, orolig eller åtminstone deprimerad. Tvärtom kände han sig lugn och tillfreds. Ingen huvudvärk, ingen stress eller svidande katarr. Han kände sig till och med stark och beslutsam på gränsen till odödlig. Ironiskt och förvånande men han hade aldrig varit dödssjuk förut. Svårt att veta hur man skulle reagera när tiden i jordelivet var utmätt. Kanske kom de mörkare känslorna senare. Hur som helst mådde han hyfsat nu. Glad kanske var att ta i men ändå nöjd.

Tord kunde trots allt tycka att det var synd att hans död skulle beröva honom synen av skolinspektionen, ekonomerna, föräldrarna och alla mellancheferna när de ville utkräva ansvar. Så snopna de skulle bli. Tanken gav honom än mer övertygelse om att han gjorde rätt. Ska man dö kan man lika gärna dö i en rejäl smäll, som hans befäl sagt en gång under första vändan till Bosnien. Att tyna bort på långvården är inget för en karl.

Stärkt av sitt gamla befäl reste han sig upp, tog en näve vingummi och lämnade sitt kontor. Med lite tur skulle han hinna till nästa möte. Han skulle minsann dö i rejäl smäll. Det var dags att styra upp elevhälsan.

Elevhälsan

De hade suttit i närapå 20 min och väntat. Linda hade under tiden försökt att svara på några mail men uppkopplingen hade inte helt oväntat krånglat. Nu satt hon istället och gick igenom kalendern i ett hopplöst försök att hitta en lucka nästa vecka, en oväntad diagnos hade dykt upp, inflyttad norrifrån. Hon hade sett mappen. Killen var 8 år och hade redan uppnått en dokumentation som till och med skulle imponera på byråkraterna på skolverket. Att hitta en lucka inom den närmaste månaden för en kurator var en lika stor omöjlighet som att försöka hitta en lärare till sommarskolan. Skolläkaren avbröt hennes grubblerier.

"Kan vi har tagit fel på tid?"

Frågan ledde omedelbart till att samtliga kring bordet började bläddra i sina kalendrar som var nedlusade av möten på olika skolor med rektorer, lärare och annan personal från elevhälsan.

"Nja, enligt min kalender ska det vara nu. Det stämmer, men jag skrev aldrig upp någon plats. Vi brukar ju vara här, men det kan tänkas att vi bytt rum." Skolpsykologen tittade nästan anklagade på sin kalender som om det var den sprängfyllda lilla bokens fel att mötet inte kommit igång.

"Som jag kommer ihåg det var det nu, men min mail har inte fungerat riktig som den ska. Det kan tänkas att det blivit ett sent återbud. Kommer ni in på er mail?", frågade specialpedagogen.

Alla började genast att skriva på sina bärbara datorer för att kolla e-posten om det nu var så att ett sent återbud möjligtvis hade aviserats digitalt. Några minuter senare kunde samtliga konstatera att uppkopplingen fortfarande inte var samarbetsvilligt.

"Jaha, vi ger det några minuter till sen måsta jag nog vidare", sa skolpsykologen irriterat.

Precis när han hade avslutat sin mening öppnade rektorn dörren.

"Ledsen att jag är sen", började Tord. Efter en kort paus fortsatte han. "Jag bad Leila informerar er om att mötet är inställt. Hon har antagligen glömt bort det."

Hade de samlade runt bordet känt Leila skulle de vetat att Leila aldrig glömde saker. Det sista som skulle ske i det svenska skolsystemet var att Leila glömde något. Till Tords stora lycka kände ingen Leila särskilt väl. Det var lättare att ljuga än han trott.

"Okej, då måste jag rusa." Linda började plocka ihop kalender och dator men hann inte mer än slå ihop locket på sin bärbara innan rektorn avbröt hennes ansats till att rusa vidare till nästa möte.

"Fast vänta. Vi hinner faktiskt gå igenom detaljerna för projektet."

Projektet? Linda stannade upp. Dessa förbannade projekt svor hon tyst för sig själv. Vad var det nu för projekt hon inte hade koll på? Beskrivning fanns antagligen på hennes mail som hon inte kom åt. Ingen hade sagt något på morgonmötet i torsdags. Kan ju förstås bero på att hennes chef var sjukskriven och vikarien för chefen ledig. En annan rimlig orsak till att hon totalt missat information var antagligen omorganisationen. Elevhälsan stod för nya utmaningar hade hennes chef sagt när hon var på arbetsintervju. Ny utmaningar kräver ny organisation och nytt sätt att se på saker och ting. Vi måste tänka utanför boxen. Tänka nytt. Hennes chef andades framtidshopp och optimism. Sex skolor och fyra år senare tänkte de fortfarande innanför boxen, var fortfarande i omorganisationens grepp och hade inte kommit någon vart. Chefen blev utbränd och Linda hade placerats på nya skolor i allt högre tempo. Att projekt ramlade mellan stolarna, försvann och dök upp på någon rektors bord var inte helt otroligt. Nu gällde det att inte tappa masken. Bara hålla med och låtsas vara insatt.

"Jag antar att Liljeroth har gått igenom i grova drag vad projektet går ut på med er chef. Vi har sökt och fått pengar från EU:s strukturfonder för elever i behov av särskilt stöd, IBSE." Tord försökte låta så professionell som det bara gick. Liljeroth fanns inte och IBSE var en förkortning som han hört nämnas men glömt bort. Han tvivlade starkt på att förkortningen tillhörde EU:s bidragsdjungler. Ska man ljuga är det lika bra att ta i. Med elevhälsans omorganisationer och tuffa arbetsbörda borde det gå.

Tord fick rätt. Lögnen mottogs med öppna armar. Skolpsykologen rullade till och med ut röda mattan.

"Jo, men det känner vi nog till. Annika är sjuk just för tillfället. Vi har tyvärr inte fått några detaljer. Ni kanske kan dra dem kort." Skolpsykologen verkade först tveksam men avslutade så lugnt och tvärsäkert som han brukade.

Förbannat också tänkte Linda. Verkar som att alla känner till projektet utom jag. Läste jag inte mailen igår? Måste ha varit trött. Måste vara mer alert. Får försöka hänga med så gott det går.

"Jo, vi kör igång redan imorgon. Projektet heter Rema 1000. De dagar ni är på vår skola ska ni ställa in alla elevvårdsmöten och alla andra möten för den delen. Under hela skoldagen följer ni eleverna under lektioner och raster." Tord granskade elevhälsans alla ansikten. Gick lögnen hem? Innan han fortsatte tog han ett vingummi medan övriga mötesdeltagare skrev frenetisk i sina anteckningsblock.

"Ni ska ha fokus på de elever som har svårigheter. De elever som har behandlats under våra möten. Men det känner ni förstås till. Det kräver en hel del av er. Ni måste identifiera behoven, stötta och kanske ibland ingripa. Prata med klasslärarna. Var inte rädd för att ta för er. Prata med eleverna enskilt, i grupp i helklass. Ni måste själva avgöra hur ni arbetar mot eleverna."

Linda ramlade nästan ur stolen av förvåning och chock. Det kunde inte vara möjligt att hon missat ett sådant projekt. Avboka alla möten? Finnas hos eleverna? Det lät nästan som de drömmar hon hade haft innan hon började på socionom-programmet i Östersund. Det var så hon hade velat eller trott att kuratoryrket skulle vara. Projektet lät osannolikt och svårt men också spännande, om det nu stämde. Linda var skeptisk.

"Hur utvärderar vi resultaten i projektet?, undrade Linda som såg hur dokumentationsbördan ökade mer flera kilo. Å andra sidan försvann nästan hälften av alla hennes möten. Kanske det gick jämt ut.

"Och utredningarna? Jag har en pågående utredning, trolig autism. Rehabiliteringen behöver remiss omgående, inte senare än om åtta månader." Skolpsykologen lät bekymrad men kände sig ändå en smula upprymd. Ett projekt av det här slaget var precis vad han behövde. Han blev uttråkad av möten, utredningar och pappersexercis. Det här hade han inte varit med om förut. Föll projektet väl ut kunde det kanske bli ändrade arbetssätt mot eleverna. Och vem visste gick det riktigt bra kanske det fanns utsikter för honom att föreläsa och sprida det goda exemplet.

"Mmm, jag tycker det låter bra det där. Det tyckte jag redan när jag läste utkastet till projektet," ljög skolsköterskan. Hon ville för allt i världen inte verka oinsatt. Det var inte första gången hon missade information av den här kalibern. Bara att hålla med. "Undra om jag inte läste om ett liknade projekt i Brighton. Föll väl ut vill jag minnas. Jag vill dock reservera mig för vissa undantag. Vaccinationen drar igång om några veckor. Tror inte jag kan ställa in det."

Tord kunde pusta ut. De inte bara svalde lögnen. De spann vidare på den, förfinade den till perfektion. Han kunde för sitt inre se hur hans kalender genast blev mycket tunnare utan alla möten med elevhälsan. Nu behövde han bara informera Annikas vikarie. Han visste redan hur han skulle formulera mailet, men först behövde han reda ut några frågetecken med några fler lögner.

"Utvärderingen sker genom EU:s utvärderingsplan ibo:12. Det är ett standardförfarande vid projekt som finansieras av strukturfonderna. Jag ansvarar för den vid projektets slut. Alla utredningar får vänta. Jag kontaktar föräldrar och habiliteringen och eventuellt bup. Vaccinationerna måste vi nog genomföra."

Ibo:12? Lindas självförtroende krympte några storlekar. Varför kände hon inte till det? Hon ansåg sig själv vara påläst, strukturerad och ytterst noggrann. Nu kände hon sig som ett blåbär eller en elev som inte gjort hemläxan. Måste hålla masken.

"Ja ja, Ibo ja, har för mig att det inte kräver så mycket arbetsinsatser. Färdiga mallar med utskrivbara blanketter." Linda hoppades att hon lät självsäker.

"Precis så. Inga konstigheter," svarade Tord. "Några ytterligare frågor?

Lunchen

En uppsatt bokhylla, två återrapporteringar och en halvtimmes
krångel med mailen, på en förmiddag! P.A kunde inte mer än tycka
att hans arbetsinsatser alltmer började likna en fars, en rätt dålig
fars som gått alldeles för många gånger i repris på tv. Trots att ar-
betsuppgifterna var oändliga till antalet ägnade han mesta delen av
tiden till, ja till vad? Inte det han borde i alla fall. Det var P.A överty-
gad om. Att jobba som vaktmästare på en skola från tidigt 70-tal
som haft bristande underhåll sen tidigt 90-tal kändes som att ösa ur
en båt som sedan länge sjunkit. Det gjorde fortfarande ont att gå
förbi spruckna lister, toaletter som läckte vatten och trasiga dörrar.
Utan en arbetsorder i näven kunde han inte göra någonting. Lärar-
na som skulle rapportera felanmälningar till rektorn hade sällan tid
att rapportera fel annat än om det inte var riktigt akut, med undan-
tag för kaffeautomaten förstås. Då hann de ringa företaget som lea-
sade ut maskinen redan vid minsta misstanke om för svagt kaffe
eller feldoserat mjölkpulver.

P.A hade för några år sedan på skämt framfört till en av fri-
tidspedagogerna att det kanske vore läge att ringa arga snickaren. I
fikarummet hade det fått några spridda skratt och gillande nickar.
Två dagar senare kom en nervös mellanchef och sökte upp honom.
Att gå till media var inte rätt väg att yttra sitt missnöje. Det fanns
andra kanaler. Fanns det något kommunen kunde göra just nu? P.A

hade bara suckat och svarat att förutom att jämna bygget med marken och bygga nytt fanns det nog inte mycket kommunen kunde göra. Mellanchefen hade skrattat nervöst och gått därifrån.

P.A:s lilla skämt spred sig, transformerade sig och hamnade till slut i skolköket som en sanning. Skulle verkligen arga snickaren komma? När då i så fall? Var skulle han börja? Fick alla vara med i TV? P.A hade överösts av frågor från kökspersonalen. Besvikelsen var stor när han dementerade uppgifterna. Visserligen fanns det på skolan uppslag för en hel säsong. Snickaren skulle kunna gå runt, förfäras och skälla i det oändliga. Problemet var att det fanns ingen att skälla på. Ingen som hade något ansvar för alla brister och fel. Det skulle antagligen sluta med det var P.A som skulle få skäll. Något han inte hade några problem med. Värre var det när arga snickaren skulle kramas och bli en mysfarbor som alltid hände i slutet av alla program. Där drog P.A gränsen.

Hur som helst var det dags för lunch. P.A hade sitt eget fikarum nere i källaren. Där hade han druckit kaffe, ätit lunch och läst tidningen de senaste tio åren. Inte för att han var folkskygg eller inte gillade den övriga personalen, men kokkaffe i lugn och ro var något att han skattade högt. I det allmänna fikarummet flängde lärare in och ut i all hast. Någon satt ner några minuter och åt, andra svor över kaffeautomaten medan ytterligare några andra planerade eller pratade ut om stökiga elever. Det var ett ständigt flöde av stressad personal i fikarummet. Och självklart dök de på honom om diverse vaktmästarjobb utan någon som helst förståelse för hans önskan om att äta lunch i lugn och ro. Numer kunde P.A. hänvisa till kommunens intranät för felanmälning något som han nästan kunde roa sig åt. Allt som oftast steg stressgraden hos läraren, ibland över och förbi gränsen för vad som var hälsosamt. Han måste ibland medge att han tyckte synd om dem. Lärare, fritidspedagoger och övrig personal hade det förstås inte lätt. Ibland satt det någon av dem och grät i personalrummet, på toaletten eller i arbetsrummen. Trist förstås, men samtidigt som han kunde känna empati för lärarkåren kunde han också ställa sig helt oförstående till deras tuffa arbetsdagar. Nog var de ena syltryggar ändå. Hur svårt var det att säga nej, säga upp sig eller helt enkelt strunta i arbetsuppgifterna de inte hann med? Det måste väl ändå vara bättre än att sitta och gnälla i fikarummet? Själv grät han aldrig, inte ens när Sverige vann mot Bulgarien med fyra noll i fotbolls-VM 1994 i Pasadena inför över 90 000 åskådare. En bronsplats, det var stort, men inte grät han för det. Det skulle nog mycket till innan han tog till tårarna, antagligen pepparspray eller rent av tårgas.

P.A hann precis låsa upp plåtdörren till källaren när han hörde en välbekant röst ropa efter honom. Åter igen fick han anledning att svära tysta eder. Ibland undrade han om hela skolan kommit överens om att störa honom på lunchen. Hade de ett schema så att de turades om?

"Du, P.A. vänta lite", ropade Tord medan han närmade sig vaktmästaren.

"Jaha, vattenläckan måste du felanmäla, ligger inte ens på mitt bord", svarade P.A.

"Ja, jo jag vet. Tänkte mest höra om du ville hänga med på lunch? Jag bjuder."

"Lunch?" P.A kunde inte dölja sin förvåning. Hänga med på lunch? Det här är väl ändå fortfarande en skola? Här hängde man inte med på lunch. Det funkade inte riktigt som på något kontor inne i stan där man kunde ta en två-timmars lunch och välja en restaurang och lata sig igenom en måltid. Hänga med på lunch?

"Du har väl hört vad som hänt ner på IT?" Tord lade ifrån sig gaffeln och inväntade tålmodigt svar från P.A. Skolmatsalen var överfylld och högljudd. Elever kom och gick, åt och pratade medan diskmaskinerna slamrade i köket. Trots det kände han sig lugn. Stöket bekom honom inte.

"Öh, nä, vad då?", svara de P.A trumpet. Han borde naturligtvis ha förstått att det var skolmatsalen rektorn menade. Skolmatsalen som var den absoluta motsatsen till hans lugna och välordnade fikarum. Prat, flams, höga ljud, trångt och inget kaffe. Varför ville någon utsätta sig för detta? Han visste att lärarna inte behövde betala för maten men för hans del kunde matproduktionen servera oxfilé fem dagar i veckan gratis. Han skulle aldrig sätta sin fot frivilligt här. Och dessutom var menyn bedrövligt näringsfattig, nära på helt utan fett och riktigt kött. Kycklinggryta med ris? Ska det var något för en riktig karl? Det var bara de ynkliga potatisbullarna som var mer vegetarisk än kyckling, i alla fall enligt honom. Nä, det matstället som inte serverade fläsk och rotmos hade inte hans förtroende.

"Det är en riktig soppa inne på kommunhuset. Servrarna har kraschat, förmodligen något virus. Allt ligger nere. Prognosen ser inte bra ut. De kommer nog inte igång igen förrän nästa vecka."

"Jaha, ja, det var ju trist. Inget som jag kan fixa", svarade P.A misstänksamt. Han förstod att det inte kunde komma något gott ur detta för hans del.

"Nej, självklart. Däremot berörs du en hel del. Vi måste köra felanmälan analogt." Tord log och sträckte fram en anteckningsbok.

"Va, analogt?"

"Ja, det är bara ett att göra. Jag har bett personalen skriva upp det de behöver hjälp med. Vi lägger boken i fikarummet. Sen får du improvisera. Fixa det du anser måste fixas."

"Jaha, som på den gamla goda tiden då?"

"Japp, tills servrarna börjar fungera igen. Jo, sen har vi taket. Ringer du byggfirman?"

"Ja, fast det är ju fastighet som ska inspektera…"

"I vanliga fall, men du vet nu ligger ju serverar nere. Det går fortare om du hör av dig till hantverkarna direkt", avbröt Tord. "Också har vi gymnastiksalen. Elkontakterna behöver bytas. Rena dödsfällan. Hinner du det idag?"

"El? Det är väl inte…Servrarna ligger nere. Jag fixar det. Gjort på nolltid." P.A visste inte vad han skulle tro. Kunde det vara sant? Inga krångliga arbetsordrar, inga krångliga inlogg och absolut inte några tillbakarapporteringar. Hans tysta svordomar byttes ut mot tysta böner om att servrarna aldrig någonsin skulle komma igång igen.

"Kanon, då säger vi så." Tord var mätt och belåten på gränsen till glad när han reste på sig för att gå iväg med tallriken till disken. Lunchen hade inte kunnat gått bättre. Trots P.A:s chockade uppsyn gick det inte att ta miste på hans glädje inför den analoga tillvaron som han nu stod inför.

"Det blir bra det där," P.A fick anstränga sig för att inte le. Den här lunchen skulle han lagra i långtidsminnet tillsammans med VM-bronset 1994. Inget kunde förstöra den här dagen. Det var i alla fall vad P.A trodde i flera sekunder innan Tord tog till orda.

"Just det ja, det höll jag på att glömma. Du får en praktikant imorgon. Joel, en bra kille. Han har med sig egen skruvdragare."

Tord blev nästa rädd för sig själv. Att han så lätt och obehindrat kunde ljuga? Var kom det ifrån? I hela sitt liv hade han rakryggat mött utmaningarna utan att ha fuskat eller ljugit. Sett problemen i vitögat, hittat en lösning och sen utan krusiduller löst problemen. Det var så han var och det var så man var tvungen att vara på utlandsmissioner, särskilt på Balkan. Det klart att han klivit på en del ömma tår genom åren. Ganska snart hade han upptäckt att det fanns många ömma tår i skolan något som ibland inte alltid passade Tords raka stil. Men allt som oftast uppskattades hans ärliga ledarskap. Ingen kunde anklaga honom för att linda in sanningen i kommunal floskler eller blunda för den obekväma verkligheten. Ända tills nu.

Men nog fick väl ändå dagens osanningar tillskrivas kontot för vita lögner? Visserligen var det rejäla, betydande och avgörande lögner, men nog sjutton gick de väl mot en ljusare nyans? Elevhälsan svalde sagan om projektet med hull och hår. Frågan var förstås hur länge det gick att upprätthålla den lögnen. Med omorganisation, sjukskrivningar och en orimlig arbetsbörda borde det inte vara några större problem. Inget Tord behövde oroa sig för just nu. Då var det värre med P.A, eller snarare P.A:s chef. P.A skulle aldrig försöka logga in på någon dator och kolla om supporten åtgärdat digitala fel som inte existerade. Däremot skulle antagligen P.A:s chef reagera när återrapporteringarna uteblev. Det skulle inte dröja länge innan han dök upp och undrade vad som stod på. Det var en svårare nöt att knäcka. Ett alternativ skulle vara att införliva P.A i snårskogen av lögner. Efter en stunds tankemöda kom Tord fram till att det var en dålig idé. Vaktmästaren skulle inte ha några problem med att spela med men när allting uppdagades skulle P.A definitivt få problem. Tord räknade med att han minst borde ha två dagar på sig att lösa det problemet innan P.A:s chef anade oråd. Sen var det Joel. Hela skolsystemet skulle skrika rakt ut och vrida sig ångest och förtvivlan när det uppdagades att en elev tagits ur klassen och fått en radikalt ändrand studiegång ledd av en vaktmästare. Här fick nog mamman ses som största risken. Hon var påläst, intelligent och påstridig. Samtidigt hade hon sett nöjd ut på mötet. Kanske hade hon slutligen gett upp kampen mot skolsystemet. De flesta gjorde det förr eller senare. Det gällde att hålla täta kontakter med henne.

Tord tittade på klockan. Några minuter kvar tills ekonomerna kom. I vanliga fall var det sällan ett besök att se fram emot. Siffrorna kunde peka åt vilket håll som helst. Oftast pekade de ner i källaren och då var det Tords jobb att meddela personalen vid nästa möte att köpstopp, vikariestopp eller indragningar var att vänta. När ekonomerna i sällsynta fall visade en mer positiv bild av ekonomin gällde det att agera. Lyckan kunde vara kortvarig och hade man överskott vid räkenskapsårets slut blev man av med pengarna. Det fanns alltså ingen anledning snåla och lägga upp en buffert inför oväntade kostnader. Tvärtom pengarna måste handlas upp annars kunde kommunen få för sig att det gick att bedriva skolan med en stramare budget. Det kunde få en helt absurd situation där de inom några dagar var tvungen att handla. Då gällde det att tänka framåt, tänka smart och tänka rättvist, något ingen lyckades särskilt bra med sista veckan på terminen. Oftast slutade det med ett panikköp av nya stolar, bänkar eller teknisk utrustning. Nu hörde inte överskott till vardagen. Vanligast var att försöka hitta konton där det gick att spara pengar. Eftersom de flesta kontona redan var trimmade till gränsen på kapade var det oftast kontot för personalkostnader som det gick att spara en slant på. Och när det det kom till personalkostnader var det alltid elever han behövde titta på. Vilken elev eller elevgrupp skulle få minskat stöd?

Ekonomerna

De satt i konferensrummet med projektorn påslagen. Excelark med siffror inordnade i fina rutsystem visades på den vita duken som snarare var grådaskig än vit, lagad med silvertejp och upphängd med en konstruktion som bara vaktmästaren förstod sig på. Ekonomerna förklarade kolumnerna och raderna. Tord lyssnade men förstod inte särskilt mycket. Och inte ansträngde han sig heller för att förstå. Han väntade bara på att få höra hur mycket skolan gick back.

"Och sen har vi kontot för läromedel det…"

"Okej, jag förstår. Vi skulle kunna kapa kostnader här och nu. Om ni bara säger hur mycket back jag ligger så avslutar vi mötet. Kontot för möten är säkert överansträngt", avbröt Tord.

"Va, öh, ja jag tror inte vi har något konto för möten. Möten har väl inga kostnader." Ekonomen förstod inte att Tord inte var intresserad av siffror hit och dit.

"Möten är dyrt", kontrade Tord. "Varken du eller jag jobbar ju gratis. Ta era timlöner tillsammans med min multiplicerat med antalet timmar vi sitter. Lägg på några koppar kaffe. Blir en dyr historia det här."

"Nja, fast så kan man inte räkna", svarade en av ekonomerna.

Jo, det är precis så man kan räkna, tänkte Tord. Tänk om kommunen hade haft ett konto för möten där kostnaden för löner hade synliggjorts. Ett större möte med hela personalen en kväll borde gå lös på i runda slängar 20 papp inklusive sociala avgifter, självklart utan OB-ersättning. Det var 20 nya stolar, åtskilliga vikarietimmar eller nya lås på samtliga av skolans toalettdörrar. Ingen elev skulle oavsiktligt bli inlåst pga dörrlås från 70-talet om han skippade ett möte.

"Ja, alltså, enligt budget ligger du 80 000 kr minus", fortsatte en av ekonomerna.

"Okej, fyra möten alltså", svarade Tord.

"Va, nej, få se. Vårt råd är att vi tittar på kontot för vikariekostnaderna eller kontot för ordinarie personalkostnaderna. Du har flera visstidsanställda. Deras tider kan lätt minskas. Ett köpstopp tror vi inte påverkar budgeten i tillräcklig omfattning."

Vikariestopp, det skulle inte gör någon större skillnad när det inte fanns någon vikarie att få tag på. Minska på visstidsanställningarna skulle bli tufft. Det betydde att han var tvungen att titta över behovet ev assistenter. Någon elev skulle bli utan stöd. Frågan var bara vem?

"Okej", sa Tord och reste sig. "Det hade kunnat vara värre. Så bra, då säger vi det."

"Säger vad då? Vi måste komma överens med en plan för hur vi ska spara 80 000 kr. Det är ditt yttersta ansvar", sa en av ekonomerna märkbart irriterad över att Tord inte tog siffrorna på allvar.

Yttersta ansvaret? Tord lyckades kväva en fnissning. Yttersta ansvaret hade han för allting på skolan. Precis för allting. Från att eleverna lärde sig något till att asfalten på basketbollplanen var hel och inte snubbelfarlig. 80 papp var ett litet ansvar i sammanhanget.

"Jo, det är mitt ansvar därför avslutar vi mötet nu. Enligt mina beräkningar sparar vi 980 kr på ett kortare möte. Bara 79 020 kr kvar att spara."

Vikariestopp och köpstopp, ständiga vapen mot en haltande ekonomi. Egentligen en logisk följd av ett rationellt ekonomiskt tänkande. Har man inga pengar kan man inte handla. Enkel regel att följa. Problemet var att vikariestopp och köpstopp borde automatiskt leda till undervisningsstopp, vilket det aldrig gjorde. Har man inga pengar kan man inte handla. Det är sällan du kan gå på affären och köpa två liter mjölk men bara betala för en liter. Har du inte tillräckligt med pengar kommer du hem med en liter mjölk. Enkel regel. Om du inte var en kommun vill säga. Har kommunen inga pengar vill kommunen ändå handla undervisning som om den hade pengar. En regel som förmodligen praktiserades av de flesta huvudmän som hade ansvar för någon form av välfärd. Du kan inte säga till föräldrarna att kvaliteten på undervisningen ska öka, säga till lärarna att resultaten måste upp och samtidigt inte betala för sig. Riktigt ohyfsat enligt Tord.

Tord satt kvar i konferensrummet och grubblade. Han hade egentligen två större problem. 80 00 kronor skulle han vara tvungen att hitta och det ganska omgående. Uppföljningsmöten dröjde sällan och låg inom hans vårdplan. Saknades det forfarande åtgärder för att hitta 80 000 kr i verksamheten låg han risigt till. För Tords del var det lite för tidigt att ligga risigt till.

Hans andra problem var Haribo-asken som gapade tomt. Han måste sluta bjuda ut sitt knark alternativt införskaffa större mängder. Han behövde sitt socker. Att det var onyttigt och att det enligt en enig dietistkår förmodligen ledde till ond bråd död var något han inte behövde bry sig om. Sockret dödade för långsamt. Och skulle han var skärpt på möten var socker och kaffe den enda lagliga vägen till framgång. Om man nu verkligen behövde gå på möten. Kanske var det där lösningen låg till åtminstone ett av hans problem. Ett välkänt ljud från hans mobiltelefon väckte honom i hans grubblerier. Det var ett sms från Lena.

Kvällsmötet

Alla var samlade utom Lena. Ironiskt nog hade mötet förlagts till Lenas klassrum. Kaffekoppar, kalendrar och datorer belamrade bänkarna. De flesta samtalade med varandra, skrev i sina kalendrar eller försökte få några ord med Tord. Det var sällan alla var samlade samtidigt och det fanns mycket att dryfta kollegor emellan. Tiden var knapp och det gällde att lösa så många problem som möjligt. Tord hade sedan länge slutat hoppas på att kunna börja mötena i tid. Det fanns ett uppdämt behov av att byta information.

Tillslut tog Tord till orda.

"Bra, då kör vi igång. Först var det Lena. Hon är okej. Jag fick mess från henne. Hon blir borta ett tag."

"Öh, vadå borta, inte Lena, hon är aldrig borta. Det måste vara något allvarligt." Eva lät snarare irriterad än bekymrad. "Borde vi inte ringa polisen, hon är ju borta?"

"Nej, hon är inte borta. Hon är bara inte här. Behövde lite semester."

"Semester! Mitt i terminen? Kan vi inte åtminstone ringa till Missing people?" Eva kände inte Lena särskilt väl men så mycket visste hon om henne att hon aldrig skulle ta semester mitt i terminen. Lena var den typen av lärare som aldrig var sjuk, aldrig tog ledigt och aldrig någonsin skulle gå ifrån ett möte. Hon planerade in hela sitt liv ytterst noggrant och lät aldrig ett tandläkarbesök eller några andra triviala händelser i hennes liv påverka arbetet. Inte ens större avgörande livshändelser ruckade på hennes schema. Både skilsmässan och den efterföljande depressionen skötte hon utanför ordinarie arbetstid. Det klart att något måste vara allvarligt fel när Lena var borta. Något annat än kriminalitet, psykos eller terrorhandlingar kunde inte ligga bakom Lenas försvinnande. Det var Eva övertygad om.

"Hon kommer tillbaka. Innan vi fått tag på en vikarie delar vi upp hennes klass enligt listorna."

Alla klasser var uppdelade i mindre grupper som vid brist på vikarier fördelades på de övriga klasserna. Vid administratörens dörr satt listor på de olika grupperna uppsatta i olika färgade A4-blad. Det var naturligtvis inte någon optimal lösning på lärares bortavaro särskilt inte för de elever med koncentrationssvårigheter. För dem låg sällan utbrotten längre bort än en felplacerad häftapparat. Men något annat fanns inte att göra. Man stänger inte en skola bara för att en kateder är tom. Det var kommunen tydlig med.

"Här är mötets hålltider." Tord skrev start, tio minuter och sen slut på tavlan.

"Hur då? Va, alltså tio minuter. Hur tänker du då?" Eva rynkade pannan och tog av sig sina glasögon.

"Vi stryker mötet helt enkelt." Tord tog en paus för att läsa av reaktionerna hos sina medarbetare. Den enda som visade någon tillstymmelse till reaktion var Eva som tittade sig runt i klassrummet för att utröna om det var ett skämt. Annars inget. Tord andades djupt och fortsatte.

"Tiden för mötet ligger inom er arbetstid. Jag har lagt ut den på läxhjälp. Ni får var behjälplig två timmar under en eftermiddag det här läsåret. Du Eva sätter ihop schemat."

"Men…jag har ju…projektet då?" Eva såg nästan gråtfärdig ut
när det gick upp för henne att detta var ytterst allvar och inget
skämt. "Problembaserad systematisk skolutveckling! Det var ju
ikväll vi skulle dra igång det. Jag har ju…Alltså…Jag har ju kopie-
rat upp kopior här till alla. Jag förstår inte."

Eva pekade förtvivlat på de prydliga pappershögarna som hon
lagt upp på en av klassrummets bänkar. Boken hade de tyckt varit
för dyr. Eftersom kopieringskostnaderna gick på ett annat konto
och hennes lön på ett ytterligare annat konto hade hon valt att göra
en fuling. Så nu låg de där, minst en halv bok uppkopierad, i fyrfärg
kvällen till ära.

"Jag vet att du lagt ned ett digert jobb på detta Eva. Men vi måste
helt enkelt skjuta på det projektet. Ekonomin ser inte särskilt bra
ut. Vi måste spara", svarade Tord medlidsamt.

"Men… Men inte kan man väl spara på systematiskt skolutveck-
ling? Det går väl inte? Eller hur?" Eva tittade sig runt bland sina kol-
legor för att få stöd men fann inget.

Ja, hur skulle det gå om man började koncentrera sig på elever-
na istället för värpa ur sig meningslösa kommunala floskler, skriva
ned dem på papper och kallade det för systematisk skolutveckling?
Hur många arbetstimmar hade inte landets skolor lagt ned på det-
ta? Och hur hade skolutvecklingen gått de senaste fem åren? Det
var det antagligen ingen som visste. Vetenskapliga bevis på området
var tämligen få om de ens fanns. Tord nämnde inget om hans tan-
kar trots att han visste att samtliga i rummet höll med honom, utom
möjligtvis Eva.

"Gärna för mig. Timmarna måste ju göras och jag sitter ju hellre
med eleverna och deras läxor än att sitta av tid här. Men om jag
räknat rätt blir det en och en halv timme över som vi måste lägga ut

vad gör vi av dem?" Bengt var lika frispråkig som vanligt. Enligt honom hade det antagligen kostat honom det statliga lärarlönelyftet. Men han var hellre en fattig lärare med rak rygg än en syltrygg med några extra tusen i lädret.

"De timmarna bjuder jag på", svarade Tord. "Gå hem, planera lektioner och vila upp er. Ni ska möta eleverna pigga och välplanerade imorgon."

"Gå hem?" Eva var förvirrad. Hon var övertygad om att det aldrig någonsin hänt i svensk skolhistoria sedan 1842-års skolreform att ett möte ställdes in för att spara pengar. Hon fick det inte att gå ihop.

Tord tittade på klockan. På fem minuter hade han sparat in många sköna tusenlappar, klättrat några pinnhål på utvärderingen av honom som snart skulle komma och med stor sannolikhet skapat förutsättningar för att hinna på bolaget. Det var dags att utöka sina laster.

Tord misstänkte att det skulle ta lång tid innan det kom till kommunens vetskap att problembaserad systematisk skolutveckling var dött och begravet på hans skola. Lika död och begraven som han själv skulle vara inom en inte alltför avlägsen tid. Kanske kunde de dela gravsten. Det skulle kommunen åtminstone gilla, en sista besparing. Annars skulle nog kostnaden för läxhjälp som han nu effektivt tagit bort glädja kommunen. Redan imorgon skulle han styra om resurserna från läxhjälp till fritids. Det skulle spara honom minst två vikarietimmar i veckan. Ingen skulle fråga om problembaserad systematisk skolutveckling när man kunde visa upp så fina siffror i budgeten. Den största vinsten skulle dock bli att eleverna fick hjälp med sin läxa av erfarna och utbildade lärare och inte en arbetslös ungdom som med nöd och näppe nyss hade gått ut gymnasiet.

"Man tackar." Bengt reser sig upp, bockade och började plocka ihop sina grejer. "Innan vi drar, är det fler som inte kommer in på det digitala monstret?"

Med ja, nickningar och grymtningar svarade kollegorna samtidigt. Det digital monstret eller Diggischool.2 som lärplattformen officiellt hette hade tydligen krånglat för alla. Diggischool.2 var en ständig källa till irritation och huvudvärk. Användarvänligheten låg på ingenjörsnivå och nyttan på betydligt lägre nivå. Kommunen hade plöjt ner miljoner och åter miljoner i ett datasystem som skulle ta kommunen in i den digital framtiden eller åtminstone tillgodose skolinspektionen krav. Närvaro, betyg, omdömen, lektionsplaneringar, utvecklingssamtal, åtgärdsprogram, extra anpassningar och allt annat som kunde tänkas dokumenteras när det gällde elever skulle snyggt och prydligt kunna åskådliggöras för föräldrar och alla andra som ville nagelfara dokumentationen. Det visade sig att föräldrarna inte var särskilt intresserad av ett obegripligt dokumentsystem som allt som oftast krånglade. Lärarna slet med systemet, klickade fram formuleringar, skrev, ringde supporten, gjorde om allt igen, dunkade sina huvuden i skrivbordet och öppnade ännu en treotub. Skolpersonalens timmar flög iväg liksom de miljoner kommunen satsat samtidigt blev eleverna de mest klickade i världen. Klickgenerationen som Bengt brukade kalla de extremt dokumenterade barnen. Tord kände till allt det där, mellancheferna kände till allt det där, de högre cheferna kände till allt det där, men vad skulle man göra när man satsat på fel häst. Svälja prestigen, bita i det sura äpplet, ta förlusten och satsa på något mer välfungerande system? Nja, vi kör på, det lossnar snart tyckte kommunen och fortsatte med it-terrorn. Devisen billigast är bäst fortsatte att gälla.

"Just det, det glömde jag. Systemet ligger nere. Nåt virus skulle jag tro. Kommer nog att ligger nere några dagar. Ni får köra analogt så länge." Ännu en lögn. Tord började bli riktigt bra på att ljuga. En mästare bara på en dag. Självklart låg inte Diggischool.2 nere. Läckande tak, oskottade skolgårdar och trasiga fönsterrutor åtgärdades inte i första taget men datorsystemen, där fanns en annan prioritering. Krångla gjorde de men ligga nere i flera dagar? Det skulle aldrig hända.

"Så då kommer vi inte in på flera dagar?" Bengt lät misstänksam och nöjd på samma gång.

"Precis. Det ser ut som att det är kört på den fronten." Att det var kört att komma in i systemet var åtminstone ingen lögn, att det berodde på att Tord bett Leila byta samtligas lösenord behövde han ju inte säga.

Det blev knäpptyst i Lenas klassrum efter att Tord gått. Det var mycket information att ta in. Diggischool.2 låg nere och det i flera dagar. Bara en sådan sak kunde få vilken lärare som helst i kommunen att vackla i tron på vad som var rimligt i livet. Lägg därtill att Lena tagit ledigt och att kvällsmötet strukits. Du behövde inte ens vara konspiratoriskt lagd för att börja fundera på om något stort var i antågande. Kanske staten tillslut var på väg att ta över. Ett fientligt övertagande som tog hela kommunen på sängen?

"Det måste ha brunnit för honom." Bengt var den som först tog till orda.

"Brunnit?", sa Eva förvånat.

"Ja, brunnit, kortslutning, nervsammanbrott, mental kollaps, psykbryt. Kalla det vad du vill. Han håller på att bränna ut sig. Visserligen ett märkligt sätt att gå in i väggen på, men vad skulle det annars vara? Jag har sett många springa in i kaklet. Den här varianten var ny."

"Fast, nu har vi ju alla gått kommunens stresshanteringskurs. Jag tror nog inte att någon, allra minst Tord får utmattningssymptom efter en sån kurs. Vi har ju blivit duktigare att upptäcka varningssignaler hos andra och…" Eva hann inte prata färdigt innan Bengt avbröt henne.

"Varningssignaler? Hela kommunen har ju blinkat rött de senaste fem åren. Det klart att karln är på väg in i väggen."

"Men jag tycker ändå att Tord sett rätt pigg ut idag, tycker ni inte?"

"Äh, även döda katter studsar uppåt om de faller från tionde våningen. Det är sista energin som lämnar kroppen. Imorgon ligger han i sängen och räknar spindlar i taket. Jag satsar min fikavecka på att han är hemma imorgon."

Odödligheten

Tord hade bestämt sig för att inte googla sin sjukdom. Det rådet
hade han gett sig själv långt innan det var möjligt att googla. Under
hans första utlandstjänstgöring till Srebrenik fick han halsont. Ont i
halsen var inget en karl borde grubbla på tyckte befälet. Men det
tyckte Tord. Han hade hört ryktas att difteri gick i området. Tord
plöjde arméns överlevnadsbok för utlandstjänstgöring, och mycket
riktigt, difteri fanns i Östeuropa och första symptomen på den
fruktade sjukdomen var just ont i halsen. Tord hade oroat sig i två
dagar innan han fick komma till ett fältsjukhus. Han hade varit
övertygad om att han nått slutstadiet av difteri och att det bara var
timmar kvar innan fick åka i arméns kista hem. Han hade varit med
när de lastat in kistan med den första svenska soldaten som föro-
lyckades. Det var inget roligt sätta att komma hem på.

Tord hade inte ens fått träffa en läkare. Sjuksköterskan hade gett
honom ett paket Strepsil och rådet att ta några rejäla supar whis-
key. Dagen efter kände han inte av halsen längre.

Tord kände sig oförskämt pigg trots att han avverkat en arbets-
dag. I vanliga fall brukade han stupa i soffan efter den kombinerade
arbetsmiddagen. Tv orkade han oftast inte ens slå på, något han
inte såg som en större förlust. Men ikväll var det annorlunda. Han
hade till och med kostat på sig att laga mat, falukorv och stuvade
makaroner, enkel vardagslyx. Datorn hade han inte brytt sig om att

ta hem. Mailen kunde vänta och googla cancer hade han ju ändå inte tänkt göra.

Tord satt i soffan och försökte gå igenom dagen. Morgonen hade varit en helt vanlig morgon med stress, katarrkänning och motstånd att sätta sig i bilen och köra iväg till skolan. Sen kom samtalet som förändrade allt. En dödsdom genom en doktor som fått tillbaka prover som inte alls var bra. Tord kunde inte ens komma ihåg att de ens diskuterat hans födelsemärke på ryggen. Men han hade haft huvudvärk, varit stressad och oändligt trött. Han kom inte ihåg särskilt mycket av besöket mer än att han fick tjata sig till sömntabletter. Att han skulle ha cancer var oväntat men kunde antagligen förklara hans trötthet. Lite märkligt att de kunde redan på första provtagningen se att det var kört. Men å andra sidan var han inte någon läkare och googla svaren tänkte han inte göra. Då skulle han förmodligen få för sig att han redan var död.

Känslan av att han mådde fel kom över honom. På en och samma dag hade han fått en dödsdom och bränt samtliga broar på sitt jobb. Undergången var onekligen ett faktum. Det enda som egentligen vållade honom huvudbry var frågan om det var skolinspektionen, kommunen eller cancern som skulle nå honom först. Med de förutsättningarna mådde han förvånansvärt bra. Ingen eufori eller större glädje, men ändå ett sort lugn och smått harmonisk känsla. Så borde han inte må. Kunde det vara så att han helt enkelt hade gett upp, insett att loppet var kört? En döende man hade inget att frukta, inget att oroa sig för eller grubbla över. En döende man behövde inte heller fundera på avbetalningar till hus man inte ägde, för högt blodtryck eller hjärtproblem. Det fanns överhuvudtaget ingenting en döende man behövde vara rädd för, inte ens skolinspektionen.

Ju mer Tord tänkte på sin egen, inom kort, framtida död kände han sig allt mer odödlig. Han måste erkänna att det var smula egendomligt att känna sig odödlig när han egentligen var ytterst dödlig. Kanske var osårbar ett bättre ord men han gillade tanken på att vara odödlig. Tord bestämde sig för att vara odödlig ända fram till sin död.

Är man odödlig och samtidigt döende fanns inga gränser för vad man kunde göra. Några långsiktiga konsekvenser behövde han ju av naturliga skäl inte stå till svars för samtidigt som han kunde ljuga sig undan från de kortsiktiga konsekvenserna. Den kompass som styrde en odödlig döende man borde vara mer var av etisk och moralisk karaktär än tankarna på konsekvenser.

Men om man bara har sitt eget samvete att svara mot och inte skolinspektionen eller kommunen var det då verkligen okej att ljuga så som Tord hade gjort denna dag? Han kände efter, tänkte efter och vred och vände på sina lögner. Efter en stund kunde han konstatera två saker. Ett, nej det där med att ljuga kändes inte riktigt bra. Två, han ljög inte för att tillförskansa sig någon form av fördel. När allt kom omkring ledde lögnerna till fördelar för eleverna. Räknade man lite på det blev det faktiskt övervägande plus till lögnernas fördel.

Problemet med att ljuga är att du måste vara duktig på det, något som Tord inte alls var. Visserligen hade han imponerat på sig själv idag men första dagen var förmodligen enklast. Nu måste han hålla liv i lögnerna, antagligen med ännu fler lögner. Svårast skulle förstås Leila vara. Hon var rysligt skarp och betydligt mer insatt i allt som rörde skolan än honom själv. Naturligtivs hade hon genast ifrågasatt varför hon helt plötsligt var tvungen att ändra personalens lösenord till Diggischool.2. Några improviserade nödlögner

funkade inte på Leila. Även om han förberett en historia som inne-
höll både virus, läckta personuppgifter och EU-lagar gick det inget
vidare att ljuga för Leila. Han var tveksam om hon verkligen trodde
på en enda stavelse av vad han sagt. Ett tag funderade han på att
säga som det var. Att han helt enkelt ville bespara medarbetarna
huvudvärk, frustration och vanmakt. Kanske skulle de till och med
få något vettigt gjort istället för att klicka elever och svära eder över
ett dysfunktionellt datorsystem. Leila hade antagligen pratat honom
till rätta om hon kände till hans planer. Bäst att hålla henne utanför
så länge som möjligt.

Tord funderade inte mer. Morgondagen fick han ta som den
kom. Han gissade att det var så odödliga döende män gjorde. Tog
dagen som den kom, improviserade och ljög ihop en historia som
funkade tillfället. Det skulle ju ändå gå åt skogen. Eller som han
befäl en gång sa, ska man dö kan man lika gärna dö med en rejäl
smäll.

Nybörjaren

Josefine visste att läraryrket skulle bli tufft, svårt och snudd på omöjligt. Hon visste att hennes pedagogiska förmågor, tålamod och nerver skulle testas. Det skulle bli en prövning. Något annat hade hon inte inbillat sig. Särskilt första året som lärare var tufft. Bara hon överlevde första året fanns goda chanser för ett fortsatt liv som lärare. Att vissa dagar kunde vara ett rent helvete hade hon aldrig kunnat ana.

Hon hade blivit lovad en handledare, en erfaren lärare som kunde ge hennes stöd, hjälp och goda råd. På lärarhög hade de varit tydlig på den punkten. "Ingen lärare är färdig bara för att skolverket har mailat dig en legitimation. Du blir aldrig färdig men om du tar rygg på en erfaren pedagogikräv kommer du förhoppningsvis att kunna undervisa hjälpligt efter några år. Se till få stöd, fråga om hjälp och ta för guds skull inte på er extra jobb. Säg nej, försök inte att vara duktig och var inte en hjälte som ska rädda hela världen genom att hjälpa alla ohjälpta barn. Ni bränner ut er före vecka 44 om ni går den vägen. Se till att hitta en förtrogen kollega som kan borsta av er dammet och kasta in er i ringen igen när yrket ger käftsmällar och pungsparkar." Josefines mentor hade hållit ett brandtal under sista föreläsningen. Att det bara var kvinnor i salen som antagligen hade svårt att relatera till pungsparkar gjorde ingenting. Symboliken var träffande och budskapet glasklart. Men trots mentorns beskrivning av första året som lärare kunde Josefine inte i sin vildaste fantasi ana hur det skulle komma att bli.

En handledare hade varit självklart. Inga problem enligt rektorn. Det hade sett bra ut, riktigt bra. En schemalagd handledartid med en erfaren lärare, en kommunal introduktionskurs och inga extra arbetsuppgifter det första året. Det såg bra ut, på papperet. Introduktionskuren var en eftermiddag tillsammans med kommunens nyanställda och gick mest ut på att få höra hur fantastisk arbetsgivare kommunen var, vilka värdegrundsfloskler som gälle och att kommunen jobbade hårt med kundnöjdhet. Handledaretiden funkade första veckan sen var både hennes och handledarens kalendrar nedklottrade och fulla. Extra arbetsuppgifter fick hon redan fem veckor in på terminen när hennes handledare sade upp sig. Läromedelsbeställningar och kulturansvar blev hennes lotter.

Även lönen hade varit en chock. Joesefine hade inte väntat sig annat än ett blygsamt bidrag till lön. Lärarlönerna var erkänt dåliga. Det visste hon. Därför tappade hon hakan när rektorn utan omsvep bjöd henne en lön som låg betydligt högre än vad hon hade tänkt begära. I flera veckor gladdes hon över sin lön tills hon fick klart för sig att hon var en av de högst betala läraren på arbetsplatsen. Hennes handledare låg 3000 kr under. 35 års erfarenhet, handledaransvar och lärarskicklighet som kunde fostra vilken vild klass som helst var mindre värt än Josefines två veckor av lärarerfarenhet. Handledaren var inte bitter på Josefine, rektorn eller kommunen. Det är inte lönt att var av bitter hade hon svarat Josefine som försiktigt undrat hur situationen dem emellan var. Nä, att vara bitter hjälpte inte, däremot hjälpte det att byta kommun. Handledaren fick 5000 kr mer i plånboken och 15 minuter längre till jobbet. Josefine, rektorn och kommunen kunde bara se på när 35 års erfarenhet, handledaransvar och lärarskicklighet som kunde fostra vilken vild klass som helst försvann ut genom dörren.

Det var mycket som såg bra ut på papperet. Resursfördelningen lovade en fritidspedagog, och en resursperson. Hur svårt kunde det vara med en sån laguppställning? Det var ju bara 21 elever i klassen. Halvklass som Bengt retsamt brukade säga. Naturligtvis var papperet en vacker beskrivning av en verklighet som inte existerade. Det blev Josefine varse redan första veckan. Ett namn på ett papper betyder inte stöd på heltid. Några procent här och några procent där gjorde att hon hälften av tiden stod ensam. "Du får nog vara glad om du kommer upp till lika många procent som fredagsgroggen", hade Bengt sagt när Josefine undrat över de få procenten resurs hennes klass tilldelats.

Klassen var en utmaning för en erfaren lärare och en mardröm för Josefine. Flera utåtagerande elever, minst en diagnos av den grövre sorten och några förmodade dyslektiker. Det var ständiga möten med elevhälsan, socialtjänsten, barn och ungdomspsyk. Till och med polisen hade hon varit i kontakt med. När hon beskrev sin arbetssituation trodde hennes vänner att hon jobbade på Hinseberg eller Hall och inte en lågstadieklass. Alla hennes vänner trodde på sagan om att lågstadiet var en rosenskimrande miljö med rara kunskapstörstande barn som hela tiden sa gulliga saker. Josefine fick erkänna att hon också en gång trott på den sagan.

Våldet var värst. Våld barnen emellan och våld mot henne hörde nära på till vardagen. Det var inte ofta Josefine fick ta emot sparkar, spott och bett, och det var sällan våldet gav någon större smärta eller några men. Men att det överhuvudtaget existerade chockade henne till en början. Förvånansvärt snabbt vande hon sig. Det blev normaliserat. För vad fanns att göra mer än att gå emellan eleverna och använda sin egen kropp som sköld? Hon pratade med föräldrarna, rektorn, elevhälsan, facket och kollegorna. Alla förfärades, alla sa att det inte var acceptabelt, alla sa att nu fick det vara nog, alla stod på hennes sida. Men ingenting hände. Goda råd haglade över henne, som lågaffektivt bemötande, förändrad undervisning, sociala berättelser, värderingsövningar, möblera om i klassrummet, slå knut på dig själv, trolla med knäna eller ta ett djupt andetag, gå ut på parkeringen, sätt dig i bilen, åk till närmaste flygplats, köp en biljett till Västindien och kom aldrig tillbaka. Det senare ett råd från Bengt i alla sin välmening. Ett råd som inte längre kändes så galet och skämtsamt som hon först tyckt.

Föräldrarna var på. Oroligt i klassrummet, slagsmål, fula ord, kränkningar och barn som inte ville gå till skolan, det tog aldrig slut. Med hot om skolinspektion, byte av skola och samtal till lokaltidningen fick föräldrarna igenom att öka resurstimmarna. En åtgärd lika stor som en fis i världsrymden, men det gjorde föräldrarna nöjd för tillfället. När det inte blev bättre organiserade de sig och började att sitta med i klassrummet. De satt i skift och turades om. Det höll i en vecka sedan tröttnade de eller mer troligt de stod inte ut. Josefine kunde ibland förstå föräldrarna. Det var stökigt i klassen och barn mådde dåligt. Men att skälla ut henne, skicka otrevliga mail och hota med skolinspektionen förstod hon inte. Föräldrarna var ju trots allt vuxna.

Första gången Josefine bröt ihop var på rektorns kontor. Rektorn hade informerat om att hennes klass skulle få en inflyttning, troligtvis en autistisk syrier. Efter att Josefine insett att det inte var ett smaklöst skämt började hon att gråta och gråta och gråta. Rektorn tog det med ro. Han var van med medarbetare som grät och hade ett stort förråd av servetter.

Roshan kom direkt från en av grannkommunens flyktingförläggningar, kunde inte ett ord svenska och hade just fått asyl. Med Roshan kom två timmar studiehandledare, en timme sva-lärare och ett löfte om en skyndsam utredning av misstänkt autism. Det var allt. Josefine fick lösa Roshans undervisning efter bästa förmåga samtidigt som hon slet vidare med de bekymmer hon hade sedan tidigare. Josefine arbetade hårdare, var kvar längre på skolan och grät oftare.

Josefine tyckte om eleverna och eleverna tyckte om henne. Vid ett föräldramöte hade hon nämnt det, att hon verkligen tyckte om alla elever. En pappa hade genast opponerat sig. "Alla barn? Det har jag svårt att tro. Det där är sådant ni har betalt för att säga. Garanterat finns det kurser på lärarskolan där man får lära sig en massa floskler." Pappan var med stor sannolikhet införstådd med att Josefine gillade just hans telning, men de andra! Josefine tyckte om alla barnen men långt ifrån alla föräldrar.

Josefine hade kämpat på. De sömnlösa nätterna kom strax före jul och magkatarren någon gång vid påsk. Hon fick lära sig att sänka ambitionerna, lära sig att leva med känslan att vara otillräcklig och lära sig leva med yrket 24 timmar om dygnet, lärdomar hon helst ville vara utan. Situationen i klassen blev något bättre och föräldrarna något lugnare, men fortfarande var det stökiga lektioner, våldsamma raster och urusla resultat. Självklart tog Josefine på sig skulden för allt. Känslan av misslyckande var total.

Josefine stod i korridoren när eleverna vällde in från skolgården. Hon betraktade dem med blandade känslor. Hon höll av dem oerhört mycket, var och en av dem, samtidigt som de i samlad trupp sakta men säkert malde ner henne. De välde fram i korridoren som en tsunami, svåra att stoppa, svåra att styra och svåra att inte tycka om.

Hon hade varit i klassrummet sen sju. Hon trivdes med de tidiga mornarna. Det var lugnt och hon fick mycket gjort. Dessutom fick hon möjlighet att prata med de elever som kom tidigt på morgonen. Skolan öppnade en halvtimma innan skolstart men Josefine brukade släppa in de som stod och trampade vid entrén tidigare, oftast ett par tre stycken. Det brukade bli en bra stund. Hon drack kaffe och förberedde lektioner och eleverna ritade, jobbade eller bara hängde med henne. De fick mycket sagt under morgonstunderna och oftast var det enda gången hade möjlighet till dricka hett kaffe i lugn och ro.

Ljudvolymen steg i den underdimensionerade korridoren som utgjorde kombinerat kapprum, grupprum, fritids och förråd. Trots blott 22 elever var det ett myllrande hav av barn som trängdes, kivades och gjorde allt man inte skulle i en korridor en minut innan lektionen började. Så småningom lugnade sig havet som flöt in i klassrummet och senare övergick till en sjö med krusningar. Josefine kunde ändå se framsteg. Femte dagen på raken utan slagsmål i korridoren innan lektionen. Att de fortfarande, trots att lektionen börjat, satt och småpratade, lekte med pennan eller stoppade huvudet under bänklocket var mindre glädjande. Hon hade börjat varje dag i ett års tid på samma sätt, ändå kom hennes förmaningar om tystnad som en total överraskning varje gång. Va? Måste vi vara tysta? Varför det? Det har du inte sagt någonting om?

Josefine hinner inte börja förrän klassrumsdörren öppnas och Tord kommer in. Det knyter sig i magen på henne direkt. Att en rektor kommer in i klassrummet kan aldrig var bra. Det kunde betyda vad som helst, att hon blivit anmäld av skolinspektionen, att föräldrar klagat, att vetskapen om hennes uselhet till lärare hade nått ända till honom, rektorn.

"Tjena, tänkte vara med en stund om det okej?"

Josefine kunde inte mer än nicka till svar. Det här var inte bra. Skulle han granska henne? Måtte barnen sköta sig. Innan hon hann ta till orda och börja lektionen ropade en elev rakt ut. Självklart utan att räcka upp handen. Josefine skämdes. Kunde de inte skärpa sig, bara den här lektionen?

"Vems pappa är du? Vad gör du här? Är det någon som varit dum? Ska du ta med någon till tandläkaren? Har du ätit lapskojs någon gång?" Pojken lät som en kulspruta och smattrade fram sin frågor utan eldavbrott.

"Jag är rektor. Jag tänkte hänga med er en stund för att se hur ni har det? Vill du säga något mer får du räcka upp handen." Tord svarade med en vänlig och avslappnad ton men ändå med skärpa. En svår kombination att bemästra.

En av flickorna längst bak räckte upp handen och fick ordet.

"Är du singel?"

"Öh, nej eller jo, jo det är jag." Tord överrumplades av frågan och visste inte riktigt hur han skulle svara.

"Va bra. Det var mamma som undrade. Hon tycker att du är stilig men att du är för snäll och har för stor mage. Mamma är PT. Hon kan hjälpa dig med det. Vill du det?"

Tord log, skakade på huvudet och satte sig i närheten av Joel. Varför hade han inte gjort det här tidigare? Att hänga med kidsen var betydligt roligare och mer givande än att sitta på ett möte med implementeringsgruppen och gå igenom de nya skrivelserna från skolverket. Han ångrade inte en sekund att han avbokat mötet.

Framme vid tavlan stod Josefine och var uppgiven.

Uppvaknandet

Någon visslar, någon slamrar i ett kök, någon har satt på en kaffe-
bryggare. Lena vaknar utan att förstå. Var är hon? Vad är klockan?
Var är morgonångesten? Och det viktigaste av allt, var är kalendern?
Hon ligger kvar i sängen som hon efter en stund upptäcker är en
soffa bäddad med lakan, täcke och kudde. Hon funderar på om hon
redan nu ska ta sin dubbeldos Treo eller om hon skulle invänta hu-
vudvärken. Sakta kommer minnesbilderna tillbaka och hennes till-
varo börjar klarna.

Pizzerian, mamman och de två lintottarna, mötet hon flydde
ifrån och kalendern hon spillt kaffe på och senare kastat. Gårdagen
känns främmande som en dröm eller scener ur en science fiction-
film av sämre kvalitet. Har det verkligen hänt? Det var så långt ifrån
vem hon var. Kastat kalendern?

"Trött idag?"

En ljus och glöd röst väcker Lena i hennes slumrande tankar.
Hon vänder sig om och möts av Jonnas glada ansikte. Hennes lila
slingor hänger ned över axlarna. Ringen i läppen glänser men lyc-
kas inte riktigt utmärka sig i det hårt sminkade och glada ansiktet.

Jonna var det ja, Jonna som jobbar på pizzerian. Jonna som igår
erbjöd Lena en soffa, ett glas vin och trevligt sällskap. Först hade
Lena inte känt igen Jonna. Något som de båda senare kom fram till

var helt i sin ordning med tanke på att Jonna förändrats till utseendet en smula.

Jonna hade gått i Lenas klass någon gång i tidernas begynnelse. Det var svårt att koppla ihop elever med årtal. Det var innan åtgärdsprogrammens storhetstid men dokumentation i mängder kring Jonna hade ändå krävts. Soc och bup hade varit inkopplade kring familjen som då bestod av en svårt psykiskt sjuk mamma, en periodare till pappa och två flickor, Jonna och Alexandra. Alexandra som var storasyster kom alltid oroad och ledsen till Lena när Jonnas klass skulle på utflykt. Alexandra bekymrade sig om sin lillasyster som aldrig hade med sig matsäck eller rätt kläder för utflykten. Varje gång lugnade Lena henne och visade den dubbla matsäcken och de extra kläderna som hon förberett. I tre år hade Lena med sig extra matsäck och kläder till Jonna.

"Du kanske ska skicka ett sms i alla fall", fortsätter Jonna när hon inte får något svar.

"Sms?"

"Ja, det är ju inte så schyst att inte höra av sig. De undrar nog var du är. Tänk om de ringer Aina."

"Ja, kanske det. Men Aina? Du menar Tord?" Lena känner sig verkligen förvirrad.

"Aina, polisen alltså. Tänk vilket ståhej det skulle bli."

Lena hade tänkt på saken. Naturligtvis skulle det bli en hel del stök när de kom fram till att hon faktiskt är borta. Polisen skulle de självfallet ringa och det skulle sannolikt bli skriverier i tidningen. Vilket stort besvär hon skulle ställa till med. Det skulle med största sannolikhet bli mer besvär än när hon fick punktering i Sjöholmsrondellen då två polisbilar kommenderades ut för att dirigera om en 200 meter lång bilkö. Det hade tagit två veckor av sömnlösa nätter att komma över den uppmärksamheten. Bäst att sms:a ändå. Men vad skulle hon skriva?

"Äh skriv att du vabbar eller är på en horrorskön semester", säger Jonna glatt som om hon kunde läsa Lenas tankar.

"Vabb, men jag har inte…Horrorskön? Du läste boken?" Lena kommer plötsligt ihåg. Boken! De sista tre åren i Jonnas snåriga skolgång hade Jonna spenderat mesta tiden i korridorerna, hemma eller på snabbmatsstället i centrum. Eftersom skolan var liten och eleverna få stötte Lena på Jonna lite då och då. De hade spenderat många timmar på bänken utanför bildsalen, Jonna deprimerad, förtvivlad och skoltrött och Lena empatisk, lyssnande och förstående. Jonna hade sedan länge inte varit Lenas ansvar på något sätt. Det måste ha passerat minst två klasser genom Lenas klassrum sedan hon lämnande över Jonnas välfyllda pärm till nästa lärare. Men hon hade ändå tagit sig an Jonna trots välfylld kalender, möten och oskrivna åtgärdsprogram. Under någon av de sista samtalen hade Lena givit Jonna en bok. En bok som förhoppningsvis skulle få upp ögonen på Jonna som mer och mer börjat umgås med vänner av den mer våldsamma sorten. Efteråt ångrade sig Lena. Boken var våldsam, kanske det triggade mer än avskräckte. Kanske skulle Jonna en dag sitta inlåst på Hinseberg och i något samtal med psykologerna berätta att allt började med den här boken. Hade det varit så lämpligt att ge bort Clockwork Orange till en ungdom på glid?

"Japp, jag har läst den tre gånger och säkert sett filmen tio gånger. Det var ju så jag upptäckte Kubrick. Skönaste regissören ever. Utan honom hade jag aldrig ens funderat på filmskolan." Jonna går fram till bokhyllan medan hon pratar och plockar fram en sliten pocketbok.

"Jaha, filmskolan? Kubrick är han inte lite våldsam han?"

"Ja, filmskola och filmskola, det är en folkhögskola, men så snart jag är klar är det huvudstaden som gäller. Har fått praktikplats på ett produktionsbolag. Och du, Kubrick han är horrorskön! Jag har sett alla hans filmer. Här vill du ha tillbaka den." Jonna räcker fram en pocket boken med titeln Clockwork Orange.

Det var alltså Jonna som hade känt igen Lena på pizzerian kvällen innan. Jonna som senast de sågs inte bara hade varit på väg utför i den sociala utförslöpan som kantades av våld och droger, hon hade också fått upp en riktigt bra fart. Även om Jonna såg ut som, ja hur såg hon ut egentligen, så verkade hon ha ordning på sig. Hon var hårt sminkad, hade ringar i öronen, ring i läppen och armringar som rasslade vid minsta rörelse. Runt halsen hängde ett tjock kedje- liknande halsband och på hennes tår glänst ytterligare ringar. Skrotvärdet på Jonna borde kunna försörja henne i flera månader. Men trots det och trots att hennes trasig jeans och lilafärgade tröj- liknande plagg som matchar hennes lila slingor, såg hon ändå väl- vårdad ut.

Jonna hade lyssnat med stora ögon när Lena berättade om sin flykt från skolan. De hade suttit kvar efter att pizzerian stängt. Trots att restaurangen saknade tillstånd att servera annat än läsk, vatten och lättöl kom en vinflaska fram på bordet. Först när Jonna överty- gat Lena om att vinet inte var smuggelgods trots den polska texten på etiketten kunde Lena slappna av och njuta av vinet. När flaskan var tom hade Lena inte så många val mer än att följa med Jonna hem till hennes lilla etta några kvarter bort. Ortens enda hotel var egentligen inget hotel, snarare ett pensionatliknande boende som drevs av en äldre dam som ansåg att det inte fanns någon anledning att springa omkring på stan på kvällarna. Därför låste hon entrén

redan klockan tio. Lena kunde alltså inte säga nej till Jonnas erbju-
dan om nattkvarter trots att hon insåg att hon skulle vara till stort
besvär.

"Var har du din kalender?", frågar Jonna mellan tuggorna. De sitter
och äter lunch eller möjligtvis middag i soffan som nyss tjänat som
säng för Lena. I en trång etta får man tänka smart hade Jonna sagt
medan hon gjort ordning maten. Ungefär som i skolan då hade
Lena svarat.
     "Kalendern, ja den, den åkte i papperskorgen", svarar Lena.
     "Va? Det skulle jag aldrig ha gissat. Du hade ju alltid din kalen-
der med dig. Du släppte den inte en sekund."
     "Nja, alltså, är man lärare är vardagen ganska inrutad. Alltså, det
är svårt utan kalender. Det kanske var lite överilat." Överilat är en
mild beskrivning av vad hon hade gjort. Det var inte bara en kalen-
der som åkt i soporna. Det var hennes fasta livboj i tillvaron, hela
hennes liv, som åkt i soporna. När Lena tänker närmare på saken är
kanske kalenderns öde en förutsägelse. Var det så hon skulle sluta
sin karriär? Först en överdos med kaffe och sedan på tippen bland
försäkringskassans sjukskrivna och arbetslösa?
     "Överilat? Du måste ha fått en psykbryt."
     "Nja, alltså det…, Ja, det var nog ganska dumt när jag tänker
efter." Dumt är även det en mild beskrivning. Vansinnigt idiotiskt är
nog närmare sanningen.
     "Dumt? Tvärtom! Det är ju bra. Ni lärare är ju så inrutade i era
kalendrar, scheman och datasystem att ni flippar ur för minsta lilla
kaffefläck som spills på er välplanerade vecka."
     "Va? Ja, nej alltså, så är det inte. Vi behöver ju, ja struktur och
sånt." Lena hittar inga motargument. Motvilligt måste hon erkänna

att Jonna har rätt. Lärarvardagen är extremt inrutade ned till minsta minut. Lektionsplaneringar, bedömningar, åtgärdsprogram och allt annat som kunde tänkas handla om undervisning är klickbart i datorsystemens mallar. Det finns inget som helst utrymme att ta några spontana steg utanför mallarna. Att tänka utanför boxen, som de dyra positivitetskonsulterna som kommunen med jämna mellanrum bjöd in mässade om, gäller inte riktig för den undervisande läraren. Istället gäller det att anpassa ihjäl sig så att man kan leva i boxen och klicka sig fram till nästa box.

"Tror du inte att ni lärare skulle må rätt schyst om ni började improviserade och var lite mer kreativa.

"Ja, fast kreativa är vi väl ändå." Lena tycker själv inte att hon låter särskilt trovärdig. Kreativ? När var det senast? Någon gång före kommunaliseringen eller möjligtvis förrförra påsken då det var köpstopp och hon tillsammans med klassen tvingades göra kycklingar av gamla telefonkataloger som hon hittat. Det får väl ändå räknas som kreativt när man lyckas ordna en hel pysseldag med tomma och förråd och köpstopp. Och det hade faktiskt gått rätt hyfsat tills de gula sidorna tog slut. Ingen hade fått ta hem sitt påskpyssel det året. Lena skulle skämmas alltför mycket när hennes elever kom hem med gul pappersboll som i rätt vinkel och med en rejäl portion fantasi kunde tas för en kyckling.

"Kreativ? Äh, kom igen. Kommer du ihåg när kopieringsmaskinen stod still i en hel vecka? Blev en hel del film då." Jonna börjar skratta när hon minns kanske en av hennes bästa vecka i skolan.

"Jo, det förstås. Men kom inte och påstå att vi inte improviserade." Lena smittas av Jonnas skratt samtidigt som hon minns kanske en av sina värsta veckor i skolan. "Om du bara visste hur oplanerade vi var ibland. Skjuta från höften med tröskelpedagogik som vapen är väl det mest optimala provet på improvisation."

"Tröskelpedagogik?"

"Ja, alltså när läraren inte har hunnit planera lektionen och bestämmer sig för att vad hon ska göra när hon går över tröskeln till klassrummet. Det är vanligare än du tror."

"Låter inte likt dig Lena. Men okej då, jag ger dig improvisation. Men friheten då? Du måste var den minst fria människa jag känner."

"Fri och fri? Jo men va? Hur då?" Lena känner sig helt ställd av påståendet och snubblar på orden.

"Min pojkvän pluggar till lärare, jag vet. Ni är styrda av skolverket, kommunens dåliga budget, krångliga datasystem, möten och regelverk från byråkrathelvetet."

"Njae, alltså det stämmer inte, värst vad din pojkvän vet för att vara student." Lena känner att hon inte kan vinna diskussionen. Hon har inga motargument. Plötsligt känner hon sig dyster till mods. Det Jonna sa var förstås sant. Det fanns inte lärare som inte skulle skriva under på det.

"Han är smart min kille, så himla horrorskönt smart."

Och ändå vill han bli lärare höll Lena på att svara. Det var för mycket sanning i det skämtet.

"Han blir nog en bra lärare, men yrket är inte så hemskt. Lite frihet har vi", sa Lena i ett sista försök att åtminstone inte helt förlorat diskussionen.

"Frihet? Som vad till exempel? Får du välja om du ska jobba förmiddag eller eftermiddag på söndagar?" Jonna låter inte hånfull snarare lite medlidsam.

"Ja, just det", svarar Lena triumfatoriskt trots att många söndagar saknade valbara arbetspass eftersom diagnoser, nationella prov och planering gjorde både söndag förmiddag och eftermiddag obligatoriska. "Och i fjol fick jag välja ny mattebok till klassen."

"Oj! Bara en sån sak! Är inte alla matteböcker snarlika varandra?" Jonna ler med hela sitt hårt sminkade ansikte och visar inte en tillstymmelse till anklagan.

"Jo, det klart, men…" Ännu ett poäng till Jonna. Visserligen låg allt ansvar att välja rätt mattbebok på läraren. Vilken klåpare som helst kunde ge ut ett läromedel. Någon granskning, mer än av förlaget, förekom inte. Å andra sidan liknade alla matteböcker varandra. Det spelade inte så stor roll vilket material man valde. En outbildad vikarierande ungdom skulle kunna göra ett lika bra val som Lena.

"Okej, du vinner", säger Lena dystert.

"Japp, en tråkig egenskap hos mig, att jag alltid vinner och alltid har rätt", skrattar Jonna till svar. "Ni lärare är ena riktiga syltryggar till apelsiner."

"Apelsiner?" Lena erkänner gärna att Jonna har rätt, men apelsiner? Hon hade blivit kallad för mycket men en syltrygg till apelsin var ny.

"Ja, ni är ju näst intill programmerade av skolverket, kommunens dåliga budget, krångliga datasystem, möten och regelverk från byråkrathelvetet." Jonna låter säker och nästan påläst när hon pratar. Lena misstänker att Jonna och hennes pojkvän haft livliga diskussioner i ämnet mer än en gång.

"Fast programmerade, njae. Det är vi väl ändå inte?" Lena blir tveksam igen och befarar att hon går ännu en diskussion med förlust till mötes.

"Klart ni är programmerade. Hade du haft kvar din kalender här skulle du ha sett hur full den är av programkod. Bara att öppna och köra så fort du vaknar på morgonen."

"Fast det är jag som har skrivit allt som står i kalendern", säger Lena.

"Jo, det klart att du har men om du bestämt över den skulle den vara så pinfull? Full med trams och onödigheter. Nä, skulle du bestämma över din egen kalender skulle den vara horrorskön. Jag lovar dig. Tyvärr, du är precis om alla andra lärare, en programmerad apelsin. Staten har programmerat dig."

"Ah, du menar som en Clockwork orange? Nu tar du väl i. De använde ju droger till att programmera om människor. Jag har faktisk fri vilja." Lena protester men känd ändå någonstans i djupet av vad Jonna påstår hålla med. Läraryrket var inte längre det fria och kreativa yrke som hon en gång utbildade sig till. Hon satt onekligen fast i blanketter, fyrkantiga datorsystem, skolverkets allmänna råd och usel ekonomin. Men att säga att hon var programmerad var en överdrift trots alla föreläsningar som ville förmå henne att gilla läget och inte förändra det, eller förkastade allt den svenska yrkeskåren gjort under de senaste årtiondena till förmån för ett nytt fantastiskt arbetssätt som egentligen ingen trodde på.

"Fri vilja att välja mattebok och…" Jonna avbryter sin mening för att ge Lena en chans att fortsätta.

"Ja, och… och tja…" Lena tystnar. Den här diskussionen vann Jonna. Två noll till Jonna.

"Pennor kanske? Ni får väl välja vilka pennor ni ska köpa in?" Jonna försöker ge Lena lite tröstpoäng.

Lena svara med en ljudlig suck.

”Nä, vet du vad. Inte ens pennor.” Pennorna ingick i en upphandling som tvingade till inköp av billiga pennor av den sämre kvaliteten. Visserligen fanns det två märken att välja mellan men den lilla glädjen som den valmöjligheten gav förtogs av den usla kvalitet båda bestod av.

”Du ser. Du är inget annat än en apelsin med ett urverk.”

”Jaha och vad händer nu?, frågar Jonna.

Jonna och Lena sitter i soffan med en var sin stor kopp te. Lunchen eller om det nu var middagen är bortstökad och en kraftigt överdimensionerad tekanna står på det lilla soffbordet. Den borde rymma åtskilliga liter tänker Lena som inte ville vara till besvär och be om kaffe. Abstinens efter koffein, Treo och kalendern har märkligt nog inte gett sig till känna. Inte heller den obligatoriska huvudvärken som alltid infann sig efter en vinkväll hade infunnit sig. Kanske tog de ut varandra, neutraliserade eländet till ingenting. Två minus blir plus, var det inte så? Lena är i och för sig svensklärare men koll på matten har hon. Det är väl bara i kommunens budget som två minus blev minst tretton minus och två plus alltid förvandlades till minus.

”Vad ska du göra nu?, upprepar Jonna och försöker väcka Lena ur hennes grubblerier.

”Ja, alltså jag vet inte. Har inte planerat så långt. Det är väl liksom meningen att man inte ska planera så mycket när man bara sticker så här. Fånga dagen, du vet.” Lena hade berättat för Jonna om sin oplanerade flykt från skolan, yrket och livet.

”Okej, men det verkar ju inte som att du är så bra på att fånga dagen och vara oplanerad.”

”Nja, jag är ju nybörjare på att fånga dagar.”

”Nej, jag tror inte att det är du riktigt, att vara oplanerad på jakt efter nuet.”

”Antagligen inte. Hur hittar man nuet? Hur långt är nu? En sekund, minut eller kanske en hel timme? Och lyckades jag mot förmodan fånga en dag skulle jag nog inte veta vad jag skulle göra med den. Vad gör man när man fångat en dag?”

”Ja säg det. Det där går nog inte ens att googla på”, säger Jonna tankfullt och tar några klunkar te. ”Men när ska du tillbaka då?”

”Till skolan? Ja, det blir nog svårt. Kalendern har jag ju kastat och städet tömmer alltid sopkorgarna vid lunch, så det är nog kört.” Lena ser för sitt inre hur hennes nedsölade kalender försvinner ner i städets stora sopsäck. Det var verkligen kört.

”Kalendern? Ah, du menar din programkod. Ja utan den är du ju ingenting, eller hur?” Jonna avslutar med ett glatt skratt medan hon ser på Lena som försiktigt dricker sitt te ur den stora koppen.

”Nej, så är det ju inte. Men det är en hel del möten du vet, och en hel del anpassningar som måste vara färdigskrivna till vissa datum och sen utvecklingssamtalen. Jag hade alla tider uppskrivna där. Nej, det blir omöjligt att komma tillbaka. Och vad ska de andra säga?”

”Ja, och vad ska dina elever säga? Vem ska ta hand dem? Du har säkert någon som du delar matsäck med, hjälper med läxan eller har ett vakande öga på? Eller är det bara möten nuförtiden?”

”Va, nej, alltså vi får matsäck av köket nu, så att det ordnar sig nog med det.”

”Äh, du förstår vad jag menar. Var hade jag varit idag och du inte tagit hand om mig? Gett mig matsäck, pratat med mig i korridoren, brytt dig.”

"Det förstås." Lena måste åter igen ge Jonna rätt. Någonstans där bakom alla möten, all dokumentation, stress och huvudvärk fanns ju faktiskt eleverna. Eleverna som på sitt sätt också kunde slita på nerverna och ge utmattningssymptom bara genom deras blotta närvaro. Men det var ju faktiskt eleverna som trots allt gjorde yrket till något mer än bara ett sätt att försörja sig på.

"Vad händer om du bara går tillbaka och struntar i allt", frågade Jonna.

"Struntar i…Hur då?"

"Ja, om du går tillbaka till skolan och struntar i skolverket, kommunens dåliga budget, krångliga datasystem, möten och regelverk från byråkrathelvetet. Bara går dit och hänger med ungarna, lär dom en massa saker. Vad händer då?"

"Det går ju inte. Det, det, ja det går helt enkelt inte", svarar Lena och sätter ifrån sig koppen på bordet. Hon låter nästan upprörd. Hur kan någon så lättvindigt ifrågasätta världsordningen? Det vore som att påstå att jorden är platt eller ännu värre; att ifrågasätta kyrkan som lokal för skolavslutningen. Det handlade alltså om världsaltets grundpelare.

"Men vad händer?" Jonna är envis och vill verkligen veta.

"Vad som händer? Ja, om vi inte har några möten om eleverna så…Ja, då kan vi inte fylla i några åtgärdsprogram och då kan vi inte…"

"Då kan vi inte?" Jonna ger sig inte och låter retsamt provocerande.

"Jo…" Lena tystnar och inser att hon åter kommer att förlora. För vad skulle hända? Alla papper, blanketter, planer och matriser var det ingen som läste. Det skulle inte ens märkas om de saknades. För att bevisa meningslösheten med pappersexercisen hade Bengt för två år sedan lagt in sin inköpslista mellan två lokala arbetsplaner som han sen lämnade in till rektor. Ingen märkte något utom möjligtvis Bengts fru som antagligen bara fick hem hälften av vad som stod på listan. Så det klart, strunta i dokumentationen var nog ganska riskfritt. Men så gjorde man bara inte.

"Du lär ju knappast få kicken, avdrag på lönen eller strafftjänstgöring som att tömma komposten i fem veckor."

"Tömma komposten gör jag redan", säger Lena utan att vara ironisk. Lena ser sig redan som besegrad. Jonna har rätt. Ingen idé att kämpa emot. Komposten, returpapper och de övriga återvinningsbyttorna ingick inte i hennes arbetsuppgifter, men eftersom det inte ingick i någon annans arbetsuppgifter heller blev det tillslut lärarnas ansvar. Ingen hade ens protesterat.

"Ja, se där, och så länge du inte spöar kidsen eller är full i klassrummet får du inte sparken. Och lönen, ja lönen är väl redan blygsam. De har med andra ord inget att förlora."

Inget att förlora! Lika sant som det var bittert. Lena har inget att förlora. Ingen förstelärartjänst, inget lönetillägg, helt enkelt ingenting. Med tanke på lärarbristen, som tvingar rektorer att anställa de som saknade utbildning, livserfarenhet och sunt förnuft, är en lärartjänst i kommunen lika säkert som ett köpstopp i december. Skulle hon mot all förmodan bli av med jobbet kunde hon välja och vraka bland tjänster eller fortsätta sin planlösa flykt och tafatta försök att fånga dagen. Vem vet, kanske skulle hon en dag bli bra på det.

Det var just där. I en soffa framför en stor kopp med te i en trånga etta någonstans i Granköping som något vaknade till liv hos Lena. Kanske hade det legat och slumrat gömt bland stress, ångest, sömnlöshet och överdriven kaffekonsumtion. Kanske var det Jonna som väckt det där något till liv eller också märkte Lena det först nu när hon lämnat allt elände bakom sig. Kunde det möjligtvis vara ett litet embryo till känsla av lust att lära ut som väcktes där långt inne hos Lena. Lust att göra skillnad, lust att lära nytt, lust att hjälpa eller bara lust helt enkelt. Lustigt är det i alla fall. Än lustigare var att tanken på att strunta i allt som inte hade med undervisning och elever att göra varken svindlar eller retar kräkrefelexen. Något som vore mycket troligt bara för några dagar sedan. Lena som tidigare fick yrsel och sura uppstötningar när hon missade möten med några minuter, något som inte hörde till vanligheterna. Strunta i allt känns plötsligt som något naturligt. Naturligtvis var det så hon skulle göra.

"Vet du vad? Du har såklart rätt. Vad har jag hållit på med de senaste åren? Jagat min egen svans, eller nä, kommunens svans. Men nu är det slut med det. Nu skiter jag i allt och börjar undervisa! Jag har slitit, skaffat stressymptom, jobbat gratis och dragit på mig ett treoberoende som till och med skrämmer de mest luttrade läkarna. Och vad får jag för det? Inget, absolut inget. Ingen förstelärartjänst, inget lönetillägg, inte en ryggdunk eller ens tack! Ska det vara så svårt att får ett tack?" Lena höjer omedvetet sin röst och ställer sig upp medan hon håller sitt brandtal.

"Bravo!" Jonna applåderar.

"Ja, så får det bli. Jag ska minsann säga ett och annat till rektorn, redan imorgon. Jag ska…

"Okej, fast vänta lite..", avbryter Jonna, men Lena lyssnar inte och fortsätter.

"Vänta! Det har jag gjort i så många år. Vänta bara tills nästa möte med elevhälsan, då du. Då är det slut med alla goda råd. Det är slut med gratis övertidstimmar, kommunala projekt och dessa förbannade möten. Och dataterrorn, den kan de glömma. Jag har loggat in i datorträsket för sista gången. Och skolinspektionen, skolinspektionen kan kyssa mig i…"

"Okej, okej, lugn och fin nu", skrattar Jonna.

Lena sätter sig igen och tar stora klunkar av teet som nu blivit kallt. Hon känner sig förvånansvärt lugn och behaglig till mods och det helt utan överdoserade mängder koffein eller acetylsalicylsyra .

"Jonna, du är verkligen klok."

"Ja, vet du vad, det är jag faktiskt. Och vet du varför?"

"Va, nej."

"Jag hade en riktigt bra lärare en gång i tiden."

Rektorsmötet

Erla Hverir samlade rektorerna en gång i veckan. En hel dag inne på kommunhuset var inte mycket. Hon ville ha mer tid men chefen för nämnden hade sagt nej. Åtta timmar fick räcka. Erla hade först opponerat sig mot den enligt henne snävt tilltagna tiden, men förgäves. Det fanns många frågor att avhandla, alltid någon omorganisation, personalfråga, projekt, nya skrivningar, nya lagar, nya befallningar från nämnden och för att inte säga skolverket. Kommunen hade ständigt några anmälda skolor.

Alla skolor åkte dit förr eller senare. Från början hade Erla det hektisk när anmälningarna från skolinspektionen damp ned. Det var panik i alla led från nämnden ned till den enskilda läraren. Enorma mängder arbetstimmar lades ned inför varje anmälan. Dokument letades fram, dokument skrevs, dokument kopierades, dokument skickades fram och tillbaka och dokument dokumenterades. Erlas sprang på möten uppåt och nedåt i den kommunal hierarkin. Viktigast var mötena med rektorerna som behövde en väl balanserad mix av stöd och förmaningar. Men det var då, nu tog de flesta en anmälan med ro. De nya rektorerna kunde möjligtvis bli nervösa och behöva instruktioner och stöd men annars gick det mesta på rutin. Arbetstimmarna och cirkusen kring dokumentationen var dock densamma.

Erla Hverir hade sina rötter på Island. Precis som alla andra islänningar var hon stolt öbo och älskade den vackra men kärva ön. Och hon som alla andra såg upp till de nordiska grannarna. Därför hamnade hon i någon form av chocktillstånd när hon började jobba i den svenska skolan i början av 2010-talet. Hon hade studerat i Sverige och bott i landet i olika omgångar. Språket behärskade hon till fullo, men byråkratin. Byråkratin skulle hon aldrig behärska, förstå eller kunna förlika sig med. Det ytterst märkliga sättet att styra offentlig sektor på krävde kontroll och redovisning, och kontroll över kontrollerna som låg bortom alla kontroll. Det hade enligt Erla fullständigt spårat ur, eftersom all kontroll krävde dokumentation av enorma proportioner.

Kommundirektören hade från början sagt vid något möte att redovisning, kontroll och dokumentation var viktig annars visste ju inte medborgarna vad de fick för sina skattepengar. Erla tvivlade starkt på att skattebetalarna ville ha välfärdskvalitet på papper istället för i verksamheten. Att få både och räckte inte deras skattepengar till. På senare tid hymlade inte kommundirektören längre. Han sa som det var. Alla förvaltningar var helt enkelt tvungna att dokumentera för att hålla ryggen fri. Det gällde särskilt Barn och utbildning vars kunder med bara några klick kunde göra en anmälan till skolinspektionen. Då gällde det att ha dokumentationen på plats. Majoriteten av allt pappersjobb var helt enkelt ammunition mot skolinspektionen. Finns det inte på pränt har det inte hänt.

Effektiv målstyrning för nöjdare kunder, var namnet på en av de otaliga och kostsamma föreläsningarna hon hade deltagit på. Budskapet var glasklart och cyniskt. Endast genom effektiva instrument kunde man mäta effektmålen. Effektiva instrument var naturligtvis fler diagnoser till eleverna, fler papper att fylla i för pedagogerna och än mer dokumentation för rektorerna att sammanställa. Fler arbetstimmar försvann från verksamheten och föreläsaren kallade det för effektivitet.

Att elever och föräldrar inte längre kallades för elever och föräldrar var en människosyn som luktade illa tyckte Erla. Det luktade värre än ett isländskt fiskrenseri. Föräldrarna var kunder och eleverna varan som man handlade med. Varan kunde vara olika kostnadseffektiv. Elever med svårigheter var en större kostnad än studiemotiverade elever. Dessutom krävdes betydligt mer dokumentation för de elever som behövde stöd och dokumentation kostade pengar. Skolan var en grym marknad som gav vissa föräldrar bättre förhandlingsläge medan andra hade sämre förhandlingsläge. Teoretiskt var det naturligtvis inte så, men i verkligheten var det "cash is king" som gällde.

Att gifta sig svenskt hade verkat en som en bra idé. Bankrisen och ett Island som var nära en ekonomisk kollaps fick Erla och hennes svenska man att flytta från ön. Men tio år senare lockade Island mer än någonsin. Trots vulkaner, dåligt väder 360 dagar om året och ekonomisk kris ville båda flytta tillbaka. Hennes man, som var läkare, och Erla hade tröttnat på ett kontrollsystem som gjorde dem till byråkrater eller pärmkramare som hennes man kallade sig själv. Nä, Isländskt förtroende för medarbetarna var betydligt effektivare för en offentlig sektor än kontroller bortom kontroller.

"Då kör vi igång då. Vi har en hel del punkter att gå igenom." Erla får höja rösten för att få tyst på rektorerna. Ungefär som i en högstadieklass tänkte hon. De satt alla samlade i det trånga konferensrummet. Det avlånga bordet var belamrat med kalendrar, bärbara datorer och kaffekoppar.

"Vi börjar med projektet problembaserad systematisk skolut-
veckling. Förhoppningsvis hinner vi med ekonomin efter lunch."
Erla hade en medveten strategi med att börja med projektet som
hon visste inte var särskilt populärt. Den pappersmängd det projek-
tet genererade var inte nådig. Om hon avslutade med budgeten
kunde de gå därifrån och sura över budgeten istället för projektet.
"Hur har det gått? Har ni kommit igång?"
Några harklanden och sippanden på kaffet var ett enda som
hördes i någon minut innan den först av rektorerna tog till orda.
"Jo, men det flyter på bra tycker jag. Vi ägnade hela vårt kvälls-
möte till det. Tycker nog att jag ser resultat. Vi har vaskat fram flera
verksamhetsmål och börjat på en plan." Rektorn bläddrade bland
sina papper men tycktes inte hitta utkastet till planen som 34 peda-
goger lyckats tagit fram på tre och en halv timme obekväm arbets-
tid.
"Bra, låter bra det där. Ja som ni vet så har vi lagt det projektet
lite på is till förmån för ett annat projekt, projekt Rema 1000." En
av de manliga rektorerna tog till orda och fick alla de andra att
skyndsamt kolla i sina kalendrar efter anteckningar som de aldrig
hade skrivit i hopp om att det ändå kanske fanns något nedklottrat
om Rema 1000.
Erla tackade gudarna för att hon på morgonen stött på en av
psykologerna från elevhälsan. I all hast hade hon fått reda på ett
projekt som en av hennes rektorer redan sjösatt. Hon kunde inte
begripa hur hon kunnat missa informationen om det projektet. Det
hade visserligen varit mycket en period och inkorgen, både den
fysiska och den digitala, var ständigt full med oläst post. Hon låg
efter minst en vecka. Nu gällde det bara att låtsas var påläst och var

väl införstådd i projektet. Det skulle se dumt ut om områdeschefen inte kände till Rema 1000.

"Just det. Du Tord kanske kan berätta lite om det." Erla tittade runt bland rektorerna för att utröna om det fanns fler som inte kände till projektet. Bittert kunde hon konstatera att ingen såg förvånad ut. Alla tycktes vara med på noterna. Kunde det vara så att de pratade om det på förra mötet? Jo, så var det nog. Det var ju då hon stressat ifrån för ett möte med förvaltningscheferna. Så var det förstås.

"Gärna Erla. Ni har ju alla läst projektbeskrivningen så jag behöver inte gå in på några detaljer. Som bekant är det ju ett elevorienterat och konceptlöst arbetssätt med forskning som grund. Det finns en hel del fallstudier i ämnet som har fallit väl ut. Bland annat i England, Brighton. Det råder konsensus i utvärderingsanalyserna där ett individanpassat arbetssätt tillämpats i en större kontext. Självklart helt utan primär eller sekundär metodik. Riktigt intressant."

Det blev tyst i konferensrummet, så tyst det kan bli när 24 personer skriver frenetiskt i sina kalendrar och anteckningsblock. Ingen begrep vad som sagts och ingen ville röja sin okunnighet. Därför möttes den manliga rektorn efter en stund av gillande nickar och hummanden.

"Verkligen intressant. Jag var själv sugen att hoppa på projektet när jag läste projektbeskrivningen. Men vi kör ju skolverkets individualiseringslyft. Lite mycket just nu. Låter norskt?" En av de kvinnliga rektorerna längst bak i rummet pratade på i snabbt tempo i ett försök att låta införstådd.

"Precis så. Arne Tretorn", svarade Tord.

Praon

"Får man kika på skruvdragaren?", frågade P.A buttert. Han gillade
inte idén om att ha en unge i hasorna, dessutom inte en av de där
diagnosbarnen. Inte för att det var något speciellt med det. Alla
ungar fick diagnoser nu förtiden. Lite uppförsbacke sen kom psyko-
logen farande och stämplade en bokstavskombination i pannan på
dem. P.A trodde inte på diagnoser eller praon. Men rektorn hade
varit bestämd och hade faktiskt kommit med en hel del bra nyheter
också. Glöm det digitala, jobba som på åttitalet. Få saker gjorda
med andra ord. En liten prao kunde inte förmörka en sådan lycka.
P.A fick väl stå ut med att vara barnvakt några dagar tills grabben
tröttnade.

"Här. 13 mm metallchuck, digitalt överbelastningskydd och 1800
varv i minuten." Joel tog fram sin skruvdragare ur väskan och gav
den till P.A.

Första lektionen hade gått hyfsat. Det hade varit skönt att ha rek-
torn där. Först kändes det jobbigt men rektorn hade varit schyst
och hjälpt honom med matten. Det hade gått bra.

"Inte illa. Inte alls illa, vad är det för vridmoment?" P.A kunde
inte dölja att han var imponerad även om han kunde tycka att det
var surt att kommunen tillgodosåg sina vaktmästare med rena hob-
byskruvdragare jämfört med lillgrabbens värsting.

"55, inställbart i 14 steg plus borrsteg", svarade Joel.

"55! Inte illa och arton volt antar jag. Fulladdad?"

"Ja, jag har laddat hela natten. Den klarar en hel dag, kanske två. Ska vi börja med taket? Läckan i bibliotek, det kan gå illa. Har du sett att vattnet rinner in i armaturen. Bäst att bryta strömmen va? Proppskåpet är väl bakom dörren där det står elcentral. Jag så det en gång när jag…ja jag så det i alla fall. Det måste vara en 10 ampers propp va? Konstigt att de inte bytt till dvärgbrytare. Måste vara enklare. "

P.A kunde inte annat än att gilla lillgrabben. Klipsk, rapp och beväpnad med en skruvdragare med 55 i vridmoment. Själv hade han tjatat sig blå i ansiktet efter automatbrytare istället för keramiska proppar. Det inte kommunen begrep det fattade den här lillgrabben. Där fanns onekligen talang. Ungdomen var förvisso förtappad och slö men det fanns tydligen undantag. Den här grabben skulle gå långt.

På några minuter ändra P.A uppfattning om prao och barnpassning. Något som inte hörde till vardagen. P.A var principfast och tillräckligt gammal för att strunta fullständigt i vad andra tyckte om saker och ting. Det fanns ingen anledning till att ändra på sina principer när man närmade sig sjuttio år. Kokkaffe, papperstidningar och Volvo var bara några av hans normer som han hårdnackat försvarade när de mindre vetande som inte begrep sig på livet utmanade hans livstil. Att man överhuvudtaget byggde andra bilar än Volvo eller att någon frivilligt slutade dricka kokkaffe övergick P.A:s förstånd. Men det fanns mycket dumt folk i världen. Det fick han dagligen bevis på. Men lillgrabben, där hade han misstagit sig. Det måste han erkänna. Lillgrabben var en oslipad diamant som P.A skulle forma till en riktig karl. Inget digitalt tjafs, sådant kunde amatörerna hålla på med. Nej, lillgrabben skulle få lära sig det praktiska livets alla färdigheter.

"Takpapppen måste bort. Jag har ringt en firma som kommer hit efter lunch med ny papp och tjära. Innan dess måste det vara rent här." P.A pekade ut mot lapptäcket som utgjorde taket där läckan fanns. De många kommunala lagningar kunde inte längre hålla tillbaka vädrets makter. Riva bort och lägga nytt var det enda rätta. Skulle ha gjorts för tio år sedan enligt P.A. Han tänkte inte försitta chansen till ett nytt tak. Kommunens it-skugga skulle inte hålla i all evighet.

"Är det bara att riva? Hur många kvadrat kan det vara? Ska vi använda kniv? Hur lägger man ut ny papp?"

Lillgrabben sprutade ur sig frågor som ett maskingevär. P.A hade fullt sjå att besvara dem. Han förklarade, visade och beskrev. Ibland fick han skriva och rita på baksidan av takpappen, som de just rivit bort, för att visa hur allt hängde ihop. De räknade ut hur många kvadratmeter takpapp det skulle gå åt, hur många liter tjära som skulle behövas, hur lång tid det skulle ta och vad hela kalaset skulle kosta. P.A imponerades av lillgrabben som sög i sig kunskapen som en svamp. Han fick återigen erkänna för sig själv hur fel han hade haft. Imorse svor han sina tysta eder över att behöva sinkas av en spoling som behövde barnpassning. Nu när han äntligen hade fått fria händer. Istället visade det sig att lillgrabben varit till hjälp. De hade till och med fått betydligt mer gjort än vad P.A någonsin kunnat tro. Det var förstås bittert att ha fel. Eftersom han just aldrig hade fel sved det en aning även om lillgrabbens talang och entusiasm dämpade besvikelsen.

"Nä, nu kan gubbarna från takfirman komma." P.A satte sig ned på en av förhöjningarna som löpte tvärs över taket. "Dags för lunch."

"Lunch?" Lillgrabben lät besviken. "Redan? Vi måste väl fixa armaturen också? Har du tio ampers proppar? Det borde vi hinna innan lunch."

"Nja, håller du på så där hinner du få högt blodtryck innan du tar studenten. Man ska aldrig jobba på tom mage eller utan riktigt starkt kaffe. Dricker du kaffe?"

"Nä, jag är bara åtta år, jag brukar dricka varm choklad."

"Hm, det förstås, kanske tidigt att börja med kaffe vid åtta år, själv började jag när jag var tio. Tids nog hinner du lära dig dricka kaffe. Bara du inte börjar med te eller ännu värre häller mjölk i kaffet. Då är du ute på fel väg. Du vet, sånt det fostrar bara sillmjölkar. Kokkaffe ska det vara."

"Fast min morbror dricker latte macchiato. Han tycker det är gott och att det är som balsam för hans mage."

"Va, jaha… Ja, han kanske är allergisk." P.A fick bita sig i tungan för att inte säga vad han tyckte om mjölkdrickare. Han kunde slå vad om en månadslön på att morbrodern läste Dagens Nyheter på en sådan där elektronisk platta medan han drack sitt mjölkkaffe. Och självklart körde morbrodern en asiatisk plastbytta till bil. Det kunde han sätta hela årslönen på. Herre gud. Var det konstigt att ungarna fick diagnoser till höger och vänster när de hade förebilder som körde asiatiskt och drack mjölk till kaffet?

Pensionärerna

Mötet med områdeschefen och rektorerna hade gått över förväntan. Tord kunde tycka att det hade gått nästa lite för lätt att slippa undan problembaserad systematisk skolutveckling. Kommunen hade antagligen redan plöjt ned några hundra tusen på projektet genom att anlita konsultbolag och föreläsare. Att dra sig ur då borde vara en omöjlighet. Tord trodde, eller visste, precis som de andra rektorerna att projektet skulle ge föga resultat ute på skolorna mer än att arbetstimmar försvann och ett par pärmar till kunde ställas i administratörens rum. Detta hade mindre betydelse eftersom systematisk skolutveckling var i ropet. Den kommun som dessutom lade till problembaserat i projektnamnet låg självklart i framkant. Det här var alltså inget frivilligt som någon skola kunde välja bort, men på något sätt hade Tords lögner fintat kommunen och gett respit från åtminstone ett resultatlöst projekt. Det verkade som att om lögnen bara var tillräckligt trovärdig rullade den på av sig själv och levde sitt eget liv. En tung byråkratisk djungel med stressad personal gjorde nog också sitt. Problemet var att ju större lögnen blev och desto fler den nådde desto värre skulle smällen bli när den sprack. Men som hans gamla befäl hade sagt, ska man dö kan man lika gärna dö i en rejäl smäll. Den här smällen skulle bli rejäl. Något annat fanns inte att tro.

Att ljuga för sin arbetsgivare, kollegor, elever och föräldrar är en sak. Det skulle med största sannolikhet leda till en skriftlig tillsägelse, avdrag på lön eller kanske rent av uppsägning. Inget som en person med hans vårdplan behövde oroa sig för. Men det han nu stod i begrepp att göra sorterades förmodligen under kriminellt beteende om nu hans gärningar en dag skulle sorteras. Frågan var om det var omoraliskt och kriminellt eller bara kriminellt? Gick det att försvara sina handlingar för den goda sakens skull? Efter en stunds grubblande hade han kommit fram till att det var moraliskt okej, åtminstone enligt hans egen inre etiska kompass. Den inre etiska kompassen kunde översättas till hjärta och följa sitt hjärta kunde väl inte vara fel. Beroende på vad hjärtat så förstås.

Först hade han kommit fram till att han borde strunta i hjärtat, skolan, kommunen, eleverna, medarbetarna och allting annat. Bara hålla skolan flytande tills den sannolika sjukskrivningen kom och sedermera hans helsäkra död. Vad hade han att vinna på lögnerna? Egentligen ingenting mer än ett välbefinnande över att styra en skola som han tyckte en skola skulle drivas. Eller göra något som de flesta rektorer hade velat göra, förbättra oddsen för några av eleverna. När en sliten fras från Karl Bertils Jonssons julafton plötsligt hade dykt upp i hans huvud hade han bestämt sig. Självklart skulle han köra på, köra sitt eget race, ljuga och skapa den skola han trodde på. Konsekvenserna skulle bli katastrofala för hans egen del men förhoppningsvis positiva för hans skola. "Ett väl utfört arbete ger en inre tillfredsställelse och är den grund på vilket samhället vilar." Karl Bertils ord fick bli Tords ledord tillsamman med hans gamla befäls eviga sanning om den stora smällen. Lika bra att slå in på den kriminella banan.

Tord träffade Boule-föreningens representanter i deras egna klubblokal. Klubblokalen stod på kommunens mark som föreningen hyrde och låg inte långt från skolgården med en grusad boule-bana bredvid. Mycket till klubblokal var det inte. En liten köksvrå där det hjälpligt gick att koka kaffe, och en något större yta där bord och stolar kunde erbjuda ett tiotal besökare sittplats. Föreningen hade länge velat fått till stånd ett möte med Tord som ihärdigt hade skickat deras begäran vidare upp i de kommunal hierarkin. Men nu möttes de till slut. Tord var väl förberedd.

"Ja, för det första vill jag å föreningens vägnar framföra att det är riktigt uselt av kommunen att ta ut hyra för en så dålig boule-bana. Ni utlovade oss både makadam och stenmjöl. Något stenmjöl har vi inte sett till. Spela på makadam? Vem gör det?" Ordförande avslutade sin utläggning med väl inövade retoriska frågor.

"Nja, det låter förstå inte bra. Det borde gå och ordna."

"Och sen har vi klubblokalen", skjuter en av kvinnorna in. "Den är ju ett skämt, taket läcker, panelen är rutten och fönstren behöver kittas om. Skandal att kommunen kan ens överväga att sälja sådan…Ja, sådan skit." Kvinnan var märkbart arg.

Vad hade ni väntat er när ni köper ett hus med ett platt tak från kommunen?, tänkte Tord. Föreningen hade köpt huset förra året. Marken fick de inte köpa men hyra gick bra, med ett kommunalt löfte att rusta upp boule-banan.

"Jag har ett förslag." Tord samlar sig och inväntar de andras fulla uppmärksamhet.

"Förslag?" Kvinnan tittar mycket misstänksamt på Tord. Förslag från kommunen hade hon fått förr.

"Okej, jag ser till att ni får det grus ni behöver, rustar upp klubb-stugan och stryker hyran."

Det blev tyst i klubbhuset. Föreningens medlemmar tittar förvå-nat på varandra. Den här vändningen på mötet hade de inte räknat med. Bara för en timma sedan hade de gått igenom och slipat på argumenten likt soldater som förbereder sig på en hård strid. Och så kom detta? Här var en hund begraven.

"Stryka hyran. Nu förstår jag inte." Ordföranden sökte osäkert sina vänners blickar för att få stöd.

"Jag vill förstås ha en liten motprestation." Tord granskade med-lemmarna för att se om han hade dem med sig, något som visade sig ytterst tveksamt.

"Motprestation? Där kom det. Vad skulle det vara? Krossa sten till grus med hammare?", frågade kvinnan surt.

"Nej, jag tänkte mig att ni får tjänstgöra i skolan. Ni är ju pen-sionärer allihop och borde ha möjlighet att hjälpa oss. Vi behöver vuxna vid raster, luncher och frukost. Vi behöver vuxna som kan sitta ned med eleverna när de läser, räknar, gråter, äter, leker och byter om till idrotten. Vi behöver vuxna förebilder med livserfaren-het. Ni skulle vara perfekta. Självklart ingår gratis frukost, lunch och mellanmål." Tord lät informationen sjunka in och inväntande tål-modigt deras svar.

"Gratis?! Hur då gratis." Kvinnan var inte arg längre men att hon var tveksam gick det inte att ta miste på.

"Gratis som i att inte betala något", svarade Tord.

"Går det? Gratis?"

"Se den som en lön."

"Om jag förstått det hela rätt renoverar ni klubbhuset, ordnar med erforderligt underlag till boule-banan, avbryter hyran och ger

oss tre mål mat om dagen. Och motprestationen skulle då vara
att… Ja, att så att säga hänga med era elever?" Ordföranden ville
gärna stoltsera med uttryck som han nyss lärt sig av sitt barnbarn
även om han långt ifrån var bekväm med det.

"Helt rätt."

"Men, vänta här nu", sa en av medlemmar som varit tyst under
hela samtalet. "Jag är en pensionerad rörmokare inte lärare. Vad ska
jag bidra med. Jag kan inte lära ut något. Det måste ni väl förstå."

Pensionerad rörmokare? Tord fick lägga band på sitt mimspel
och inte lockas till ett jublande uttryck i sitt ansikte. Han anteckna-
de rörmokare i sin mentala anteckningsbok. Den kompetensen
skulle komma att bli värdefull.

"Nja, tanken är inte att ni ska undervisa. Bara vara tillhands, vara
vuxna, vara förebilder och avlasta lärarna."

Tord kunde pusta ut. Det gick inte att ta miste om pensionärer-
nas glädje. De skulle gå med på det. Visserligen kunde han känna
ett visst dåligt samvete. Det var inte svårt att locka fattigpensionärer.
Lite grus, ny panel och mat. Det var allt. Den billigaste arbetskraf-
ten i kommunens historia. Å andra sidan undrade han inte om de
även kände glädje över att vara till nytta, ha en meningsfull syssel-
sättning. Man kunde ju faktist se det som kompensation för kom-
munens nedläggning av pensionärernas bingocafé, deras allsång
och rabatten på badhuset. Tord hoppades att det inte bara var tre
fria mål mat om dagen som lockade.

"Hmm, ja… Jo, men jag tror nog att det här har varit ett lyckat
besök för alla iblandade parter. Jag tror nog att jag pratar för samt-
liga medlemmar när jag säger att vi gärna bistår med våra tjänster.
Även om de är blygsamma kan vi nog göra nytta på skolan. Sen är vi

femton allt som allt i föreningen. Ställer det till problem?", frågade
ordföranden.

"Inte alls. Det blir riktigt bra", svarade Tord. "Jag ordnar med det
praktiska när det gäller klubbhuset. Vi kör igång redan imorgon."

"Trevligt, mycket trevligt. Kan man möjligtvis få en matsedel?"

Ett lass grus kunde han nog förklara bort. Det var trots allt kom-
munens mark. Det kunde han komma undan med. Men att satsa
kommunala medel på ett hus som inte kommunen ägde. Där gick
nog gränsen för att kunna kalla sig laglydig medborgare. Rent prak-
tiskt var det inga problem. P.A och Joel fick fixa det. Det fanns fler
elever som kunde må bra av att jobba praktiskt. P.A skulle kunna bli
en bas för en mindre grupp elever. De skulle med lätthet fixa
klubbhuset på en dag. Svårare skulle det bli att stryka hyran. Uthyr-
ningen av marken låg inte på hans bord. Leila, administratören,
borde kunna fixa det eller åtminstone veta hur man bar sig åt. Det
var ett problem i sig. Leila skulle aldrig låta sig övertalas till att slå
in på den kriminella banan tillsammans med Tord.

Återkomsten

Lena har förberett sig. Dagens samtliga lektioner är väl planerade, material är framplockat och en termos med nybryggt kaffe står framme på katedern. Idag skulle hon dricka varmt kaffe. Lena har inga utopiska föreställningar om att lyckas ta sig till fikarummet idag heller. Visserligen hade hon bestämt sig, nu var det prioritet på elever, undervisning och henne själv och inte nödvändigtvis i den ordningen, men att verkligheten skulle medge en rast innan lunch var nog att hoppas för mycket.

Det fanns tydliga restriktioner när det gällde kaffe. Inget drickande bland elever i korridorer, klassrum eller skolgård. Kommunen var tydlig på den punkten. Det såg helt enkelt inte bra ut. Till viss del kunde Lena hålla med. Det såg inte bra ut och eleverna hade ingen möjlighet till liknande förmåner, om det nu kunde kallas för förmån. Hur som helst struntade Lena helt och hållet i kafferestrektionerna. Så länge arbetsgivaren inte kunde ordna med ordentliga fikaraster skulle hennes termos stå på katedern och trotsa fikareglementet. Det fanns antagligen föräldrar som skulle klaga, skicka mail eller prata med rektorn. Det bekom henne inte längre. Tvärtom, hon skulle med glädje ge dem länken till skolinspektionen där de lätt kunde klicka iväg en anmälan. Lena och Jonna hade inte kunnat sluta skratta när de pratat om saken. Vilken frustration för skolinspektionen att få in anmälningar om lärare som drack kaffe.

Innan Lena och Jonna skildes åt hade de båda lovat att hålla kontakten. Jonna ville veta hur skolan skulle möta den nya Lena. Den Lena som vaknat upp ur dokumentationskoman. Den pånyttfödda läraren som grävt djupt i sitt inre och funnit sin lärarsjäl, sträckt på ryggen och slängt sin kalender. Hur skulle skolsystemet klara det? Lena å sin sida ville eller kanske snarare behövde träffa Jonna för att få möjlighet att prata med någon som stod utanför skolans värld. Någon som kunde se på skolan, undervisning och hennes lärargärningar med friska sunda ögon. Någon som inte påverkats av svensk skolpolitik under de sensate tjugo åren.

En kvart innan morgonens första lektion börjar dyker plötsligt rektorn upp. Han knackar försiktigt på den öppna dörren till Lenas klassrum. Utan att invänta svar kliver han in. Lena stålsätter sig. Kunde aldrig vara bra när rektorn helt oannonserat kommer in.

”Hej Lena, bra att du är tillbaka. Jag blev orolig ett tag. Hur mår du?”

”Jo, rätt bra faktiskt. Jag behövde en ledig dag”, svarar Lena.

”Bra. Åh, kaffe. Får man en halv kopp?”, frågar rektorn triumferande när han får syn på termosen. ”Jag ska snabbt in till Josefine, sen är det möte på rådhuset åtminstone fram till lunch. Blir inte mycket kaffe med det schemat.”

”Självklart, nybryggt, hett och starkt. Vill du ha en halvfull kopp eller halvtom?”

”Hmm, något starkt till kaffet är ju inte att tänka på. Jag tar en full kopp.”

Lena häller upp en full kopp och inser att rektorns besök inte betydde problem. Han utstrålar någon sorts lugn eller är det möjligtvis värme, kanske trygghet.

"Jag har pratat med Kims föräldrar angående stenkastningen. De är villiga att sätta sig ned och jobba fram en plan för Kim. Något som tar bort den dåliga attityden. Jag kan vara med om du vill."

"Va, men…Jaha, ingen anmälan? Inget skolbyte?" Lena kan inte dölja sin förvåning.

"Nä, och ingen relegering. Blir det mer krångel får du hör av dig."

"Okej, vad bra då." Lena pausar för att samla mod. Den nya Lena hade en del synpunkter och det var lika bra att lyft dem nu. "Jo, jag har tänkt en del. Jag ställer in mötet med elevhälsan i eftermiddag. Några lektionsplaneringar hinner jag inte få till i Diggischool. Allt försvann i söndags när jag höll på. Dessutom krånglar inlogget. Jag har inte tid med sånt."

"Perfekt. Det blir bra. Vi testar en ny modell med elevhälsan. De jobbar mer elevaktivt. De kommer ut i klasserna. Du vet bäst vilka insatser de behöver koncentrera sig på. Hjälp dem på plats. Och systemet ligger nere. Det går inte att komma åt Diggischool. Du får köra analogt så länge."

"Analogt? Men…Jaha. Så bra." Lena kommer av sig. Hela morgonen hade hon laddat för att säga ifrån och säga nej. Att räta på ryggen krävde mod. Hon var beredd på kamp och så vek hela skolsystemet ned sig. Det är oväntat.

"Gott kaffe du. Jag måste vidare. Finns på telefonen. Jo, just det, jag jobbar på en plan för att du ska få mer hjälp i klassrummet. Går allt som jag tänkt får du mer resurs redan i slutet av veckan. Vi ses."

Lena hinner inte säga hej förrän rektorn försvinner ut ur klassrummet. Dricka kaffe med rektor, inga möten och fler resurser? Rektorn hade trots allt sett både pigg och kry ut, i sina sinnens fulla bruk, och ändå ett sådant märkligt beteende? Hon kunde ju förstås hört fel. Mer resurser krävde både pengar och fysiska personer. Något som det var brist på. Att till slutet på veckan både vaska fram personal och pengar låter som science fiction. Resurs, eller var det konkurs han sagt? En kommunal konkurs i slutet på veckan låter mer troligt.

Eleverna börjar droppa in. Flera verkar uppriktig glada över att Lena är tillbaka. Hon möts av både kramar och skratt. Trots att hon hör några svordomar, ser några knuffar och en del sura miner känns det ändå bra. Kramarna och leendena väger tyngre.

Sist in i korridoren kommer en stressad mamma med sin flicka.

"Hallå. Ja, vad bra. Så bra att jag fick tag på dig", ropar mamman till Lena. "Du kan gå in så länge Elin. Mamma ska bara prata med fröken."

"Var det något särskilt?", undrar Lena.

"Jo, det är så att Elin ska till tandläkaren. Du måste se till att hon står påklädd och klar på parkeringen fem över nio. Jag har så mycket på jobbet just nu så Elin måste verkligen stå på parkeringen då. Glöm inte att hon måste borsta tänderna innan. Hon kan vara lite kinkig så det är bra om du ser till att hon borstar tänderna redan tio i nio. Och just det ja, kan du kolla så att hon får med sig sina röda stövlar. Hon behöver dem i helgen. Tack snälla."

"Du, jag är ledsen, men jag har också mycket på jobbet just nu. Dessutom är ditt barns tandläkarbesök, tandborstning och stövlar inte skolans ansvar. Mitt tips är att du lägger över lite ansvar på Elin. Hon är ju trotsa allt nio, snart tio."

Och tyvärr personlig service med totalansvar för ditt barn ingår inte i den skatten du betalar. Och nej, skolan kan inte söka rut-avdrag för hushållsnära tjänster. Fortsätter Lena tyst i sitt huvud. Det fanns gränser för vad den nya Lena kunde säga.

"Va, men...Jo det förstås. Fast det är mycket just nu. Jag...jag."

"Då säger vi det. Ha en bra dag."

Lena lämnar den stammande mamman, går in i klassrummet och börjar undervisa.

Hämtningen

Christina var bortom trötthet när hon svängde in på skolans parkering. Hon hade inte sovit många minuter föregående natt. Mötet med rektorn malde i hennes utmattade huvud. Hon kunde inte bestämma sig för om det hade varit ett bra eller dåligt möte. Ingen från elevhälsan, ingen som skrev, inga reviderade åtgärdsprogram, ingenting mer än ett förslag och en gul post-it-lapp. Egentligen spelade det ingen roll. Hon skulle inte orka så länge till.

Parkeringen var som vanligt full. Christina fick ställa sig en bit ifrån vid ett litet skogsparti. Något som egentligen var rätt bra. I bästa fall skulle Joel se henne från skolgården och komma till bilen utan att hon behövde gå ut. Christina var för trött och för ledsen för att kunna möta de andra föräldrarnas anklagande blickar. Hon skulle bryta ihop. Mitt på skolgården. Kanske skulle hon skrika eller kanske bara rasa samman. Tårarna gick inte att hejda när hon satt i sin bil bortanför skolans bilparkering vid ett litet skogsparti.

Någon Joel syntes inte till. På skolgården syntes personalen i sina varselvästar och några få barn. De flesta hade gått hem eller var på väg hem. Men någon Joel såg hon inte till. Christina var tvungen att lämna bilen och möta anklagelserna. Hon torkade tårarna och gick iväg i riktning mot skolan.

Christina tog sikte på en av fritidspedagogerna som hon hade mest förtroende för. Det var lika bra att ta tjuren vid hornen.

"Hej, Christina. Jättebra dag idag."

"Åh, vad bra, så skönt." Christinas axlar sjönk ned ett par decimeter.

"Ja, han var ju bara med första lektionen. Men det gick super. Han ligger ju lite före i matten så han hjälpte Sigrid. De två funkade jättebra ihop."

"Hjälpte hur då?" Christina kände fritidspedagogen väl och var nästan säker på att det var Joel de pratade honom. Fritidspedagogen kunde inte misstagit sig.

"Tord var ju där också. Jag tror att bara Joel vill så är han jätteduktig."

"Jaha, okej."

Joel ville, han ville nog mer än alla andra på hela skolan. Men han kunde inte. Det var det som var problemet. Han kunde inte. Hur mycket han än ville.

"Men var är han nu?"

"Han hänger med P.A. De skulle fixa elkontakterna i gymnastiksalen."

"Elkontakterna?"

Innan fritidspedagogen hann svara såg Christina Joel komma springande från andra sidan av skolgården. Springande! Det kunde aldrig vara bra. Hon kunde inte urskilja om Joel var ledsen, arg eller förtvivlad.

"Hej mamma." Joel mötte sin mamma med en kram.

"Hej gubben. Hur är det?" Christina kunde andas ut. Joel lät glad.

"Vet du vad? Kan du fatta att P.A hade en skruvdragare på bara 12 volt? Han fick byta batterier två gånger. Och du. Taket, det läcker inte längre. Det behövdes tjugo kvadratmeter tjärpapp för att fixa taket. Eluttagen, någon klåpare hade missat den gröngula kabeln. Du vet väl att det är jordkabeln och att nollan är blå. Och, och, vet du att…"

"Okej killen. Det är dags att åka hem." Christina blev tvungen att avbryta sin son. Fritids ville väl stänga innan de skulle öppna igen.

"Okej, hej då Camilla."

"Hej då Joel."

Christina visste inte vad hon skulle tro. Hon såg på sin son som strålade av glädje. Hur var det möjligt? Vem var den där P.A? Och vad hade han gjort med hennes son? Det psykologer, lärare, läkare och hon själv inte lyckats med hade denne P.A lyckats med på en eftermiddag. En skoldag utan bråk, ångest, ilska och frustration.

"Mamma, varför är du ledsen?" Joel stannade upp med sitt snabba ordflöde som beskrev hans skoldag.

"Nej, jag är intel ledsen Joel. Jag är glad." Christina torkade sina tårar med baksidan av handen.

"Va, vad konstigt. Du mamma, vet du vad? Imorgon ska P.A och jag sätta upp en ny projektor i niornas klassrum."

Hälsobesöket

"Två år, kanske tre", sa läkaren, en Berggren den här gången, med en neutral ton. Samtidigt tittade hon på Tord med allvarlig min.

"Tre år? Men, jag trodde alltså, jaha… Så länge." Det gick inte att ta miste på Tords besvikelse. På tre år skulle han hinna få många anmärkningar från skolinspektionen, skriftliga varningar och sparken. Han skulle även hinna med minst två år i fängelse om det inte blev böter, antagligen blev det både och. Tord började kallsvettas och må illa. "Tre år alltså."

"Ja, det beror ju förstå på hur du svarar på behandlingen. Det finns fall där det gått mycket fortare. Men vid snabb operation och medicinering ser jag inga hinder för att din prognos kan vara positiv de närmaste åren. Hur mår du? Du ser ut att må illa?"

"Ja, jag trodde att…Ja, den andra läkaren, Klingberg, hade en något dystrare prognos." Tord försökte komma ihåg vad Klingberg egentligen sagt. Hade han egentligen sagt något mer än att det var allvarligt?

"Jag har ju förstås gått igenom Klingbergs utlåtanden och svaren från undersökningarna. Självklart har även jag granskat resultaten från PET:en."

"Jaha, just det PET:en." Tord hade ingen aningen om vad det var för något och han ville inte veta. Han tänkte definitivt inte googla det heller. Minnesbilderna från senaste undersökningen var diffusa.

Han hade haft migränliknande anfall och ett blodtryck värd att trycka i medicinska facklitteraturer.

"Jag föreslår att vi bokar in dig snarast eftersom läget är akut. Behöver du prata med någon? Dina anhöriga? Får du stöd av dem?"

"Anhöriga? Jo, jag har en faster i Borås, men det var länge sedan jag hörde något från henne. Hon kan ju förstås vara död." Tord tystnade och funderade. Anhöriglistan var kort och ytterst osäker. Leila kunde knappast räknas in på den listan. Och räknades inte hon in fanns det ingen annan kollega heller som kom in på listan. Man kunde har roligt med sina kollegor, trivas med dem och verkligen gilla dem. Men anhöriga? Nej, så funkade det inte. I Bosnien hade det varit annorlunda. Då var kollegorna den närmaste familjen.

"Jag rekommenderar att du får prata med någon redan idag. Vi har ett akutteam på psyk."

Tanken på sina gamla familjemedlemmar i utlandsstyrkorna fick Tord att börja tänka klart igen. Metodiskt började han gå igenom alternativen. Prata med något akutteam var det inte tal om. Vad skulle han säga? Att huvudvärken, magkatarren, och det höga blodtrycket kommit tillbaka när han fått veta att hans förväntade livslängd var betydligt längre än vad han först trott? Tre år till var heller inget alternativ. Han hade bränt för många broar för att det alternativet skulle vara möjligt. Visserligen var byråkratin seg som kola och långsam som en trött snigel. Men förr eller senare skulle livet komma ikapp. Konsekvenserna skulle hinna upp honom på tre år hur seg än byråkratin var. Då återstod alltså bara ett alternativ.

"Om jag struntar i behandlingen?"

"Struntar i behandlingen? Hur då?" Läkaren Berggren tittade oförstående på Tord.

"Ja, struntar i operationen och den där medicineringen?"

"Det skulle jag bestämt avråda ifrån. Funderar du på alternativa behandlingsformer?"

"Nej, bara att strunta i det."

"Fast du måste förstå att då försämras din prognos avsevärt. Vi pratar inte ens om ett år."

"Det passar mig utmärkt", svarade Tord med en lättad röst. Illamåendet hade avtagit och kallsvettningarna försvunnit.

"Utmärkt? Jag tycker ändå att du bör prata med vårt akutteam. Jag förstår att du är i chock och mår dåligt."

"Ingen fara med mig. Jag mår toppen."

Tord reste sig upp, tackade och gick ut från mottagningsrummet. Max ett år. Det kunde han leva med.

De brittiska stridspiloterna

"Vad tror du? Renovera klubblokalen tillsammans med några av eleverna?" Tord satt på sitt kontor tillsammans med P.A. Det var var viktigt att få med sig P.A.

"Ja, jo, det klart. Nog skulle det gå. Har du fler sådana som lillgrabben?", frågade P.A utan någon större entusiasm.

"Joel? Ja, jag har funderat på fyra till som borde kunna ansluta sig till grupp. Kanske inte hela dagar men några timmar varje dag. Två i nian, en sjuan och en i femman.

"Mmm, bara det inte blir något dagis. Jag har inte tid med att snyta ungar. Kan de något?

"Kan? Det klart att de kan. De kan massor av saker. Och det funkar ju bra med Joel, eller hur?"

"Jo, det funkar hyfsat. Klipsk grabb." P.A var som vanligt sparsam med positiva beskrivningar.

"Bra. Vingummi?" Tord tog fram sin Haribo-ask. Den andra för veckan.

"Nja, tack men jag klarar mig. Det är väl rent praktiskt inga problem med klubbhuset, men…" P.A. avbröt sig själv. Han behövde tänka. Det fanns för många lösa pusselbitar i den här historien för att det skulle finnans någon för P.A synbar logik i alltihop. "…kan det verkligen vara rimligt att kommunen spenderar pengar på ett hus de inte äger. De öppnar ju inte ens plånboken för husen de

äger. Känns skumt det här. Och kommunens datorsystem, ligger
nere? Det tror jag inte en sekund på. Lägger man dessutom till lill-
grabben till historien börjar det bli riktigt märkligt. En skoltrött
prao som hjälper vaktmästarn? När hände det sist? Ingen dum idé
förvisso, men i all fall. Här ligger det inte en hund begraven. Någon
har begravt en hel kennel. Vad är det som händer?"

Tord hade väntat på detta. Att försöka slå i P.A en massa lögner
var inte lönt. Han var smart och hade varit med alldeles för länge.
Därför var det viktigt att få med P.A på tåget. Det fanns helt enkelt
inget annat att göra än att berätta.

"Har du kohandlat med pensionärerna?", utbrast P.A när Tord berät-
tat om sina planer. "Rema 1000? Ja jisses, det var banne mig inte
illa. Det här kan ju aldrig kommunen gå med på. När de upptäcker
det här, då är du rökt. Jag gillar idén. Jag undrar om inte Roffe är
med i den där kulkastarklubben? Han är ju rörmokare, en rejäl karl.
Tro fan det att han vill komma till oss och jobba. Du vet pensionärs-
livet är inget för Roffe. Han skulle döda för att göra lite nytta."

"Precis så tänker jag med. Briljant eller hur?" Tord kunde pusta
ut. P.A verkade positivt och när P.A var positiv då måste det vara
bra.

"Nog är det briljant. Men kom inte och försök påstå att kommu-
nen godkänner det här. Aldrig helvete." P.A struntade i att svor. Det
Tord just berättat var inga dåliga grejer. Klart att en svordom var på
sin plats. "Du kommer att behöva en sjuhelsikes bra advokat eller
en riktigt bra flyktplan när de upptäcker det här."

"Det ordnar sig", svarade Tord och stoppade ännu ett vingummi
i munnen.

Tord hade inte berättat om sin sjukdom. Däremot hade han varit noga med att förklara att det var han som rektor som tog konsekvenserna. P.A hade inget att bekymra sig om. Bara att spela med.

"Ja du. Jag är imponerad. Att det trots allt fanns lite ryggrad i dig."

"Nej, det var det nog ingen som trodde." Sorgligt nog stämde det. Tord hade saknat sin ryggrad och var glad att den var tillbaka. Fast å andra sidan, det är inte svårt att ta risker om man ligger två meter ned i backen när det är det är dags att betala för sitt handlande. Hade man verkligen ryggrad eller mod då? Kanske spelade det ingen roll. Han kände sig åtminstone stark, handlingskraftig och odödlig. Precis som han känt i Bosnien förutom möjligtvis odödlig. Där hade döden varit påtaglig och rädslan att dö eller skada sig fanns alltid där i bakgrunden. Något som hans befäl hade sagt varit nödvändigt. Då håller man sig skärpt. Tänk på döden så överlever du.

"Det finns ett problem", fortsatte Tord. "Din chef. Han måste snart undra varför du inte svarar på arbetsordrarna. Han vill nog snart se tillbakarapportering."

"Hon."

"Va!"

"Ja, det är en hon. Min chef är en hon", sa P.A buttert. P.A gillade inte kvinnliga chefer. Det fanns bara en sak som var värre och det var manliga chefer. De manliga cheferna var det mindre ordning på. De kvinnliga cheferna jobbade hårdare, var noggrannare och var mer ordningssamma. Så visst var de kvinnlig cheferna bättre, men bara en smula.

Det måste ha hänt något i början på 90-talet med alla chefer. Förr var de mer praktiska, kom ut på skolorna och kunde till och med hugga i. Det var aldrig några otydligheter. Jobba efter eget huvud och se till att det bli snyggt, var mottot. Ingen som kontrollerade eller krävde en digital redogörelse för minsta skruv som drogs åt. Men nu var det annat. Allt skulle dokumenteras, annars hade det inte hänt. P.A visste förstås att det inte var hans chef eller kanske inte ens hennes chef som styrde över dokumentationshelvetet. Och det var knappast deras fel att han var tvungen att kolla upp avtalet för varenda lite pryl han köpte in istället för att åka dit det var bäst kvalitet till bäst pris. Men samtidigt hörde han heller aldrig att cheferna klagade eller opponerade sig när de till och med själva tyckte att mycket kunde göras annorlunda. De var ena riktiga syltryggar. På sjuttiotalet skulle en chef aldrig vika ner sig för en pärmbärare.

"Ingen fara", sa P.A. "Jag pratar med henne imorgon. Snacket om Rema 1000 verkar ju funka bra. Dessutom skulle ingen bli gladare än hon om hon fick en skola mindre att utöva digital terror mot. Hon ogillar det lika mycket som jag."

"Kan inte bli bättre. Tänk vad mycket du kommer att få gjort. Eller kommer du sakna alla digitala hjälpmedel?" Tord försökte utan framgång att vara ironisk.

"Knappast. Nä du, den svenska skolan påminner lite om andra världskriget om du frågar mig."

"Andra världskriget? Nu tar du väl i." Tord kunna hålla med om att det kunde vara stökigt på sina håll i det svenska skolsystemet. Men en jämförelse med ett världskriget kändes som en kraftig överdrift.

"Royal Air Force", fortsatte P.A utan att ta notis om Tords invändning. "Kriget avgjordes i luften. I början var flygplanen rätt enkla till konstruktionen. Flyga, sikta och skjut. Mycket mer var det inte att tänka på för de brittiska stridspiloterna. Men kriget drev på utvecklingen av planen. Fler och fler uppfinningar, konstruktioner och smarta lösningar tillkom och planen började bli riktigt avancerade, för sin tid. Piloterna fick massor av teknisk hjälp. Flög de för lågt blinkande lampor, kom de för nära fienden pep det, girade de för tvärt lyste andra lampor. Och så höll det på. Piloterna fick allt mer pipande och blinkande skräp som skulle hjälpa dem att flyga och peppra ner tyskarna. Till slut var det så mycket intryck och skit att det gick sämre för piloterna."

"Jaha, men det måste väl vara bra med nya plan och tekniska hjälpmedel." Avbröt Tord som lyssnade intresserat.

"Nej, för sjutton. Det blev samma effekt som att ge en som brutit lårbenshalsen rullstol, kryckor och rullator på en och samma gång. Nä, för sjutton. De gamla flygaressen som fortfarande var i livet, de stängde av allt krimskrams och ägnade sig åt att flyga, sikta och skjuta. Och vips så började det att ramla ner tyskar från himlen igen."

"Hmm, måste ge dig en poäng där."

Tord tänkte efter. Nog hade P.A en poäng och det en rätt stor poäng. Lärarna påminde om de brittiska stridspiloterna i många avseenden. Lärarna kämpade med tre olika datorsystem, matriser, lokala planer, sporadisk fortbildning till höger och vänster, möten, konsultationer och skolverkets allmänna råd. Det fanns ingen hejd på alla så kallade hjälpmedel som lärarna var tvungna att ta till. Som att kasta fem hundra livbojar till en som höll på att drunkna. Risken var rätt stor att få en livboj i huvudet, svimma och sjunka till botten. Det borde räcka med tre livbojar. Planera undervisning, undervisa och reflektera över undervisningen. Tord kände sig än mer säker på att den inslagna vägen var rätt. Vilken smäll det skulle bli.

”Ja, men då är vi klar”, sa P.A och var på väg att resa sig upp.

”Ja, det är vi nog. Men innan du går vill du inte ha en liten en?”

”Nä du, dina vingummi får du hålla för dig själv.”

”Vingummi?”, sa Tord med ett leende och tog fram en flaska Teacher's och fyllde på två små snapsglas. ”Skål!”

Stormötet

Förr byggde man inte en större skola utan en stor aula. Det behövdes någonstans där hela skolan kunde samlas, där elever fick möjlighet att uppträda, där avslutningar kunde hållas, där rektorn välkomnade till ett nytt läsår och där ibland provskrivning förekom. Trots att Tallmoskolans ännu inte fyllt 50 år, inte var särskilt stor eller hade några större behov av en sal fanns där ett samlingsrum stort nog för att kunna kallas aula. Salen hade tjänat som gymnastikhall men när kommunen byggde en multiarena i närheten förlades idrotten dit istället. En ekonomiskt bra lösning eftersom skolans gymnastikhall var tvungen genomgå en rejäl och dyr renovering för fortsatt idrottsutövning. Visserligen försvann det 30 minuter i veckan från schemat till transport från och till multiarenan och skolan var tvungen att betala hyra för varje idrottspass. Men det belastade en annan budget i en annan korridor i kommunhuset. Hur som helst fick Tallmoskolan en ny aula som inte krävde några större renoveringar. Stolar köptes in och den första skolavslutningen firades i den nya samlingslokalen. Något som borde ha blivit en succé eftersom man nu slapp den långa promenaden till kyrkan. Kyrkan som aldrig riktigt räckte till när det gällde att trycka in föräldrar, släkt och vänner, något som skolans nya aula gjorde. Succén uteblev, istället drog en upprörd föräldrastorm in som senare ökade till orkanstyrka. Hur kunde skolan beröva barnen svenska traditioner? Läget försvårades av att skolan tagit emot fem flyktingar från Etiopien. Hur kunde skolan flytta skolavslutningen från kyrkan bara för att några invandrare inte skulle bli kränkta? Både skolans personal, kommunens tjänstemän och politiker fick ta emot en störtflod av kritik. Föräldrar som aldrig annars gick i kyrkan grät ut i tidningarna över att skolan stulit deras demokratiska rättigheter att fira skolavslutningen i kyrkan. Vad blev nästa steg? Ska vi fira avslutningen i en moské näsa år? Hur långt skulle islamiseringen gå? Att de fem arma flyktingbarnen var kristna hade ingen bemödat sig att ta reda på. Ett föräldradrev gick sällan att överleva. Nästa år gick elever och personal de tre kilometrarna till den trånga kyrkan som bara tillät två anhöriga per elev. Ordningen var återställd och aulan tom. Något som Tord hade för avsikt att ändra på.

Aulan var fullsatt. Längst fram vid scenen satt de yngsta eleverna och ju längre bak i stolraderna desto äldre elever. Längst bak satt niorna lite högljudda och spelat uttråkade även om de liksom alla andra undrade vad som var på gång. Ingen kunde komma ihåg senast hela skolan samlats på det är viset. Vad skulle det vara bra för? På en måndagsmorgon dessutom. Lärarna hade inte kunnat ge några svar eftersom de heller inte visste. De stod uppradade längs aulans väggar lika ovetande de om vad som skulle hända. Även boulegänget var där, längst bak i aulan. Att det var viktigt gick det inte att ta miste om. Tord hade varit tydlig på den punkten. Inga som helst undantag. Alla skulle vara där. Två prov i spanska, en diagnos i matte och ett studiebesök hade strukits från schemat. Vad kunde vara viktigare än allt det? Även elevhälsas personal, kökspersonalen, städet och P.A var kallade. Så något stort var på gång, helt klart.

"Välkommen till måndagsamlingen." Tord stod på scenen och pratade i mikrofonen som P.A efter lite mixtrande fått att fungera.

"Tackar." "Välkommen själv." "Det är du som ska ha tack. Nu slipper vi spanskan." Flera elever i nian svarade Tord högljutt och störande men inte otrevligt. Deras försök att vara roliga och imponera på kompisar lyckades delvis. Fnissningar och skratt bröt ut men dog snabbt.

"Från och med idag kommer vi att träffas här varje måndag varannan vecka", fortsatte Tord utan att ta någon notis om niorna. "Ni är fantastiska och jag vill träffa er oftare. Vi ska jobba tillsammans, bli bättre, få bättre betyg, vi ska bli den bästa skolan."

"Jobba tillsammans? Gör du mina läxor då?", svarar en av niorna kaxigt och tittade sig omkring bland kompisarna för att söka bekräftelse.

"Nej, läxorna måste du göra själv. Det är du som måste jobba hårt, det är du som måste höja dina betyg och du måste vilja det. Men du är inte ensam. Vi är här och hjälper dig." Tord tystnade och pekade på skolans personal, pensionärerna och sig själv. Han tog ett djupt andetag innan han fortsatte.

"När det gäller skolans resultat ligger vi bra till. Riktigt bra. Ni är bäst i kommunen. Ni ska vara stolta. Vi är bäst."

En tveksam applåd som inte riktigt ville ta sig började någonstans i mitten av aulan. Ett par busvisslingar från några åttor och sen inget mer. Då var reaktionen hos lärarna betydligt större om än tystare. Många tittade förvånat på varandra. Några skakade på huvudet medan andra rykte på axlarna för att visa att de inte begrep någonting. Tord lät det han sagt sjunka in och fortsatte sen.

"Men vi kan bli bättre. Vi ska bli bättre. För vi är bäst helt enkelt. Det är Tallmoskolan som gäller. Jag tänker utmana er. Jag vill att ni läser mer." Tord gjorde en paus för att invänta reaktionerna som blev som väntat. Busvisslingar och burop. Tord fortsatte.

"Ni ska läsa hundratusen sidor."

Det blev tyst i aulan i några sekunder innan elever i alla åldrar oroligt skruvade på sig och började ställa frågor till varandra, till lärarna och till Tord. Hur många böcker var det? Hur lång tid skulle det ta? Det måste väl ändå vara omöjligt?

"Hundratusen sidor", upprepade Tord. Eleverna tystnade direkt. "Och vi gör det tillsammans. Ni kommer att få läsprotokoll av era lärare som visar hur ni ska fylla i dem. Varje vecka samlar jag in läsprotokollen och räknar ihop sidorna. När ni kommer upp i hundratusen kommer ni att..." Tord tog en konstpaus. Han hade allas uppmärksamhet och ville fortsätta med det.

"Vadå? Vad händer då?", ropade en ivrig etta som satt på andra raden. Det gick inte att ta miste på hennes iver och nyfikenhet.

"Då kommer jag att övernatta på skolans tak."

Det gick en susning genom hela aulan. Lärarna stod och gapade i sin förvåning och eleverna visste inte vad de skulle tro. En rektor som som övernattar på skolans tak. Det kunde inte vara möjligt.

"Inte chans, du vi är inte dumma i huvudet. Du kommer inte att sova på taket.", ropade en av niorna.

"Visa mig hundratusen sidor så ska du få se. En rektor kan ju inte stå här och ljuga. Dessutom får ni en ledig dag för varje hundratusen sidor ni läser."

Återigen blir aulan knäpptyst. Det enda som hörs är ljusrörens hummanden tills deras ljud dränks av en explosion av jubel och applåder.

"Alla böcker ni läser räknas, hemma, på skolan, hos en kompis, på fritids. Hundratusen sidor sen klättrar jag upp på taket." För första gången i skolans historia fanns det något positivt med skolans platta tak. Tord skulle till och med kunna tälta på taket, dra upp en elgrill och en litet kylskåp med några kalla öl i. Skulle bli rena semestern. Fast han fick antagligen nöja sig med något enklare middag och svagare dryck.

"Ni är som sagt fantastiska och jag vet att ni fixar det. Dessutom kommer jag att lägga till tusen sidor för varje höjt betyg."

Mer jubel, längre applåder och fler förvånande miner från lärarna som nu började bli nervösa. De pratade tyst med varandra. Var det någon som visste om detta? Fick man göra så? Höll Tord på att tappa greppet?

"Men jag kommer också att kräva mer av er." Tord väntade in tystnade och upprepade just vad han sagt för att försäkra sig om att alla verkligen hade hört honom och viktigast av allt, förstått honom.

"Jag kommer att kräva mer av er. Ni kommer alla att behöva följa skolans fyra regler. Det är inget jag ber er om eller önskar att ni gör. Skolans fyra regler måste alla följa. Fyra regler."

För tredje gången blir aulan tyst. Tord står tyst och tittar ut över eleverna. Sedan fortsätter han.

"Nummer ett, ni ska ta hand om er själva och varandra. Nummer två, ni ska ta hand om ert eget och skolans material. Nummer tre, ni ska alltid göra ert bästa och nummer fyra, ni ska följa svensk lag. Bryter man mot dessa regler får ni en tillsägelse. Hjälper inte det blir det samtal hem och kvarsittning. Varje fredagseftermiddag kommer jag att sitta i SO-salen tillsammans med de som fått kvarsittning." Till Tords förvåning bryter applåder ut och han kan bara tyst titta ut över aulan. Lika förvånande kan han konstatera att även många av lärarna verkar positiva.

"Innan ni går. Ni är fantastiska, ni rockar fett och jag tycker om er. Var stolta, ni går på Tallmoskolan."

"Tord, vänta!"

Tord hann inte fram till sitt kontor innan Eva sprang ikapp honom. Samtalet som han länge skjutit upp gick inte längre att undvika. Eva var en duktig och ambitiös lärare som bl.a. hade skolutveckling och fortbildning som ansvarsområde. Hon var noggrann, påläst och släppte aldrig regelboken. Allt skulle gå rätt till. Inget fusk, inga genvägar och alltid ordning på dokumentationen hur stora än pappershögarna var. Tord visste att hon jobbade långt mer än sin fyrtiofem timmar, jobbade på loven och sällan tog rast. Han hade tagit upp det med henne utan resultat. Tord fick erkänna att bättre lärare var svår att hitta. Eva var en uppenbarelse eller en våt dröm för skolverket. Om skolverket någon gång dristade sig till att skriva allmänna råd om hur en ideallärare kunde beskrivas skulle den handla om Eva. Tord tyckte som sagt att Eva var bra även om han önskade att hon någon gång släppte regelboken, slappnade av och hade roligt.

"Hej Eva, vi går in på mitt kontor."

"Du, Tord. Vad är det som händer?" Eva lät stressad och orolig.

"Något särskilt du tänker på?" Tord låtsades inte förstå Evas oro.

"Något särskilt? Du måste skämta. Är verkligen det här sanktionerat hos Erla? Vad säger nämnden? Och timplanen? Eleverna i P.A-gruppen följer knappast timplanen. Mår du bra Tord?"

"Jag mår bra prima. Ingen fara med mig och ingen fara med timplanen. Sett till helheten får eleverna sin tid. Och Erla, det var på hennes inrådan." Tord hade blivit van att ljuga. Han gillade det inte men nu fanns inget annat alternativ. Att ljuga för Eva var svårt.

”Ja men pensionärerna då? Hur har vi råd att anställa dem? Jo, jag håller med om att de är värdefulla, men de saknar kompetenser. De dokumenterar inte. Flera barn har gjort sig illa utan erforderliga dokument. Se på lilla Sanna. Två blåmärken, ett näsblod och inte en enda blankett. Du hör ju själv. Vi kan inte ha det så.” Eva blir nästan andfådd av sitt snabba tal och blir tvungen pausa.

”Jo, men det gick ju bra för Sanna. Helmer tog väl hand om henne. Han är väldigt populär i trean. Så mycket omsorg hade inte Sanna fått utan Helmer.”

”Nä, det förstås, men nu handlar det väl inte om omsorg och Sanna. Det handlar om att vi måste vara professionella och dokumentera. Vi dokumenterar ju incidenter för barnens skull.” Eva stannade upp och tänkte efter. ”Jo, det klart att det handlar om Sanna, men men men, ja du förstår vad jag menar.”

Nej, Tord förstod inte. Han hade aldrig varit med om att en blankett stoppat ett blodflöde eller tröstat ett barn. Blanketterna tröstade möjligtvis rektorer när skolinspektionen knackade på dörren. Men mycket mer hjälp av blanketter än så kunde han inte se.

”Sen har vi elevhälsan? Inställda möten? Jodå, jag tycker förstås att det är bra att de är mer integrerad i den dagliga verksamheten, men var står vi utan anteckningar från elevhälsomöten som aldrig ägt rum? Vi har dessutom åtgärdsprogram, remisser och utredningar som måste bli färdiga. Vem skriver sånt nu? Tord, det här känns inte bra. Känner verkligen nämnden till det här?”

”Absolut, självklart. När jag läste projektbeskrivningen kunde jag inte säga nej när de frågade mig. Dessutom är ju resultaten fina från Edinburgh.”

”Jo, ja det klart. Men jag hittar inget på Google om Rema 1000. Jag har verkligen sökt. Och du Tord, muta barnen? Gjorde man verkligen det i Edinburgh? Du köper ju dem ju. Eller rättare sagt du stjäl ju timmar från eleverna. Lediga dagar?"

"Nja, premierat lärande kallas det för. Inte muta. Det är helt nytt och visat sig fungera riktigt bra. Den inre drivkraften är fortfarande viktig förstås och måste alltid ligga till grund för lärande. Men ibland måste vi få eleverna att förstå att hårt arbete lönar sig mer än bara i goda framtidsutsikter. Rema 1000 är nog bara arbetsnamnet i kommunen. Det heter antagligen något annat utomlands. När det gäller de lediga dagar är det en schemateknisk grej. Det där har någon på kontoret räknat på." Tord började känna sig matt. Det var en pärs att hålla tungan rätt i munnen och säga rätt saker. Saker som han ljugit om tidigare måste ju stämma med vad han ljög om nu. Jobbigt. Han lovade sig själva att aldrig mer ljuga när det här var över. Något som egentligen inte var så svårt att hålla med den utmätta tid han hade.

"Okej Tord, jag förstår. Men vi riskerar mycket här. Föräldrarna kommer att reagera. Du kommer väl ihåg protesterna när vi flyttade skolavslutningen? Dit vill vi inte igen." Eva tittade på klockan och insåg att det var dags att springa vidare. Men innan hon stängde dörren till Tords rum kom hon hon på att det fanns mer frågetecken att räta ut. "Resultaten Tord? Vi har legat sist kommunen i alla mätningar som gjorts. Vi ligger tredje sist i hela länet när det gäller meritvärden. Ljög du för eleverna?"

"Nej, det klart att jag inte ljög", ljög Tord.

Ordföranden i Barn och utbildningsnämnden

"Hur svårt kunde det vara?"

Bo Holmlund satt nedstämd och ensam på sitt kontor. Han förväntade sig inget svar. Att prata högt för sig själv var en egenskap han gillade hos sig själv. Det var egenskaper man hittade hos stora tänkare, ledare och män som betytt något för mänskligheten. Nu kunde han kanske inte räknas till den skaran, något han ämnade göra bara rätt tillfälle gavs. Just nu var han bara en kommunalpolitiker i en mindre kommun. Han satt varken i kommunstyrelsen eller kommunfullmäktige. Däremot var han ordförande i Barn och utbildningsnämnden. En skräppost enligt honom själv. Men det var så politiken fungerande. Man fick bida sin tid, vara vaksam och flytta fram sina positioner allt eftersom. Bo räknade med en nominering till riksdagen redan nästa val. Rätt kontakter var naturligtvis viktigt, men politiska meriter i nämnden vägde också in. När det gällde Barn och ungdom var det resultaten, ordning och reda i klassrummen och större valfrihet som gällde. Det var i alla fall vad hans parti gått till val på. De löftena hade han och förbundsordförande mejslat fram. Att det var Bo som skulle ta posten som ordförande i Barn och utbildningsnämnden var det först inte tal om. Men det var så politiken fungerade. Han fick bida sin tid. Och få upp betygen, hur svårt kunde det vara? Riktigt svårt skulle det visa sig.

Det såg inte bra ut. Det var bara att erkänna. Naturligtvis gick det inte att beskylla Bo för det, eller hans parti. De hade tagit över en skola i nedförsbacke och sådant tar tid att vända. Oppositionen gnällde förstås och skyllde skolans kräftgång på omprioriteringarna där Barn och utbildning hade fått stå tillbaka till förmån för annat. Även om de var Bos nämnd som drabbades hårdast av omstrukturreringen av de offentliga medlen försvarade han budgetnedskärningarna. Omstrukturering av offentliga medel var Bos favorituttryck. Det lät positivt och proffesionellt och betydligt bättre än när oppositionens kallade besparingarna för stöld från barn. Det spelade egentligen inte så stor roll. Bo skulle visa dem att det gick bedriva betydligt bättre skola för betydligt mindre peng än vad förra styret lyckades med. Det tog lite tid bara.

"Hur svårt kunde det vara?" Bo upprepade frågan. "Att lära ungar läsa och räkna. Vad är problemet?"

Bo hade utvärderingen av förra terminens betyg och nationella prov framför sig och det såg verkligen inte bra ut. Bred nedgång. Inte så många procent men trenden var tydlig. Även om Bo inte var skulden till bedrövelsen skulle det inte se bra ut inför en eventuell nominering trots viktiga vänskapsband. Bo såg för sitt inre hur tåget till huvudstaden och riksdagen åkte sin iväg. Kvar på den mediokra perrongen stod han tillsammans med hobbypolitiker och gnälliga lärare.

"Lärarna, om bara lärarna hade gjort sitt jobb." Bo började ilskna till. Siffrorna var ju faktiskt inte hans förskyllan men det var han som skulle få bära hundhuvudet. Lärarna skulle förstås gå fria. Lärarna som gnällde, sa upp sig, sjukskrev sig och mailade klagomål.

Begrep de inte att de var tjänstemän, simpla tjänstemän som skulle göra som de blev tillsagda? Det hade blivit ett himla liv när omstruktureringen av de offentliga medlen blivit känt. Båda facken hade protesterat högljutt medan lärarna i vanlig ordning gnällt sig blå i ansiktet. Bo hade lugnt och pedagogiskt förklarat att det var dags att föra Tallköpings skolor in i den moderna, effektiva och digitaliserade framtiden. Trots besparingar gjorde effektiviseringen och digitaliseringen av skolverksamheten det möjligt att inte bara behålla samma kvalitet, utan även höja den. Men eftersom lärare var ett släkte som tydligen fortfarande hade problem att anpassa sig till 1842 års skolreform ville de inte lyssna. Det var ju ett under att folkskolan och realskolan inte fanns kvar med lärarnas bakåtsträvande mentalitet. Men det fanns ett plus med lärarkåren. De vek ned sig oavsett hur mycket de gnällde. Visst några hade sagt upp sig men de största flertalet jobbade på som vanligt. Fackens protester tystnade, stormen bedarrade och allt blev som vanligt fast med lite mindre pengar i budgeten.

Hade bara lärarna gjort sitt jobb, rivit i åt ungarna och lärt dem att läsa och räkna. Vad var problemet? Istället gick resultaten ner och det trots att Bo drivit på obligatoriska fortbildningar, inköp av digital plattformer och inköp av konsulttjänster. Konsulterna var av bästa kvalitet. Det kunde han själva intyga. Han hade bra insyn i konsultföretaget. Hans svåger var framgångsrik. Ingen tvekan om det. Trots att företagets affärsverksamhet inte omfattade pedagogisk utveckling hade de på kort tid lyckats sy ihop en paketlösning till kommunen. Det om något vittnade väl om en hög kvalitet. Men inte hade de hjälpt. Lärarna stretade emot, förändringsskygga som de var.

De andra löftena från valet såg heller inte så lovande ut. Valfriheten att välja skola gick i stöpet när en av kommunens två friskolor gick i konkurs. Konkurs var kanske inte rätt beskrivning. Skolkoncernen hade problem med lönsamheten och behövde göra omstrukturering av kapitalflödet. Trots ihärdiga uppvaktningar av Bo som erbjud än de ena och än de andra lade koncernen ner sin skola i Tallköping. Kvar blev Bo med 230 elever som plötsligt saknade skolplacering. En tuff utmaning som frestade på budgeten som gick i taket. Trots nedskärningar ökade nämndens utgifter det året.

Ordning och reda i kommunens skolor var det lite si och så med. Anmälningarna till skolinspektionen om oro i klassrummen fortsatte som förut. Där kunde inte Bo göra så mycket. Han kunde inte styra över de oregerliga lärarna som inte hade pondus nog att slå näven i bordet.

Nej, det var sannerligen inte lätt för Bo Holmlund. Fick han inte ordning på sin nämnd, uppfyllde löftena och drev på omstruktureringarna av de offentliga medlen skulle han bli kvar på perrongen. Barn och utbildningsnämnden skulle bli hans lott i livet.

"Förbannat också." Bo röt till och slog näven ännu hårdare i sitt skrivbord. Så hårt att kaffekoppen välte och fläckade ned utvärderingen. "Fan."

Bo Holmlund, ordförande i Barn och utbildningsnämnden, satt och svor vid sitt skrivbord när ödet eller kanske troligare slumpen gav honom det tillfälle han nästa givit upp hoppet om.

"Tjena, Bosse." Anne kom in utan att knacka, något som irriterade Bo nästan lika mycket som att bli kallad för Bosse. Men Anne var ordförande för ett av samarbetspartierna som Bo måste hålla sig väl med. Bara att tugga i sig.

”Jaha, vad är det den här gången?”, sa Bo vresigt till svar.

”Inget speciellt. Ville bara säga att det var en bra artikel om skolan idag.” Anne slängde fram dagens upplaga av lokalbladet. ”Du har väl läst den?”

Bo tog upp tidningen och bävade för rubriken. I nio fall av tio var rubriker om skolan nattsvarta. Det var anmälningar, kränkta föräldrar och gnäll om neddragningar. Inte sällan var Bo den som framställdes som den onde sabotören som ville skolan ont eller den som missköte sitt jobb till den grad att alla föräldrar var tvungen att klaga.

”Nytt projekt höjer betygen och ger alla elever en chans.” Bo hajade till. Rubriken som dök upp redan på sidan tre var bildsatt med ett fotografi på glada barn och en förmodad lärare i bakgrunden. Rubriken var antingen positiv eller ironisk. Bo läste hela artikeln med stort intresse.

”Inte illa Bosse”, sa Anne när hon såg att Bo läst färdig. ”Varför har du inte berättat om det? Verkar vara en framgångssaga, sånt som lockar väljare.”

”Ja, jo, nä, jag vill att eleverna och personalen ska stå i centrum. Jag vill inte ta uppmärksamheten ifrån dem”, ljög Bo. Han hade inte en susning om vad artikeln handlade om men insåg att det var något bra som han missat.

”Jaha, okej, inte likt dig. Nämndeordförande som vill stå tillbaka? Ja ja, roligt i alla fall. Jag förutsätter att du berättar om projektet för nämnden på nästa möte.”

”Självklart, självklart”, svarade Bo sammanbitet samtidigt som han svor eder av den grövre sorten tyst för sig själv. Han skulle kunna strypa kärringen här och nu men nöjde sig med ett vresigt adjö.

Bo Holmlund läste artikeln igen och försökte få grepp om vad det var han just snubblat över. Varför visste han ingenting om projektet? Ett riktigt positivt projekt dessutom som fick tidningens uppmärksamhet. Var det inte ganska typiskt? När det var något bra om skolan låg han i mediaskugga totalt bortglömd. Men när det var någon lättkränkt unge som var mobbad och bölade ut i pressen då högg journalisterna som kobror. Vad hade han att göra med det? Det var ju lärarna som inte dög till att riva i och istället skyllde på honom. Framgångarna däremot tog de åt sig äran för.

Naturligtvis var det den där sura isländskan som medvetet hållit tyst om projektet. Hon ville själv ta åt sig äran förstås. Bo hade aldrig gillat henne och såg henne som en stor del till skolornas utförslöpa, hon och lärarna. Det skulle inte förvåna honom om hon någon gång i tidernas begynnelse varit lärare på Island. Suttit där bredvid någon osande svavelkälla och blivit sur och gnällig. Hon klagade på bristen på lärare, bristen på pengar, bristen på friska lokaler och bristen på tiden. Denna förbannade tiden som alla saknade. Det gällde väl att prioritera och effektivisera? Tänk om om isländskan och lärarna hade jobbat istället för att gnällt. Vad mycket de skulle fått gjort. Den enda bristen som Bo kunde se var bristen på vilja och lite jävlar anamma bland tjänstemännen i kommunen. Det kunde han naturligtvis inte säga högt även om han många gånger varit nära, särskilt när isländskan kommit med sin klagolåt.

Projektet. Än var det inte försent. Bo skulle kunna anställa den där rektorn som konsult i sitt företag. Företaget låg visserligen vilande som en rest från den tid då han var en av kommunens framgångsrika entreprenörer. Det skulle inte var några problem att bedriva konsultverksamhet, förädla projektets idéer och sälja in det till andra kommuner. Det fanns ju trots allt nära 300 kommuner i landet. Marknaden var stor. Men förmodligen skulle det bli himla liv från alla håll och kanter. Så var det ju i det här landet när någon försökt tjäna pengar. Nä, det var för riskabelt. Det kunde slå fel. Då vore det bättre att hårdlansera projektet inför Barn och utbildningsnämnden och kommunstyrelsen som sin egen idé. Det skulle gå lätt. Antagligen skulle han inte ens behöva nämna att det var hans idé. Det gällde att få in några fler artiklar i tidningen där han själv deltog med namn och gärna bild. Kanske vore det något för riksmedia? Skötte han sina kort väl kunde det här gå riktigt bra. Bo Holmlund hämtade mer kaffe och låste in sig på sitt kontor.

Det såg onekligen ut som att lyckan hade vänt och nu visade sin välvilja mot ordförande Bo Holmlund i Barn och utbildningsnämnden. Riksdagsplatsen såg ut att vara inom räckhåll. Vem visste, kanske till och med en ministerpost låg och väntade inom en inte alltför avlägsen tid.

Styrkt av sina framtidsvisioner satt Bo och funderade, läste tidningsartikeln och funderade igen. Det fick inte finnas några tvivel om vems projektet var eller vem som var upphovsmannen. Eller rättare sagt det fick inte finnas några tvivel om att han, Bo Holmlund var upphovsmannen. Det fick heller inte verka som att han skröt eller framhävde sig själv. I Jante-lagens förlovade hemland var man tvungen att vara ödmjuk och ursäktande. Ingen fick sticka ut eller vara märkvärdig. Det såg illa ut om han drev på sin egen förträfflighet för mycket. Det var sannerligen inte lätt att uträtta något utan att anses vara en skrävlare.

"Jäkla DDR-Sverige."

Rema 1000? Vilket dumt namn. Det måste Bo naturligtvis ändra på om det nu inte var försent. Namnet förekom redan i tidningen. Det kunde ju bli svårt att ändra det, och i så fall till vad? Bo läste artikeln igen och plötsligt kom han på det. Naturligtvis. Rema 1000 fick vara, idiotiskt namn till trots. Han måste tänka större. Det han skulle lansera var en modell. Ett helt nytt arbetsätt som han med goda resultat skulle införa i hela kommunen och sen döpa det efter sig själv. Det var så politiker gjorde sig odödliga. Alla kände till Friggeboden, Attefallshuset och Rut-avdraget. Kända politiker som satt avtryck i historien. Kända och kända, Rut visste han inte riktigt vem det var men det kunde kvitta.

"Bo-modellen. Bo-projektet. Bo-pedagogiken. Nej, låter sådär. Måste vara slagkraftigt. Bo-reformen. Äh, Bo, det låter som att jag ligger bakom någon byggreform. Fan, vad svårt." Bo testade sig fram, sa namnen högt för sig själv flera gånger och uttalande dem på olika sätt men kunde inte riktigt hitta något som passade.

Plötsligt såg han det. Hans guldkantade visitkort låg framme i en prydlig hög. Bo Holmlund var skrivit med ett snirklig typsnitt. Holmlund, naturligtvis var det Holmlund han skulle använda. Holmlundsmodellen, det lät kraftfullt, professionellt och riktigt seriöst. Efternamnet ger en mer tyngd. Vem var så korkad att man använde förnamnet till något som var så viktigt? Ingen som man kommer ihåg i alla fall. Det borde Rut ha tänkt på.

Journalisten

"En journalist har ringt och sökt dig." Leila tittade in till Tord som var fullt upptagen med dokumentförstöraren. "Jaha, storstädning på gång."

"Nej, inte städning, terapi. Du borde pröva. Ditt välbefinnande ökar för varje kilo papper som försvinner. Tror jag ska öppna ett spa där utmattade byråkrater och pedagoger kan komma och strimla papper. Borde bli en lönsam rörelse."

"Skulle inte passa mig. Får ångestsymptom när jag ser dig förstöra dokument. Är inte det där utvärderingsanalysen från konsultfirman? Ska du verkligen... Nej, du sånt där höjer bara mitt blodtryck."

"Det är ju det jag menar. Du behöver en veckas terapi på mitt spa. Jag lovar, du kommer att bli botad."

"Skulle inte tro det", skrattade Leila och ruskade på huvudet. "Journalisten, hon har ringt hela förmiddagen. Du bör nog kontakta henne."

"Antagligen, någon aning om vad hon ville?" Tord avbröt sin terapi och sträckte sig efter sin telefon. Nio missade samtal, fem kommunala telefonnummer och fyra okända under loppet av tjugo minuter. Telefonens tysta funktion var sannerligen underskattad.

"Här." Leila sträckte fram en post-it-lapp med ett telefonnummer och ett namn prydligt nedskrivet. "Bäst du ringer och får det gjort.

Ta tjuren vid hornen. Vem vet det kanske inte är så farligt. Hon kanske vill skriva om din nya terapiform."

"Skulle inte tro det", skrattade Tord till svar.

Bara en sådan sak. Att skratta bort en journalist. Vilken rektor gjorde det? Leila var glad över Tords förändring. Han såg ut att må bättre. Något i hans tillvaro måste ha förändrats drastiskt från den ena dagen till den andra. Leila kunde inte för sitt liv begripa vad det var. Helt plötsligt tog han sig an rektorsuppdraget med en klackspark. Eller det kanske var fel beskrivning. Tord hade skiftat fokus till undervisningen, personalen och eleverna. Leila visste inte riktigt om det var bra eller dåligt. Tog han inte lite väl många initiativ? Nog tog han ut svängarna för mycket? Skulle han råka illa ut? Hon såg igenom lögnerna och hade inte protesterat när han ville byta lösenord till hela personalen. Inte heller hade hon protesterat när han ville att hyran för klubbhuset skulle frysas. Det låg egentligen inte på hennes bord men hon hade lyckats få bort hyran. Det hade krävts några samtal, ett par nödlögner och lite tur.

Leila förstod att Tord var ute på både hal och svag is, och att det inte fanns någon återvända. Hon hade varit med tillräckligt länge för att förstå att Tords nya inslagna väg aldrig kunde vara okej med kommunen, föräldrarna eller lagen. Inte en chans. Men hon godtog hans lögner och hjälpte honom så gott det gick. Mest eftersom det såg ut att göra honom gott. Men det var samtidigt oroande. Förr eller senare skulle det spricka och alla övertramp komma i dagen. Och övertrampen var många, allvarliga och några till och med kriminella. Ett avskedande, åtal och uthängning i pressen var oundvikliga. Kanske hade han gett upp, lagt in högsta växeln och tänkte avsluta med en stor smäll. Men avsluta vad? Det fanns verkligen god grund för Leila oroa sig. Därför kändes det extra obehagligt när en journalist enträget hörde av sig. Det kunde aldrig vara bra.

Tord tog emot henne ute på skolgården. Trots sen höst i gränslandet till vinter var det en skön dag. Med rätt klädsel, en termos kaffe och trevligt sällskap kunde det vara riktigt gemytligt att sitta ute. Två rätt av tre var väl inte så illa. Sällskapet kunde han inte göra så mycket åt.

"Hej. Åsa." Journalisten hejade glatt och tog i hand.

"Hej, hej, det är jag som är Tord, rektor på Tallmoskolan."

Hon var i Tords ålder, log med hela ansiktet och utstrålade värme och trygghet. Inte bra tänkte Tord. Hon såg dessutom enligt honom bra ut. Inte heller det bra. Han fick inte slappna av. Det misstaget hade gjort förr. Ett klagomål från en förälder hade lett till tidningsartiklar. Sonen förvägrades av läraren att gå på toaletten. Systematisk mobbning från lärarens sida. Tidningsrubrikerna visade ingen barmhärtighet. Tord hade inte ont anande gått med på en intervju för att reda ut situationen. Han hade tyckte intervjun gått bra ända tills han läste tidningen. Rektor stödjer mobbande lärare. Att Tord ihärdigt försökt förklara att sonen i fråga levde rövare i korridoren istället för att gå på toaletten framgick inte. Inte heller stod det något om den skadegörelse pojken sysselsatt sig med varje gång han låtsas vara i behov av ett toalettbesök. Det tog hårt på Tord som blev tvungen att försvara sig inför Barn och utbildningsnämnden. Den niten tänkte han inte gå på igen vad än journalisten hade att komma med. Tord tänkte inte låta sig luras.

"Så bra att du ville ställa upp på en intervju. Funkar det att vi sitter här ute. Det blir fina bilder här." Åsa log när hon pratade.

"Öh, ja, jo det går bra. Jag tog med mig en termos. Vill du ha en kopp?" Tord ångrade sig innan han avslutat sin fråga. Vad höll han på med? Bjöd på kaffe? Hon var journalisten som antagligen skulle granska honom. Journalisten som med stor sannolikhet hade hittat något för Tords väl och ve ytterst olämpligt. Det var hon som skulle dra fram alla Tords lögner i ljuset. Och här satt han och bjöd på kaffe.

"Ja, tack gärna. Ni har det väldigt fint här? Jag förstår att både föräldrar och elever är nöjda."

"Nöjda!? Jo, det klart, så är det ju." Tord kände sig förvirrad. Nöjda föräldrar. Sist han träffade en nöjd förälder var pappan som fick igenom kravet att inte servera gurka till mellis. Gurkan var varken ekologisk eller rättvisemärkt och dessutom inte ekonomiskt försvarbar. Kommunen köpte i princip bara vatten i en förpackning gjord av gurka. Hade pappan haft samma engagemang för gurkförbudet som för sin sons läxläsning skulle antagligen skolan haft ett åtgärdsprogram mindre att administrera.

Fast kanske var Tord orättvis. Klart att det fanns en och annan förälder som var nöjd och visade sin uppskattning. Problemet var att han som rektor alltid fick höra klagolåten och aldrig hyllningssången.

"Jag pratade precis med en mor som är väldigt nöjd med skolan. Särskilt sedan ni börjat med det nya projektet. Enligt henne har det varit ett enormt lyft för hennes son. Kan du berätta mer om projektet." Åsa utstrålande verkligen ett behagligt lugn när hon pratade. Och sen det där vackra leendet. Förbaskat också. Tord stålsatte sig.

"Ja, jo precis. Vår skola har gått med i ett projekt. Ett projekt som..." Vad skulle Tord säga? Allt han sa ska skulle vara lätt att kolla upp och slå hål på. Det var ju lite det som journalister sysslade med. De synade, grävde och granskade. "...heter Rema 1000", fortsatte Tord.

"Intressant. Jag har hört mycket gott om ert arbetssätt. Kan du beskriva det?" Åsa skrev medan hon pratade men tittade ibland upp och mötte Tords blick.

Vad svarar man på det? Hur förklarar man hur ett luftslott var uppbyggt? Eller ett korthus av lögner där den ena lögnen blev större än den andra. Kanske som ett pyramidspel som man tappat kontrollen över. Fler och fler blev involverade och för att skydda gamla lögner var han tvungen att komma med nya större, bättre och mer trovärdiga. Tillslut skulle han snärja in sig i sina egna osanningar och bli påkommen. Som det verkade nu var det journalisten Åsa från den lokala tidningen som skulle syna Tords bluff.

"Jo, vi fokuserar på eleverna och försöka frigöra och organisera resurser till undervisningen. Sen jobbar vi med motivationsbaserad pedagogik, försöker höja motivationen och självförtroendet hos eleverna. Samtidigt vill vi skapa en sorts gemensam känsla. Vi gör det här tillsammans. Personalen och eleverna." Tord häpnade eller snarare imponerades över sig själv. Motivationsbaserad pedagogik? Vad var det? Mest glad var han över att han ännu inte behövt dra några valser.

"Motivationsbaserad pedagogik? Är det något nytt?" Fortfarande samma trygga leende.

Förbannat också, svor Tord tyst för sig själv. Den beundran han just känt över sig själv och sin egen svada var som bortblåst. Hur kunde han vara så dum och använda sig av begrepp som han bara tog ur luften. Han hade ingen aning om det var nytt eller om det bara var en luddig fantasi i hans huvud.

"Nja, nytt och nytt. Man kan säga att det är ett nygammalt arbetssätt som vi har dammat av."

"Funkar det?"

"Ja, det är i alla fall vår fasta övertygelse. Sen måste vi ju naturligtvis utvärdera utfall och resultat. Det är först då vi får veta hur våra ansträngningar har lyckats."

"De föräldrar jag har pratat med verkar ju tycka att den här arbetsmodellen fungerar för deras barn i alla fall. De nämnde något om P.A.-gruppen. Vad är det?", frågade Åsa vidare.

Hon hade pratat med föräldrarna. Naturligtvis hade hon gjort det. Föräldrar som tydligen hade en hel del synpunkter om skolan, tydligen positiva sådana. Om det inte var en fälla. Journalisten kanske försökte locka honom att säga mer än han borde.

"Ja…P.A.-gruppen, det är en grupp som…" Tord tänkte febrilt och hoppades innerligt att det inte syntes på honom att han inte hade en aning om vad han pratade om. Vad var P.A.-gruppen mer än en vaktmästare och ett gäng oroliga själar till elever? Tord fuktade läpparna och tog sats.

"P.A.-gruppen är en studieanpassad grupp där elever som av olika anledningar har svårigheter i klassrummet får möjlighet till en annan form av undervisning. De får en utbildning som varvar teori med praktik."

"Ah, okej, då förstår jag. Ungefär som den gamla skolans obsklasser?"

"Nej nej, du missförstår mig. Eleverna går i sina vanliga klasser med sina vanliga kompisar, men vissa lektioner har de tillsammans med P.A." Tord pratade fort och började få puls och torr mun. Skulle någon få för sig att han hade en obs-grupp på sin skolan var det kört långt före den utsatta tiden. Inkludering var religion och den som inte stoppade in alla sin elever i ett klassrum var kättare. Så enkelt var det.

"Tillsammans med P.A.? Du menar i P.A.-gruppen?" Åsa tittade förvånat på Tord.

"Ja, precis så." Tord pustade ut. Det var nära. "De har undervisning i P.A.-gruppen"

"Det låter ju fantastiskt. Undervisning i mindre grupp med utbildad personal."

Undervisning eller barnarbete. Skillnaden var hårfin. De hade fått en hel del gjort, renoverat klubblokalen, målat om den västra korridoren och tusen andra saker. De hade antagligen tjänat in en hel månadstjänst för kommunen. Hur länge fick man sitta inne för att organiserat en arbetsgrupp med barnarbetare? Tord började svettas. Det här kunde aldrig sluta bra.

"Precis så. Han har längst erfarenhet på skolan och är välutbildad." Det var i alla fall ingen lögn. 42 år som vaktmästare och en elektrikerutbildning var inte illa, för en vaktmästare.

"Men du Tord, vad står P.A. för?" Åsa såg uppriktigt nyfiken ut.

"P.A.?" frågade Tord förvirrat. Trots journalistens varma och trevliga sätt började intervjun att anta en mer tortyrliknande dimension. Ingen på hela skolan visste vad initialerna stod för. Tord undrade om ens P.A. själv visste.

"Ja, det är väl en förkortning antar jag", sa Åsa.

"Ja, jo just det. Det är det ju. P.A. det är förkortning för…personlig anpassning."

"Ah, jag förstår", sa Åsa och skrev i sitt anteckningsblock.

Det hoppas jag verkligen att du inte gör, tänkte Tord. För jag förstår inte.

"Okej, men det här med belöningar då? Är det sant att du tänker sova på taket om eleverna presterar bra och att du belönar varje höjt betyg med ledig tid."

Där kom det. Nu var det kört. Han klarade det inte längre. Det lät riktigt illa när Åsa beskrev utmaningen som han gett eleverna. Han betalade för deras prestationer. Var det så?

"Ja, det är väl mest en rolig grej. Vi vill gör det tydligt för eleverna att vi gör det här tillsammans. Vi kämpar för en gemensam sak. Att öka läsningen." Tord var tvungen att fukta läpparna igen. Att lägga till höjda betyg i utmaningen var ett infall ha fått precis innan han skulle kliva av scenen. Inget genomtänkt. Det såg inte bra ut. Det kunde han hålla med om.

"Ah, då förstår jag." Åsa log mot Tord och såg imponerad ut. Något som stressade Tord ytterligare. Spelade hon? Försökte hon få honom att försäga sig?

"Ja, vi jobbar alltså med motivationen. Den inre motivationen är viktig men ibland kan det behövas lite yttre stimulans." Tord visste snart inte vad sa. Han skulle aldrig kunna läsa artikeln och säga att det inte stämde eftersom han antagligen inte skulle komma ihåg vad han sagt.

"Så klart. Vi behöver väl alla lite stimulans utifrån. Ingen vuxen går väl på jobbet utan lön bara för att få känna någon sorts inre tillfredsställelse." Åsa bröt ut i skratt och fick med sig Tord som snarare skrattade av artighet än något annat. Hans nerver tillät inga känslobaserade skratt just nu.

"Nej, såklart. Det gör vi ju inte." Tord pustade ut. Kanske gick det vägen. Ingen mer fråga nu.

"Jo, det höll jag på att glömma. Pensionärerna? Vad gör de?"

Förbaskat!

"Jaa, dom ja. Jo de finns hos eleverna om extra resurs. De finns i korridorerna, på skolgården, i klassrummen, matsalen och…Ja i stort sett överallt där eleverna finns. De undervisar naturligtvis inte. De fungerar mer som extra stöd."

"Det låter helt fantastiskt. Får de någon ersättning eller är det ideellt? Hur finansierar ni det?" Åsa lät fortfarande imponerad och log mot Tord med hela sitt ansikte.

"Det utgår viss ersättning men en del är förstås ideellt arbete."

Det var inte heller någon lögn om man nu tyckte att gratis mat, en olagligt renoverad klubblokal och ännu mer olaglig gratishyra var en skälig ersättning.

"Jaha, då tror jag att jag har fått med allting. Det vore jätteroligt om vi kunde få med dig och några barn på en bild. Skulle det funka?"

"Ja, jo, det skulle kanske funka." Nej, nej och åter nej. Varför kunde han inte säga nej? Tord började allt mer att ångra sitt beslut om att styra skolan som en pedagogisk vilde. Han hade ju bara kunnat hålla låg profil, hålla skolan flytande, hålla tyst och sen dö. Varför skulle han trassla in sig i ett nät av lögner som bara växte sig större? Så stort att han nu hamnade med bild och allt i tidningen. Han hade inte längre kontrollen? Det gick inte att stoppa. Hade det inte varit bättre att dö som vanligt folk utan en smäll. Gå på behandling, träffa psykologer, gå med i någon stödgrupp och välja musik till sin begravning. Vad vann han på att driva skolan i sank? Vem kunde överhuvudtaget bli vinnare i allt elände hans lögner ställt till med?

Som svar på Tords mörka funderingar hörde han en ljus och glad röst bakom sig. En röst som fick honom att återigen förstå att det han gjorde var rätt. Han vann naturligtvis ingenting själv på det.

Tvärtom, han skulle förlora, men det skulle han ju i alla fall. Däremot fanns det andra som skulle vinna och de skulle vinna stort.

"Tjena Tordan." Den ljusa och glada rösten kom från en blond åttaåring med en tumstock i högsta hugg. Joel sken ikapp med solen.

"Hej, Joel. Roligt att se dig. Nya uppdrag?"

"Va, har du en fru? Vad heter hon?"

"Nja, alltså nej, hon är ingen fru? Tord blev förvånad över sin reaktion. Varför rodnande han? "Jo, alltså hon är kanske en fru, men inte min."

"Jaha, din tjej alltså?"

"Nej nej. Inte så. Vi bara pratar." Tord möttes Åsas blick som inte kunde hålla sig för skratt.

"Jaha, ni pratar, ungefär som en dejt?"

"Precis… Nej ingen dejt. Utan…" Tord blev som tur var avbruten av Åsa.

"Jag är från tidningen och har intervjuat Tord. Jag tycker ni har en jättefin skola och Tord verkar var en jättebra rektor.."

"Ja, Tordan är jättebra. Vet du att han ska sova på taket?"

"Fast vänta lite. Det där med taket, det kräver en del från er", invände Tord."

"Du Tordan, tjugofem sidor, bara i helgen! Vad sa du nu då?"

"Det ser ut som att du sova på taket rätt snart," skrattade Åsa och mötte Tords blick. "Vet du vad Joel, vill du och några kompisar vara med på bild i tidningen? Och Tordan förstås", sa Åsa och vände sig till Tord med ett leende.

Det kändes rätt bra ändå. Eller bra, det var nog ett blygsamt ord för att beskriva hur han kände. Det hade vänt när Joel hade kommit fram. På något sätt var det då Tord förstod att det inte fanns något att oroa sig för när det gällde journalisten. Hon hade ju till och med sagt till Joel att hon tyckte att rektorn verkade bra. Hon kunde ju knappast ljuga för barnen? Och värmen, leendet, ögonen. Det kunde inte inte finnas annat än ärlighet och gott uppsåt i allt det. Han hade stressat upp sig i onödan. Det var nog därför han hade rodnat och känt sig tafatt på gränsen till fumlig. Sen var det avskedet. Ett stort leende och en lapp med ett telefonnumret. Telefonnumret var naturligtvis rent arbetsrelaterat och leende kom antagligen de flesta journalister långt med. Men i alla fall kändes det bra. Om artikeln i morgon trots allt var negativ och avslöjande var Åsa en riktigt bra journalist och en skådespelare av rang. Det måste han erkänna. Bra journalist var hon förstås ändå, och rätt söt. Det måste han också erkänna.

Arbetsintervjun

"Monstret?" Leila satt mittemot Tord på hans kontor och frågade honom rakt ut.

"Ja, vad är det med monstret? Jag antar att vi pratar om Diggischool.2", svarade Tord efter att han tuggat och svalt dagens första vingummi.

"Hur länge ska du undanhålla lösenorden för personalen? Det börjar inte bli trovärdigt längre. Du måste hitta på något nytt."

"Vad menar du?" Tord tog ett vingummi till och granskade Leila.

"Äh, kom igen. Du vet att jag vet. Du vill helt enkelt strunta i Monstret."

"Nä, men så är det ju inte. Vi låter Monstret vara så länge. Det har ju ändå krånglat rätt mycket och dokumentationen har vi ju förenklat. Närvaron sköter vi ju old school. Jag vet, lite åttital över det hela. Men jag har kollat upp det. Vi bryter inte mot någon lag."

"Det vet jag också. Men varför säger du inget till personalen?"

"Jo, ja varför säger jag inte det?" Tord hade inget svar på den frågan. Det hade bara blivit så. Kanske mest för bekvämlighets skull. Skylla på datakrångel. Det skulle naturligtvis inte hålla i längden.

"Och föräldrarna? Dom kommer ju att undra."

"Föräldrarna? Vi hade fem inloggningar förra månaden. Tre av dom var från skolpersonal som har barn på vår skola. Jag har fått många klagomål genom åren. Allt från oekonomiska gurkor till det könsnormativa färgvalet på lekställningen. Men klagomål på Diggischool.2 kommer jag aldrig att få. Kommer aldrig att hända.

”Jag kan fixa ett utskick. Vi har ju fortfarande mailen”, sa Leila.

”Va, hur då? Eller vad menar du?”

”Kom igen Tord, projektet. Det finns ingen projektbeskrivning, inget utskick till föräldrar eller personal. Igår kom Linda på elevhälsan och frågade efter beskrivningen. Hon trodde att hon hade tappat bort sin i mailen och skämdes som en hund. Du kan lura dom Tord, men inte mig. Det finns inget projekt.”

”Nä”, sa Tord dämpat. Leila gick inte lura. Det visste han.

”Men vi fixar ett. Jag skriver ihop en plan med mål, utförande och förslag på utvärdering. Med lite inklipp från läroplanen blir det snyggt.”

”Men, nej…” Tord var i ett mindre chocktillstånd. Han hade känt Leila nästan hela sin rektorskarriär. Hon var ordentligheten själv, följde regler till punkt och pricka och var extremt systematiskt när det gällde dokumentation. Leila hade koll på vartenda inköp från nålar till katedrar. Några oegentligheter fick inte förekomma. Hon hade till och med läxat upp ekonomerna när de hade blandat ihop konton. En ihopblandning som hade gett skolan 12 000 kronor extra i budgeten om inte Leila hade rättat till felet. Och nu var det samma Leila som helt oblygt erbjöd sig att hjälpa Tord med sitt luftslottsbygge.

”Jag vet vad du tänker”, sa Leila som kunde gissa sig till det mindre kaos som pågick i Tords huvud. ”Jag har varit med ett tag Tord. Jag vet hur det fungerar. Så länge det finns papper går man fri. Det lär inte hjälpa dig i långa loppet, för du ligger riktigt illa till. Men det kommer att köpa dig tid. Jag får ordning på pappren åt dig. Det här vill jag vara med på. På några veckor har du lyft hela skolan. Du har skakat liv i både lärare och elever. Det är fortfarande stökigt, tungt och kämpigt. Men något har hänt. Jag ska inte överdriva men nog kan man ana sig till en viss glädje hos många. Eller kanske en lättnad."

"Ja, jo så är det väl", sa Tord och nickade sakta. "Men jag vill hålla dig utanför. Du kan råka illa ut."

"Knappast. Du visste redan från början att jag skulle fatta. Oroa dig inte för mig. Jag använder din dator och ditt inlogg. Men du förstår väl att du förr eller senare kommer att åka dit?"

"Jag åker nog dit rejält, men jag gör det med en smäll," sa Tord och log.

"Japp, och den smällen vill jag se. Sen har jag nog sett allt i den här branschen. Du imponerar Tord."

"Det blir en imponerande smäll. Se bara till att inte står för nära. Du kan bränna dig."

"Hörru du, jag kommer att stå riktigt nära. Vill inte missa något. En sak som jag har missat, eller inte riktigt begriper. Hur har du fått med både Erla och Holmlund på det här? Du kan tro att de andra administratörerna är gröna av avund. Ett system mindre att hantera. Enligt Holmlund är det på gång på fler skolor."

"Holmlund? Vem?" Tord som just fått ordning på sina tankar ramlade åter ut i förvirring och kaos.

"Ja, Holmlund. Han i Barn och utbildningsnämnden. Enligt vad jag har hört, och jag hör allt i den här kommunen, påstår han att projektet är på hans initiativ. Hur lyckades du med det?"

Ja, hur hade Tord lyckats med det? Holmlund kände han knappt till. Ingen var mer förvånad än Tord. Det hela påminde om en snöboll som av rena tillfälligheter börjat rulla utför en backe. Ju längre bollen rullade desto snabbare gick det och desto större blev den.

Mitt i snöbollen satt Tord allt mer förvånad och väntade på den stora smällen som skulle förvandla allt till snömos.

"Timplanen blir svår att förklara." Leila väckte Tord från sina grubblerier.

"Ja, jag vet. Det är ett ständigt tjat om den där timplanen."

"Mmm, det är möjligt. Men det är ju rätt uppenbart att flera elever inte får sina timmar."

"Nej, men ska vi börjar räkna upp allt inte eleverna får lär listan bli lång. Dessutom har vi lyckats få två hemmasittare tillbaka till skolan. De får ju fler timmars utbildning på de här veckorna än hela förra terminen. Och de andra, ja de andra har väl aldrig haft så många kvalitetstimmar på skolan som de har nu." Tord kände till sin förvåning hur han blev arg och att han just höjt rösten.

"Lugn, lugn och fin Tord. Du slår in öppna dörrar. Jag är på din sida. Jag klurar lite på timmarna. Det ordna…" Mer han inte Leila säga innan de blev störda av en försiktig knackning på dörren.

Tord hann inte resa sig förrän dörren öppnades och ett blont huvud stack in.

"Hej, jag är här för arbetsintervjun."

"Roligt att du är här…" Tord tvekade. Hans nya liv som pedagogisk vilde bjöd på ständigt nya överraskningar. Detta var definitivt en av dem. "Jag vet inte, men har det inte blivit ett missförstånd? Vi har ingen tjänst ute just nu?"

"Nej, jag vet, men ni saknar lärare," svarade den jobbsökande kvinnan självsäkert.

Det var sant. Tord hade fortfarande tre tjänster som inte var tillsatta. Annonserna hade gått ut för ett tag sedan och han hade gett upp. Evas systerson, nyss fyllda nitton, hade fyllt en av luckorna medan de andra två tjänsterna täcktes av andra lärare och en pensionerad mellanstadielärare. Att den jobbsökande kvinnan som han hade mittemot sig kände till detta var inget förvånande. De flesta lärare hade nätverk som nådde de flesta skolor i kommunen. Rektorerna hade en överenskommelse om att inte rekrytera av varandra. Men lärarna, de tipsade, tjatade och övertygade varandra att söka tjänster. Tord hade mist mycket personal den vägen. Det som var förvånande var att hon satt här. Även om hon inte var behörig var det en sensation i sig att en vuxen person som såg hel, ren och nykter ut sökte en av tjänsterna.

"Det är sant, vi har några luckor."

"Ja, vad bra. Det är främst matematik i kombination med de naturorienterande ämnena som jag är intresserad av. Om den inte redan är tillsatt förstås?"

"Öh, nej, nej. Den är inte tillsatt." Tord visste inte vad han skulle tro. Var hon ironisk? Kommunen saknade fyra behöriga pedagoger i matematik.

"Vad bra, det passar min utbildning. Jag har jobbat som lärare i 22 år, varit handledare för lärarstudenter i fem år och behörig att undervisa i svenska som andra språk. Här är mitt cv och mina meriter. Längst ner hittar du referenser."

Tord tog emot en hög med A4-ark, lade ifrån sig dem på skrivbordet och sträckte sig efter sin Hariboask. Det hade räckt med att hon var över arton och nykter på dagarna och i hyfsad mental kondition. Han hade gett henne jobbet utan att blinka. Men nu satt det en helt livs levande utbildad lärare i matematik med cv, meriter, referenser och en utstrålning som visade på professionalitet och skinn på näsan. Hade han varit 15 år yngre och mindre döende hade han gift sig med henne.

"Så bra, det var bra." Tord försökte behärska sig. "Det handlar alltså om en lärartjänst med handledaransvar i en årskurs nia."

"Låter perfekt. Jag trivs redan."

"Ja, jo och sen är det…" Tord tystnade och såg på den utbildade läraren. Hon såg ut att vara stabil och lugn men ändå rak och öppen. Ingen duvunge eller ett blåbär som eleverna skulle köra över, platta till och skicka tillbaka till varifrån hon nu kom ifrån. Han brukade alltid var ärlig vid intervjuer. Samtidigt var det en overkligt tillfälle att anställa en utbildad mattelärare. En chans som inte kom varje dag. Tord bestämde sig för att säga som det var.

"Vår skola har fantastiska elever och personal men vi har en hel del problem. Vårt upptagningsområde är socioekonomiskt svagt. Våra resultat ligger inte särskilt högt och vi har haft en del ordningsproblem. Många elever mår dåligt och många har särskilda behov. Jag kan inte lova dig någon dans på rosor. Förbered dig på hårt arbete."

"Du erbjuder inget annat än blod svett och tårar? Inga problem. Jag är hårdhudad."

Tårar – definitivt, blod – troligt, men svett – knappast. Tord hade sett de flesta i sin personal gråta och flera av dem kunde då och då visa upp både blåmärken, rivsår och andra mindre blessyrer. När eleverna blev våldsamma fanns inte så många andra utvägar än att använda sin egen kropp som sköld för att skydda andra elever. Riskerna med att ta i eleverna var för stora. Svett däremot kunde han garanterat lova att hon skulle slippa. Sedan de dragit in fjärrvärme var det inte många dagar på ett år som skolan hade ett inomhusklimat som inte krävde arbete med puls.

"Nej, så hårt hoppas jag inte att det ska bli, men visst det kommer att bli tufft", sa Tord.

”Jag är van och reder mig nog. Jag kommer att trivas som fisken i vattnet. Stämmer det att ni har dragit ned på dokumentationen, avlastat lärarna med extra personal och att elevhälsan jobbar i klasserna? Låter overkligt.”

”Nja, overkligt det…Vi är med i det här projektet.”

”Jag vet, alla pratar om det. Ni har redan gjort storverk har jag hört.”

”Det vet jag inte om jag kan hålla med om. Hur då?” Tord blev nyfiken.

”Äh, du vet. Lugnare i korridorerna och klassrummen, en mer positiv anda. Mer go. Och det är du som är hjälten.”

Eller den kriminelle, skillnaden var nog inte så stor tänkte Tord och sträckte fram Hariboasken till den nya medarbetaren.

”Här, ta ett vingummi. Välkommen.”

Julen

Breven

Hej

Jag skriver till er angående den tillställning ni har för avsikt att genomföra på luciadagen den 13 december. Om jag är rätt informerad, vilket jag torde vara eftersom jag har läst er utsändning av information angående ovan nämnda tillställning, har jag låtit förstå att ert luciafirande snarare är en konsert än ett traditionsenligt firande. Förvisso finns inslag av något som kan liknas vid ett luciatåg, något min dotter upprört har berättat för mig vid ett flertal tillfällen. Av mina bekanta som även de har barn vid er skola har jag fått mig berättat att luciatåget även kommer att inbegripa elever utklädda till lussekatter och julgranar. Stämmer detta? Man kan bara hoppas att Lucia fortfarande skrider fram som flicka. Jag och min hustru är väl införstådda med den nuvarande läroplanen och kan bara förfasas över hur illa den åtföljs. Det går inte på något sätt misstolka lgr11:s intentioner att förvalta våra traditioner. Detta synnerligen viktiga uppdrag har vi svårt att se hur er skola tar er an genom att transformera en fin svensk högtid till ett festivalliknande jippo.

Jag och min hustru förutsätter att ni senast imorgon ger oss dina synpunkter i denna angelägenhet.

Med vänliga hälsningar. Sverker och Maria Feldtsén, Elina Feldtséns målsmän.

Hejsan
e de sant som sonen säjer att de inte får äta gurka????? de e ju bra med gurka och grönsaker hur ska de få i sig vitaminer o nytiga grejer om ni inte har sånt????? detta må få ett slut o sen undrar ja varför ni nästan bara har muslimat på skolan våra barn behöver potatis o inte en massa ris, sjärpning!!!!!

Johnnys Morsa

Hej
Jag blir heligt förbannad när min son kommer hem och berättar att det i ert luciatåg endast accepteras flickor som Lucia och tärnor. På vilka grunder anser ni att ni kan diskriminera pojkar på det här sättet? Jag trodde ändå att vårt samhäl-

le hade kommit längre än så. Hur kan ni på allvar mena att ni följer styrdokumenten och lagen genom att cementera könsrollerna i luciatåget? Har ni ens läst lgr11? Genusfrågorna verkar ni fullständigt ignorera. Har ni kontinuerliga fortbildningar för personalen i genusvetenskap? Det ligger i skolans uppdrag att vara normkritisk men det känner ni väl förstå inte till? Barn är inte ett kön. De är individer med samma likvärdiga rättigheter och ska behandlas lika. Det borde vara uppenbart för var och en men uppenbarligen behöver vissa upplysas om denna självklarhet. Det är sådana som ni och er skola som skapar könsidentiteter som gör vårt samhälle till ur ett genusperspektiv orättvist och korrupt. Det är upprörande att vi dagens upplysta samhälle har en rektor som så tydligt markerar sin ståndpunkt till det patriarkala idealen som förtrycker kvinnor. Hur kan ni sova gott på nätterna när ni på dagarna fostrar pojkarna till förtryckare och flickor till kuvade undersåtar? Jag bara undrar? Alla barn är lika mycket värda och har rätt att vara Lucia. Min son har rätt att vara Lucia på er skola. Den rätten kan ingen ta ifrån honom. Nu är det så att min son hellre vill vara tomte men OM han skulle vilja vara Lucia är det din plikt och skyldighet att se till att han blir det. Jag kräver ett möte angående detta där du och ansvarig lärare deltar. 13.45 imorgon passar mig bra. Hittar vi ingen lösning känner jag mig tvingad att gå vidare.

Hälsningar Yvonne Eriksson
Key account manager
Capital invest

Hejsan

Jag heter Kristina Andersson och skriver angående skolplaceringar. Jag har hört mycket gott om er skola och undrar om ni har platser kvar. Vi bor i Tallköping och har våra barn placerade på Granholmsskolan men vill gärna flytta dem till er. Vår son går i åk 3 och vår dotter i åk 9. Finns det möjligen plats för våra barn?

Hälsningar Kristina Andersson

Hej på dig

Det är jag, Åsa, journalisten som intervjuade dig, som skriver. Jag undrar lite hur det går för er med projektet och så. Kanske vi kan ses för fler reportage.

Kram Åsa

Tord läste ofta mailen efter frukost. Till frukost läste han alltid morgontidningarna. En bra syssla som passade bra till kaffet, juicen och gröten. Han gillade det långsamma nyhetsflödet. Visserligen var allt gårdagens nyheter som redan glömts bort i den virtuella världen. Men hans papperstidningar gav honom tid att tänka och en omöjlighet att klicka på dela så fort han läste något upprörande. Inte för att Tord var någon klickkung på sociala medier, men han önskade att fler förstod sig på tjusningen med att få nyheter till sig i slowmotion.

Dagens mailskörd gav inga överraskningar eller hjärtklappningar. Varken överraskningar eller hjärtklappningar var särskilt vanligt längre. Förr kunde han få magont bara av att se mailkorgens röda ilskna flagga som varslade om brev. Men som pedagogisk vilde hade han numer ett högst ljummet förhållande till sin e-post. De flesta av de 30-40 mailen per dag gick att kryssa bort. Allt från kommunen med några få undantag gick kategoriskt direkt till papperskorgen tillsammans med företagens reklamutskick. Enkäter hamnade undantagslöst bland skräpmailen liksom all post som var markerat som massutskick. Till föräldrarna hade han ofta korta standardsvar. Dagens korrespondens var inget undantag förutom ett mail. Istället för som förr minst 60 minuter tog mailandet sex minuter och då hade han även hunnit med en påtår. Han fick motvilligt erkänna att han då och då missade information som han kunde ha nytta av, och det hände inte alltför sällan att föräldrar surnade till. Men det var ett billigt pris för att få ned mailtiden från fem timmar till 25 minuter i veckan.

Ett av breven tog lite längre tid denna morgon. Föräldrarbreven fick sina standardsvar. Mailet om eventuellt nya elever var glädjande. Det femte av sitt slag denna termin, något som förvånade. Oftast gick eleverna från Tallmoskolan till friskolan eller Granholmsskolan som låg i de något finare områdena i kommunen. Den här terminen hade det varit tvärtom. Både Tord och Erla gladdes och kliade sina huvuden. Kunde Rema 1000 locka elever? Erla trodde det och hade gratulerat Tord för ett gott arbete.

Brevet som tog lite längre tid var det från Åsa. Hon hade avslut med kram. Vad menande hon? Det var inte så professionellt. För mailet var väl professionellt? Tord hade bara träffat Åsa en gång efter intervjun. De hade stött på varandra vid avdelning Hc inte långt från hylla G på biblioteket. Ganska snart hade de kommit fram till det smått otroliga att de var på jakt efter samma bok. Hur länge de hade pratat var svårt att veta men när biblioteket stängde var de tillslut tvungna att sluta. Tord hade funderat några gånger efter det att höra av sig till henne. Men vad skulle han säga? Häng med på middag, vi måste ta det den här veckan, sen är jag nog död. Men nu var det alltså hon som hörde av sig. Visserligen i tjänsten, för det måste det ju vara. Hon ville ju göra ett reportage. Kanske var hon intresserad av kvällens, eller snarare nattens, begivenheter. Den utlovade övernattningen på taket hade kommit betydligt snabbare än vad Tord någonsin kunnat gissa sig till. Han hade tänkt sig en ljummen kväll i maj men han hade underskattat elevernas läslust. Att tillbringa en natt på skolans tak i december var inte något som lockade men hade man lovat som hade man. Om inte annat skulle det finnas en hel del nyhetsvärde i hans galna infall som nog Åsa skulle vara intresserad av.

Mailen angående Lucia gick betydligt fortare. Där fanns inget han kunde, ville eller tänkte göra. Lucia var en strid skolan inte kunde vinna, inte ens försökte vinna. Det var heligt, inte på ett kristet sätt, snarare på ett fanatiskt och ytterst okristligt vis. Tillät skolan att även pojkar kunde vara Lucia kom anklagelser om att Tord var traditionssabotör som medvetet förstörde julen för föräldrarna. Tillät skolan inte att pojkar kunde vara Lucia är blev Tord genast en demoniska bärare av det heteronormativa samhället genom att cementera könsroller. Saknade luciatåget pepparkaksgubbar var han rasist eftersom skolan på något långsökt sätt har försatt mörkhyade i utanförskap. Har skolan pepparkaksgubbar i tåget var Tord också rasist. För vad skulle de stackars somalierna säga om skolan gjorde narr av mörkhyade. Firar skolan Lucia i kyrkan var han plötsligt en religiös demokratihatare som kränkte alla som inte har den kristna tron. Firar skolan däremot inte Lucia i kyrkan förstörde han de svenska uråldriga traditioner, med horder av identitetskrisande ungdomar som följd. Det var alltså helt omöjligt att vinna.

I år blev Lucia något helt annat. Sigrid och Anna, två av de gratisätande pensionärerna hade med liv och lust tagit sig an luciatraditionen. Sigrid som hade 40 år som musiklärare i ryggen och Anna med bakgrund inom teatern planerade och övade med de elever som ville delta. När de energiska damerna presenterat sina ideér för Tord hade han häpnat. Hade det varit ett år tidigare skulle han inte ens överväga att genomföra de vilda planerna. Men nu var det inte ett år tidigare, utan nu var det nu. Nu då Tord inte behövde bekymra sig om några eventuella konsekvenser. För konsekvenser kunde det inte annat än bli med ett sådant luciafirande som innehöll, rockmusik, flygande änglar, stereotypa tärnor och afrikansk dans med djembetrummor. Blev det inte föräldrastorm av det fanns det inte längre något kvar i världen som kunde göra föräldrar upprörda.

Fikat

P.A.s skara hade växt. Till och från var de tolv stycken. Tretton om man räknade med Roffe, den pensionerade rörmokaren. P.A. skulle aldrig erkänna det men han hade nytta av ungdomarna trots att de var en brokig skara. För en brokig skara var de. Yngst var lillgrabben med sin skruvdragare. Han var ivrig, smart och teknisk, men saknade tålamod. Sen var det två killar i nian varav en inte satt sin fot i skolan sedan sjuan. Båda var fanatiskt intresserade av motorer och hade redan första dagen plockat isär motorn till gräsklipparen, smörjt, lagat och skruvat ihop den. Efter tio år kunde äntligen P.A klippa gräsmattan utan att åka en och en halv mil för att låna grannskolans klippare. Eleverna från femman och sexan var till en början lågmälda och trumpna men de tinade allt eftersom. När en av dem fick möjlighet att hjälpa till i köket som assisterande kock fanns det inte en lyckligare grabb i hela kommunen. Vissa principer vägrade P.A dock att bryta mot, till en början. Värst var det att svälja förtreten som bestod av att rektorn hade haft rätt angående två flickor i åttan. Stökiga pojkar kunde han ta sig an, till och med lära dem saker men flickor? Skicka dem till köket hade P.A. svarat buttert när flickorna kom på tal. En vecka senare var det bara att erkänna hur fel han hade haft. Något han självklart inte erkände för någon annan än sig själv och då bara i smyg.

Ungdomarna hade mycket att lära enligt P.A. men de var trots allt inte hopplösa som de flesta andra. Att de inte trivdes i klassrummen och att de bråkade på rasterna såg han som ett friskhetstecken. Ingen människa vid sunda vätskor borde fungera i ett klassrum fullt med ungar och en lärarinna som tjatade. Dessutom var de mesta som lärdes ut rena dumheterna som tog upp onödigt utrymme i huvudet på ungdomarna. Där var både P.A. och Roffe överens. Annat var det med den kunskap de fick i deras regi. Det gav lärdomar för livet. Riktig kunskap som du hade nytta av. Försök att lösa en propp i avloppet med en tredje gradens ekvation får du se hur smart du är, hade P.A. sagt till en av niorna som ständigt låg i fejd med siffrorna i matteboken. Det P.A. och även Roffe hade mest bekymmer av när det gällde ungdomarna var deras kaffevanor. Här fanns inget hopp om bot och bättring. Om mänsklighetens hopp stod till ungdomarnas kaffekultur var det inget annat än en utförslöpa kantat med latte, espresso och koffeinfritt kaffe. Det såg inte ljus ut. Åtminstone inte tills Marjana anslutit till gruppen.

Marjana hade läshuvud. Redan där blev det fel enligt P.A. Ungar med tummen mitt i handen som hellre tryckte näsan i en bok hade han ingen användning för. Han hade protesterat högljutt men rektorn stod på sig. Marjana gick sitt nionde år med toppbetyg och hade drömmar om ingenjörslivet. Där kom det andra felet. Näst efter mellanchefer och lattedrickare var ingenjörer bland det värsta P.A. visste. Förlästa pubertsyngel som sprang omkring och talade om för riktigt folk hur de skulle sköta sina jobb kunde aldrig hamna på hans lista över personer han gillade. En lista som för övrigt var mycket kort. Men eftersom rektorn var tjurigare än P.A. fick han till slut ge sig. Något han efter första fikarasten inte ångrade.

Marjana som kom från Etiopien var överallt, ställde frågor, kom med förslag, testade, gjorde misstag och testade en gång till. Hon lärde sig snabbt och blev en tillgång även om P.A. kunde tycka att hon satt lite väl ofta med näsan över en bok. Men det var kaffet som imponerade och som gav nyckeln till P.A.s uppskattning. Första fikarasten hade Marjana tagit fram några gröna ärtliknande kulor som senare visade sig vara kaffebönor. Efter att ha rostat dem över P.A.s gasolkök malde hon dem i en trämortel och kokade sen kaffe på de nymalda bönorna. Det hade tagit en evinnerlig tid och den officiella rasten var sedan länge över när hon äntligen serverade kaffet i små koppar. P.A. hade genast muttrat och bett om en riktig kopp som han också hade fått med dubbel dos kaffe i. Efter första klunken hade han inte muttrat något mer den dagen. Det var himmelriket som uppenbarade sig med den underbara smaken av starkt nyrostat kokkaffe.

P.A. kunde minnas sin farmor som precis likt Marjana stod i sitt huckle, rostade, malde och kokade kaffe. Farmor hade varit av den gamla sortens husmödrar som höll hårt på sina principer. En flicka skulle ha fläta om hon var ungmö, bära huckle om hon inträtt i det äkta ståndet och var hon fisförnäm skulle hon bära hatt. Kaffet var heligare än bibeln och ingen gjorde så gott kaffe som hon. P.A. kunde hålla med om kaffet men struntade fullständigt i vad folk hade på huvudet. Det var vad som fanns i nävarna som räknades. Folk som gick omkring med en pärm, dator eller latte var inte att lita på. Men såg man en karl med en hammare, murslev eller något annat rejält verktyg visste man att det riktigt folk, om det inte var Ernst Kirchteiger eller Martin Timell förstås. Kaffet som Marjana gjorde var inget annat än en hyllning till farmor tyckte P.A. Fast det var naturligtvis inget som han gav sken av. En grymtning och en nickning var mer än nog som bevis för hans uppskattning. Trist bara att flickstackarn tänkte gå och läsa till ingenjör. Ett sådant slöseri på så dugligt folk.

Eftersom luciafirandet var i full gång uppe i aulan satt P.A. och Roffe nere i P.A.s lilla kyffe. Marjana hade rostat och malt böner tidigare och de var redan inne på tredje och sista bryggningen. Luciafirande var inget som lockade någon av dem. Det var enligt P.A. ett spektakel till för föräldrar som ville minnas sina egna luciafiranden, alternativt ta femhundra bilder för att mata sociala medier med. Rena vansinnet. Dessutom verkade det som att årets Lucia skulle bli en cirkus utöver det vanliga. Nä, då var det bättre att ta igen sig i lugn och ro i källaren.

"Förbannat gott kaffe. Starkt, svart och hett med sump och allt, precis som i gamla dagar", sa P.A. efter att de suttit tysta en stund och njutit av kaffet.

"Ja du, vem trodde att afrikanerna kunde göra kaffe", sa Roffe.

"Ska visst vara därifrån, kaffet alltså."

"Kanske det, och vem kunde tro att gamle P.A. har gått och blivit magister på gamla dar." Roffe sträckte sig efter en sockerbit. Trots Marjanas invändningar var socker till kaffet inte förhandlingsbart oavsett vad den tusenåriga etiopiska kaffekulturen tyckte om saken.

"Magister? I helsike heller. Jag är lika mycket magister som du är ingenjör. Ungarna behöver stramas upp. Så enkelt är det." P.A. surnade till och blängde på Roffe som skrockade åt P.A.s reaktion.

"Bokstavsbarn? Har inte fattat det där riktigt. Är de så omöjliga?"

"Du vet hur det är med ungarna idag. Det blir så där när man inte får jobba ordentligt och vara till någon nytta. Kan aldrig vara nyttigt det där. Du som är pensionär vet väl hur det är. Sitta med ett

gäng kärringar och gubbar i en rutten klubbstuga och snacka skit
dagarna i ända. Klart att sånt tar på nerverna. Nä, du vet, det där,
det ligger i människans natur. Får man inte jobba, slita ont och vara
till nytta, då är det kört. Det är då dom där psykdoktorerna kom-
mer springandes med piller, diagnoser och allsköns kvacksalveri.
Nä du, det är bäst du passar dig. Du kan åka på en diagnos du med.
Finns hur många bokstavskombinationer som helst.”

”Ja, du har nog rätt. Sitta sysslolös och stirra i någon bok skulle
nog ge mig alla bokstavskombinationer som finns, förutom IQ då.
Nä du, en annan började plocka sten när man var sex bast, krökte
mitt första rör när jag var 14. Sitta still och läsa böcker, kan det vara
bra det? Den enda bok jag har läst är reperationshandboken för
min gamla Ford Taunus. Och mig har det banne mig inte gått någon
nöd på.”

”Nä och den boken hade du knappast någon nytta. Hade väl va-
rit bättre om du läst en bok om trolleri. Magi är väl det enda en
som kan få en Ford att gå bra.”

”Ha, roligt, mycket roligt. Hur som helst dom här ungarna finns
det i alla fall hopp om. Visserligen kan de svara för sig och något
hyfs har de då inte. Men duktiga på att skruva, det kan man inte
säga annat om”, sa Roffe.

”Jo, vars. Dom har det i sig, inget snack om saken. Kan nog gå
bra för de flesta av dem. En av grabbarna skruvar ju motorer som
om han inte gjort något annat. Men man undrar hur länge det hål-
ler.”

”Håller?”

”Det är förstås inte lätt att förstå för någon som inte jobbat
kommunalt de senaste 40 åren. Det här är inget som vare sig kom-

munen eller staten gillar. Misstänker att mycket av det är rent av kriminellt", svarade P.A dämpat.

"Kriminellt? Att rädda ungar från att tyna bort i klassrummen? Bättre skola och fostran kan de ju inte få. Hur ska de annars kunna lära sig skillnaden mellan en kulventil och en klämringskoppling? Det begriper du väl?"

"Ja, det klart jag fattar det. Men du vet, ungarna måste ha viss tid i klassrummen, enligt lagen alltså."

"Jaha, ungefär som att sitta inne?"

"Nja, inte direkt men tja, kanske det. Sen har du klubbhuset, rena svartrenoveringen. Nä du, det är nog kört för rektorn när allt det här uppdagas. Då åker ungarna in i klassrummen och rektorn in på kåken. Sorgligt"

"Och jag åker in i klubbhuset. Ja, jäkla skit, hur det kan vara. Rejäl karl det där, rektorn alltså", sa Roffe.

"Ja, han är en utdöende sort av samma skrot och korn som du och jag. Rejäla karlar med ryggrad är sällsynta."

"Men rejäla fruntimmer finns det hopp om. Förbaskat gott kaffe."

Övernattningen

Tord trodde att övernattningen skulle bli en lugn och stillsam till-
dragelse. Möjligtvis kunde en tapper skara elever möta upp. P.A. var
förmodligen där med stegen. Förhoppningsvis var Åsa där. Det var
bra reklam för skolan om hon dök upp. Själv var han inte så förtjust
i att vara föremål för tidningarnas rubriker. Men för skolans skull
kunde han förstås offra sig att bli intervjuad av Åsa. För skolans bäs-
ta var det nästan bra om det inte var så många där. Då kunde han i
lugn och ro prata med Åsa.

Luciakvällen var kall, klar och långt ifrån närmaste helg, faktorer
som borde hålla de flesta inomhus. Sova utomhus kalla nätter som
denna var inget som bekymrade Tord. Det hade han gjort många
gånger förr. Han var väl förberedd med ensamma vargen, fältkök,
liggunderlag och sovsäck. Däremot var han inte beredd på upp-
slutningen.

Hela skolan var där och fler där till. Elever, personal, föräldrar,
pensionärerna och folk han aldrig sett tidigare sett stod samlade på
skolgården. Facklor satt nedkörda i snön och bildade en gång av
eld fram till stegen som P.A ställt upp. Vid skolans entré hade nior-
na ett egenhändigt ihopsnickrad stånd där de sålde korv, glögg och
kaffe. Någonstans, var kunde inte Tords se, hade någon dragit fram
högtalarboxen som pumpade rockmusik på högsta volym. Det här

var ingen liten skara som Tord hoppats på. Det var folkfest, en explosiv festival som hade ett enda fokus, Tords takäventyr.

Takfesten höll på gott och väl en timma om inte mer. Tord hade inte koll på klockan. Skolans luciatåg hade till och med ett extra kvällsnummer, självklart med djembetrummor. Efter ett framtjatat tal som Tord lyckats improvisera fram var det dags för taket. Att försöka prata sig ur en övernattning nu, efter en dylika festligheter var inte att tänka på. Lika bra att ta tjuren vid hornen.

Tord kände sig som en astronaut på väg till en rymdfärja. Eller som sen världskändis som plöjde genom sina fans på väg mot scenen. Eleverna ropade hans namn, musiken dånade och alla klappade händerna. Var detta möjligt? Hade inte Rema 1000 gått överstyr, lika okontrollerbar som den skenande växthuseffekten? Vem låg bakom detta? Måste ha varit Leila eller kanske hon den nya. Och vad sjutton gjorde han om han behövde gå på toaletten? Frågorna snurrade i huvudet på Tord medan han tog sig fram till stegen där P.A. väntade. Åsa såg han inte skymten av. Det var ju inte säkert att hon skulle komma. Synd i så fall, synd för skolan.

"Det trodde man aldrig", sa P.A när Tord kom fram.

"Nej, hade tänkte mig en kväll i maj, möjligtvis juni. Men december?" Tord tog tag i stegen och kände efter så att den stod stadigt.

"Och tänka att det förbannade taket för första gången kommer till nytta. Hade aldrig gått om det inte varit platt."

"Arkitekterna på sjuttiotalet fick rätt till slut."

"Nja, nu ska vi inte ta i, de är fortfarande inkompetenta. Ta och kila upp nu så jag får åka hem någon gång."

Just som Tord sätter foten på första steget hörde han en välbekant röst ropa till honom.

"Hallå, Tord, får man ett foto?"

Tord vände sig om och mötte Åsas varma blick och några sekunder senare ett tiotal blixtar som fick honom att rygga tillbaka och nästa välta stegen.

"Oj, hej, ja självklart", svarade Tord och log tillbaka.

"Mycket folk, vi kanske kan prata senare", ropade Åsa.

"Självklart, vi..." Tord avbröts av en muttrande P.A. som fått slut på tålamodet.

"Det är inget dubbelrum du har hyrt. Kliv upp nu så att vi får slut på den här cirkusen."

Det var betydligt lättare att slå läger i vildmarken än på ett kommunalt skoltak trots dess platta design. Det var svårt att spänna upp Ensamma vargen, den lilla pressening som ingen soldat i fält ville vara utan. Tillslut lyckades han göra ett någorlunda vindskydd mot ett av fläktskåpen. Det fanns tillräckligt mycket snö för att kunna skrapa upp vallar mot presseningen. Med liggunderlaget, sovsäcken och försvarets M90-tröja lyckades han få det någorlunda bekvämt och inte allt för kallt. Han blev smärtsamt uppmärksammad på att han inte var i samma goda kondition som när han sist använt Ensamma vargen. Redan efter en halvtimme var han tvungen att byta ställning efter att höften klagat. Morgondagens likstelhet ville han inte ens tänka på.

Tord hade för vana att varje morgon och kväll gå igenom kroppen. Känna efter, kroppsdel för kroppsdel. Denna luciakväll var inget undantag och precis som alla andra kvällar och mornar kände han inget speciellt. Höften, ryggen och ena axel ömmade men det tillskrev han kommuns platta tak, annars utan anmärkning. Fortfarande tre månader efter den tidsbegränsade diagnosen fastställdes kände han ingenting. Borde det inte smärta någonstans? Så värst länge kunde det ju inte vara kvar och någon gång måste väl cancern kicka in ordentligt? Märkligt, men han var inte medicinkunnig och hade inga planer på att bli. Problemet var att tiden började rinna ut. Det kunde inte hålla hur länge som helst. Han hade för länge sedan tappat kontrollen och för varje vecka som gick ökade insatserna. Det kunde inte dröja länge förrän de första anmälningar till skolinspektionen började trilla in. Många, för att inte säga de flesta föräldrarna var positiva, men det räckte med en upprörd mamma eller pappa så var det kört. En liten granskning och sen skulle det ena avslöjandet efter det andra komma. Sen var det ekonomerna. Att de ännu inte anat oråd var i sig en gåta. Visserligen var kommunens ekonomi snårig med konton i det oändliga men trots det och trots att ekonomerna var nedlusad av jobb kunde det inte dröja länge innan han blev upptäckt. Märkliga inköp, svällande konto för städ, avsaknad av planerade investeringar och mycket annat som knappast skulle roa ekonomerna låg och väntade på upptäckt. Kanske skulle han ändå ta kontakt med sjukvården. Vore bra att få någon sorts prognos, ett preliminärt slutdatum. Verkligheten började komma ikapp.

Tord kunde se stjärnorna där han låg på det platta kommunala taket under Ensamma vargen. Det var lätt att känna sig liten och obetydlig när man låg och betraktade världsaltet. En känsla av ensamhet smög sig på när han plötsligt såg en stjärna falla. Stjärnfall var väl en önskan som for förbi? Nog kunde han kosta på sig en önskan? Men vad skulle han önska? Att bli frisk kändes inte som ett alternativ med tanke på att det inte fanns en enda bro han inte bränt. Pengar var inte heller aktuellt, om det inte rörde sig om mindre summor som han skulle kunna spendera på den korta tid han hade kvar. Fred på jorden, mätta barn och rättvisa kändes inte så troligt. Det var antagligen för stor önskan. Mitt i sina funderingar pep telefonen till. Med viss möda lyckades han krångla fram den och öppnade displayen. Där fanns ett nytt sms, ett sms från Åsa.

TV-inslaget

Julavslutningen var avklarad och eleverna hemskickade, en dag förtidigt. Men hade man lovat så hade man. Tord kunde inte annat än att förlänga jullovet med en dag. Eleverna hade med råge gjort sig förtjänta av sin lediga dag och hade nära på redan tjänat in en andra dag.

Tord, Leila och specialpedagogen satt på Tords kontor och gick igenom betygen. Leila hade ägnat hela gårdagen med ett frenetiskt knapprande för att få in elevernas betyg i monstret som faktiskt gav dem en bra bild över elevernas prestationer. Det fick både Tord och Leila medge, att det fanns fördelar med det digitala odjuret. Betygen var en sensation eller åtminstone ett trendbrott. Leila hade för säkerhetsskull gått igenom siffrorna igen men de stämde. I snitt hade varje elev höjt tre betyg. Det genomsnittliga meritvärdet hade ökat med nära 20 procent. Tallmoskolan skulle antagligen fortsatt ligga bland de lägre i länet sett till meritvärde men siffrorna var tydliga. Det gick inte att förklara med tillfälligheter, slump eller felmatning. Betygen var på väg upp. De var långt ifrån uppseendeväckande höga, men på väg upp, definitivt.

"Rema 1000, kan det vara Rema som ligger bakom?", undrade specialpedagogen som fortfarande var förbryllad.

"Nja, säg det." Tord kliade sig i huvudet. Även han var förbryllad. "Det är nog snarare så att vi numer bara har behöriga lärare, vi har låtit pensionärerna avlasta lärarna och sen lär kvarsittningen och läxhjälpen gjort sitt. För att inte säga P.A.-gruppen. Där ser man en rejäl ökning. Visserligen från låga nivåer men i alla fall. Det ligger nog snarare i det skulle jag tro."

"Ja, Rema alltså", svarade specialpedagogen.

Det var bara den lilla detaljen att Rema 1000 inte existerade och hade aldrig gjort. Projekt bestod till stor del av Tords infall, magkänsla och en skopa rejält bondförnuft. Det spelade kanske ingen roll. Det funkade ju uppenbarligen. Bättre än vad han någonsin kunnat drömma om. Det var ännu svårt att säga något om låg- och mellanstadiet men diagnoser och prov hade indikerat på samma uppåtgående trend som högstadiet. De nationella proven och omdömena till våren skulle minst sagt bli intressanta att ta del av. Vilket Tord med stor sannolikhet inte skulle få. Men redan nu fanns alltså mycket att glädjas åt. Förutom ökade meritvärden var närvaron bland eleverna högre och stöket i korridorer och klassrum var det betydligt mindre av. Det hade han P.A., pensionärerna och elevhälsan att tacka för.

Vidare reflektion hann de inte med förrän dörren flög upp och Bengt kom in med sin laptop i högsta hugg. Utan att ursäkta sin bryska entré satt han ner datorn på Tords skrivbord med så yviga gester att Tords Haribo-ask åkte i golvet.

"Har ni sett? Vi är på Tv", sa Bengt andfått.

"Mmm, och mina vingummi ligger på golvet", muttrade Tord medan han samlade ihop sina värdefulla sockerkickar.

Bengt ignorerade Tord, vek upp laptopens skärm och klickade fram ett reportage från den lokala nyhetskanalen. Nästan genast framträdde en manlig person i kostym och blå slips. I bakgrunden syntes cafeterian i kommunhuset. Mannen framför kameran log och såg ut att vara både ivrigare och gladare än ett barn på julafton.

"Är inte det där Bo Holmlund? Ni vet, ordförande i nämnden?" Leila var tveksam, men fick bekräftelse på sin gissning när en digital namnskylt dök upp i rutan.

"Sch, här kommer det. Lyssna!", viskade Bengt.

"Berätta Bo. Det verkar hända stora grejer i Tallköping kommuns skolor." Journalisten som för tillfället syntes mer i bild än Bo sträckte mikrofonen mot Bo.

"Jo, men det får jag nog säga. Våra ansträngningar och hårda arbete har givit resultat. I höstas implementerade jag en helt ny modell som höjt elevernas betyg markant och tagit bort stöket i klassrummen helt och hållet. Från en problemskola till högpresterande skola med hjälp av min modell." Bo kunde inte vara stoltare. Två av tre vallöften var inte så tokigt. Det var mer än någon annan politiker lyckats med på flera decennier.

"Oj, det låter otroligt, på en termin. Vilka skolor gäller det?"

"Ja, i dagsläget handlar det bara om Tallmoskolan, men redan nästa höst kommer vi att implementera modellen i kommunens samtliga skolor. Barn och Utbildningsnämnden är enig. Den väg jag har stakat ut är framtiden för skolorna i Tallköping. Jag vill också tillägga att vi gjort dessa fantastiska framsteg trots att vi varit tvungna till omstrukturering av medlen."

"Intressant, mycket intressant. Men du Bo kan du säga något om modellen. Vad är det här för mirakelmedicin?"

"Modellen, ja det är ingen magi utan ett resultat av hårt arbete. Det är alltså Holmlundsmodellen vi pratar om. Den fokuserar på ett resultatfokuserat arbetssätt som sätter eleven i fokus."

"Okej, Holmlundsmodellen alltså, efter…" Journalisten hinner inte avsluta sin mening innan en ivrig Bo fyller i.

"…mig, Bo Holmlund. Holmlundsmodellen är på mitt initiativ och framarbetad av mig. Men jag kan naturligtvis inte ta åt mig all ära. Det här har vi gjort tillsammans, elever, personal och jag, förstås."

"Men Rema 1000 då?"

"Rema, öh, ja precis." För en kort sekund tappade Bo Holmlund fattningen men lyckades snabbt komma tillbaka. "Det är projektnamnet som vi använt. Idéerna kommer ursprungligen från Bristol om jag inte missminner mig. Ur dem har vi byggt Holmlundsmodellen. En förädling och ombyggnation kan man säga."

"Fantastiskt Bo och tack så mycket för redogörelsen av Holmlundsmodellen. Vi säger tack och hej från kommunhuset här i Tallköping. Jag heter Jessica Alkvist. Över till studion."

"Va fan! Har ni hört på maken?" Bengt slår igen sin laptop hårt och är märkbart irriterad.

"Problemskola? Vi? Det var det värsta man ska höra. Visst, vi har haft och har fortfarande en hel del problem, men problemskola?, sa specialpedagogen lika irriterat som Bengt.

Tord stoppade en hel näve med vingummi i munnen. Han var inte irriterad eller arg. Bara förvånad till gränsen på chockad, och en smula förvirrad. Nu hade det definitivt gått för långt. Att ingen reagerat och börjat granska Tords vilda-västern-liknande sätt att styra skolan på efter artikeln i tidningen var förbluffande. Men det här. Det här skulle dra till sig horder av allsköns löst folk som ville ta del av mirakelmedicinen Holmlundsmodellen. Med all den uppmärksamheten det skulle innebära var det oundvikligt att upptäcka Tords kreativa tolkningar av läroplanen och skollagen.

"Ja, det var märkligt. Antagligen har Erla och Bo jobbat ihop något, en modell som är större än vårt projekt", fick Tord fram efter att ha tuggat ur munnen och svalt det sista vingummit.

"Läbbig typ det där. Litar inte på honom. Klart att han tar åt sig äran", sa Leila mer bedrövat än irriterat.

"Vet karln vad han pratar om? Har han överhuvud taget satt sin fot här? Inte ens när han kom med besparingarna var han här, skickade någon förbaskad mellanchef istället. Fegt, fegt så förbannat. Då hörde man inte ett pip ifrån honom. Men nu, nu när det finns poänger att plocka, ja då kvittrar han på." Bengt höjer rösten för varje mening och börjar anta en rödaktig ton i ansiktet.

"Jaja, nu rycker vi upp oss. Det är inte hela världen. Ingen av oss går till jobbet för ära och berömmelse. Gläds åt betygen. Här ta ett vingummi. Det blir i alla fall jag glad av."

Vårterminen

Kvarsittningen

Tord gillade fredagar, och bäst på fredagarna var stunden efter
lunch då han satt tillsammans med kvarsittarna. Kvarsittarna var
egentligen inga kvarsittare. Första veckan kom sju stycken som stört
och bråkat på lektionerna eller av andra orsaker brutit mot skolans
regler. De hade alla med sig arbeten som de låg efter i och valts ut
av handledarna. Först hade Tord stålsatt sig. Sju tuffa bråkstakar, tre
pojkar från nian, en tjej från åttan, en pojke från sjuan och två poj-
kar från fyran. Tord kände till dem. De hade ofta förekommit på
elevhälsomöten och i samtal med bup och soc. Han hade träffat
dem som hastigast i olika möten oftast i sällskap med föräldrar och
handledare. Men någon längre stund hade han inte tillbringat med
gänget. Tord förberedde sig med en termos kaffe, en hariboask och
en förväntan om en kaosartad kvarsittning.

Kaoset uteblev, däremot fick Tord användning för vingummit
och kaffet. Han fick möjlighet att i lugn och ro prata med eleverna,
lyssna på deras svårigheter och hjälpa till med krångliga ekvationer
och svårböjda verb. Tord var inte mycket till lärare och inte hade
han några förmågor som gjorde honom till en särskilt bra psykolog.
Men han gjorde så gott han kunde utifrån sina erfarenheter. Sista
halvtimmen ägnade han åt att berätta om sina år i Bosnien. Om hur
hans pluton råkat i bakhåll, hur jobbigt det kändes att se alla flyk-
tingar som de inte kunde hjälpa och hur det gått till när vagnsluc-

kan ramlat av och han skadat sig. Eleverna hade suttit som ljus och bara lyssnat. Efter att de två timmarna av kvarsittning var över var resultat magert i elevernas arbetsböcker men hariboasken och termosen var båda tomma. Alltid något.

Det snurrade otroligt många vuxna kring dessa elever. Expertis från skolan, elevhälsan, bup, soc och flera andra myndigheter. Men ingen hade ägnat två timmar med dem eller bjudit dem på vingummi. Blev det inte så mycket gjort av skolarbetet så fick eleverna åtminstone det, hade Tord tänkt när han låste och gick hem efter första kvarsittningen.

Andra veckan var flera av dem tillbaka och några ny hade tillkommit. Det som förvånade mest var att endast fem hade kvarsittning. De andra var där av fri vilja. Och så fortsatte det. Tillslut var gruppen elever över 30 stycken och det var ovanligt att någon var där på grund av kvarsittning. Tord var tvungen att öppna ett klassrum till för att alla skulle få plats. Två av boulklubbens medlemmar dök också upp för att hjälpa till. De flesta av eleverna var där för att hinna ikapp skolarbete eller höja sina betyg. Men de fanns flera som var där bara för att snacka med Tord och äta några vingummin.

"Tjena Johnny. Sliter du fortfarande med division och bråk?", frågade Tord en av de två som redan dykt upp samtidigt som han låste upp dörren till SO-salen. Han var alltid på plats tio minuter innan kvarsittningen började, så även idag.

"Äh, så jävla svårt. Om jag fattar hälften vore det bra", svarade Johnny.

"Jaha, på det viset. Men om du fattar fem tiondelar då?"

"Ha ha ha, roligt Tordan, jätteroligt. Det är ju hälften."

”Du ser, du fattar ju. Någon som vill ha en macka? Fick med mig från mellis.”

”Mellis, kom igen Tordan. Vi käkar inte mellis. Det är ju för små-glin. Vad är det för pålägg?”

”Ost, skinka, gurka, lite av varje faktiskt.” Tord plockade fram flera färdiga mackor som han tiggt åt sig hos matbespisningen.

”Gurka! Fan, jag hatar gurka. Pax för skinkmackan,” ropade Johnny och slog sig ned i en bänk närmast vita tavlan.

Elever droppade in allt eftersom och redan tio över var båda klassrummen fulla. Sist kom Joel som var yngst i gänget. De flesta gick i mellan- och högstadiet men ibland hände det att även lågsta-dielever dök upp.

”Hallå Joel, macka?” Tord hälsade glatt och sträckte fram en skinksmörgås.

”Nä, jag har precis ätit mellis. Men en Haribo funkar.”

”Okej, vingummi funkar alltid”, sa Tord och tog fram asken.

”Dessutom har jag åkt på gluten”, sa Joel mellan tuggorna.

”Åkt på gluten?”

”Ja, magknip och sånt, morsan ska fixa intyg. Du Tordan, vet du att min mattebok funkar mycket bättre med två vingummi än ett?”

Tord gav Joel ett vingummi till samtidigt som han skänkte hans mor en stilla tanke. Glutenintolerant var ingen rolig historia. Att välja bort gluten var inte det enklaste men en barnlek jämfört med att få glutenfri mat i matbespisningen. Där hade kommunen över-träffat sig själv i byråkratiskt dumhet. Istället för som förr, då det krävdes en ifylld blankett och sen inget mer, var pappersexercisen något av ett skämt som kunde tolkas som ironi. Men när föräldrar-na fick klart för sig ärendegången var det ingen som skrattade. Först provtagning och besök hos läkare på hälsocentralen. Där någonstans borde det har räckt även för en inbiten byråkrat. Ett intyg från en läkare och sen glutenfri kost. Nej, det tyckte inte kommunen som krävde intyg från barnmottagningen. Hälsocentralen tvingades att skicka remiss till en grundligare undersökning. Tord fick ändå hålla med om att kommunen imponerade. Man hade inte bara dränkt sin egen personal med byråkrati, i och med de nya kraven på allergikerna hade man också lyckats dränka landstingets personal i byråkrati och meningslösa patientbesök. En otrolig prestation men till vilken nytta? Det måste var ett enormt dyrt sätt att komma åt de stackare som snyltåt den glutenfria kosten utan legitima skäl. Om det nu fanns någon som gjorde det. Något som Tord tvivlade starkt på. Hur som helst skulle de kunna bjuda hela skolan på glutenfri kost för de resurser som landstinget var tvungen att lägga ned på de i övrigt kärnfriska allergikerna. Tord bestämde sig för att spara in några tusenlappar till landstinget.

"Du Joel, hälsa mamma din att hon inte behöver något intyg. Du får glutenfritt imorgon. Jag fixar det."

"Mmm, okej. Varför är en tredjedel mer än en femtedel? Det funkade inte med två vingummi."

"Här testa med en tredje Haribo och fråga Johnny. Han har kläm på det där."

Tord tog själv en och hällde upp kaffe från termosen. Några av niorna var snabbt framme med sina muggar som Tord fyllde så rättvist som möjligt. Dela lika på en kaffetermos var en hederssak som han lärt sig under sin utlandstjänstgöring. Han skulle aldrig glömma när hans befäl bjöd på kaffe efter en hård vecka i fält. Hela plutonen fick från befälets termos. Det räckt till en mun ljummet kaffe till var och en. Det var inte mycket till koffeinkick men känslan av värme och gemenskap var oslagbar.

Joel och Johnny kom bra överens trots den stora ålderskillnaden. De hade båda svårt att sitta still. För att tömma energin gjorde de korta pauser som de tillbringade vid pingisbordet. Första gången de gick till pingisbordet trodde Tord att de inte skulle komma tillbaka. De var ju trots allt här frivilligt. Men de kom och satte sig vid matematikböckerna varje gång efter sina dueller vid bordet. Det var fascinerade att se dem och de andra eleverna jobba. De hjälpte varandra, jobbade hårt med skolarbetet, snackade strunt med varandra och Tord, spelade pingis och åt vingummi. Det gick några askar men det var det värt. Trots många elever med svårigheter och trots att de var många var det ändå ett behagligt lugn. Långt ifrån knäpptyst men ändå långt ifrån kaos.

Eleverna började droppa av, och fem minuter innan det var dags att låsa och gå hem var det bara Joel och Johnny kvar.

"Okej, grabbar dags att plocka ihop och sticka hem till fredagsmyset."

"Ja ja, chilla mannen. Vi är på väg. Ta det soft", svarade Johnny.

"Chilla? På en fredagseftermiddag när man vill hem? Glöm det", sa Tord med ett skratt.

"Och vem vill sitta och häcka med en skruttig rektor på en fredag?", hördes en välbekant röst i dörröppningen.

"Va? Vad gör du här?", frågade Joel förvånat.

"Okej, frugan knackar på. Då fattar man varför Tordan har brått hem. Fredagsmys Tord?", sa Johnny retsamt men kärvänligt.

"Va, ja nej, alltså det är…" Tord snubblade på orden och kände sig bortkommen.

"Nej, inte fru, men vi ska ut på dejt", sa Åsa och log med hela sitt ansikte.

Förvaltningschefen Yngvesson

Lunch på kontoret framför datorn hade blivit en vana för Barn och Utbildningensförvaltningens chef Yngvesson. Det handlade inte så mycket om att han inte hann gå ned till kommunhusets restaurang eller förvaltningens fikarum. Det var snarare så att han på senare tid allt mer uppskattade en lunch i ensamhet endast i sällskap av sina egna tankar och en datorskärm full av digital nonsens. Egentligen tyckte han att all digital inovation efter faxens intåg i kontorslandskapet var av ondo. Ettor och nollor stressade folk till högt blodtryck och psykisk ohälsa. Det var inte konstigt att var och varannan människa brände ut sig nu förtiden även om han misstänkte att klena nerver och lättja var bidragande orsaker till nervkollapserna. Yngvesson hade för övrigt inte mycket till övers för de som brände ut sig. Han hade jobbat helt yrkesliv och aldrig varit sjuk. Vid motlut fick man bita ihop och gå på jobbet. Så enkelt var det med det.

Trots förvaltningschefen Yngvessons skepsis mot den digitala revolutionen kunde han inte att låta bli skärmen. Lite meningslös surfande fick tankarna på annat medan han åt sin medhavda lunchlåda. Det mesta som dök upp på skärmen var skit. Rena dyngan. Han kunde inte begripa vem som kunde vara intresserad av vad grannen åt för mat, handlade för kläder eller vad husdjuret gjorde för tillfället. Det var vansinne alltihop. Svindyr teknik bara för att folk skulle dela kattbilder med varandra. Det fanns dock skit som var något bättre än normaldyngan. Yngvesson var tvungen att erkänna att han gärna titta de på de otaliga filmer där personer gjorde bort sig, halkade på poolkanten eller slog sönder fönsterrutor av misstag. Det var naturligtvis ren idioti att andra människors dumhet kunde roa andra dumma människor. Men alla hade sina svagheter. Så även Yngvesson. Som avkoppling från skolsystemets idioti fungerade denna form av mänsklig dumhet riktigt bra.

För avkoppling behövde Yngvesson. Inte för att han jobbade särskilt hårt eller kände sig särskilt stressad. Det var snarare så att han var tvungen att vila från all den galenskap som enligt honom genomsyrade hela skolsystemet. Ett system som han varit delaktig i under ett helt yrkesliv. Han hade sakta men säkert klättrat från lärare till förvaltningschef samtidigt som han sett hur skolan hade förändrats från en ansedd institution med förtroende till en trött slagpåse där det stod fritt för var och en att slå så hårt de bara orkade. Som förvaltningschef hade Yngvesson en omöjlig uppgift. Han skulle genomföra nämndens besparingskrav, höja måluppfyllelsen, se till att svensk lag och statens alla reformer följdes. Värst var att han ständigt var tvungen att stå till svars för allt. Var inte betygen, måluppfyllelsen eller ekonomin till belåtenhet fick han förklara sig för Barn och utbildningsnämnden där varken sunt förnuft eller fakta var argument som höll. Var nämnden lugn för en stund kunde man ge sig den på att det knorrades från områdescheferna och rektorerna. Besparingar och reformer som ingen trodde på drabbade naturligtvis verksamheten något som Yngvesson ofta fick höra i hårda ordalag. Det gnälldes uppåt från lärare via rektorerna till områdescheferna som ansatte honom hårt. Någon popularitetstävling skulle han inte vinna trots att det inte var hans fel att det regnade dynga från himlen i sådan kraft att det stänkte upp på honom och nämnden. Problemet var att det inte gick att skylla det dysfunktionella skolsystemet på någon. Det var antagligen därför han fick ta all kritik från alla håll. När allt kom omkring fanns det ingen med ansvar i hela den svenska skolan. Staten skyllde på kommunen och kommunen skyllde på staten. Personalen skyllde på kommunen som var personifierad i Yngvesson. Facken skyllde på arbetsgivarna och arbetsgivarna skyllde på lärarna. Det var rena vilda västern i anklagelser om skuldfrågan för skolans misslyckanden. Egentligen borde det vara idiotsäkert att bli skolpolitiker. Det fanns alltid någon att skylla på. Mitt i denna skolcirkus befann sig Yngvesson som blev allt mer frustrerad för varje år som gick. Att låsa in sig på sitt kontor under lunchen tillsammans med en lunchlåda och korkade människor som gjorde bort sig var med andra ord ganska sunt.

Yngvesson satt som vanligt framför sin skärm och lunchlåda när det plötsligt dök upp en rubrik, i hans digitala flöde, som fick hans uppmärksamhet så pass att den fick ett klick. "Från problemskola till eftertraktad kunskapsskola – Tallmoskolan är en framgångssaga", läste Yngvesson högt för sig själv.

Det var inte första gången som förvaltningschefen Yngvesson hörde talas om Tallmoskolan. Skolan hade varit upp på dagordning för några möten sedan. Han kom ihåg det väl eftersom det var positiva nyheter som dryftades för en gångs skull och inte det eviga tjatet om för lite resurser och för höga ambitioner. Det var en av Erlas rektorer som tydligen kommit på något genialiskt som inte kostade pengar och gav bra resultat. Hur det gick till kunde man ju undra. Men så länge inte rektorn inte rånade banker eller fifflade med kommunens konton spelade det inte så stor roll enligt Yngvesson. Det var sannerligen på tiden att det kom något annat än dystopiska historier från hans förvaltning. Problemet var att det inte var hans initiativ eller idéer. Det skulle sitta fint att möta nämnden med ett egenhändigt ihopsnickrat projekt som till och med omskrevs på internet.

Förvaltningschefen Yngvesson satt och funderade en stund, läste om artikeln och funderade en stund till. Det var väl då förbaskat att detta gått mig förbi, tänkte han samtidigt som ha scrollade nedåt på sidan för artikeln. Vad som hände på rektorsnivå brukade han visserligen strunta i. Det var skönt att slippa detaljerna i verksamheten. Områdescheferna fungerade som en buffert mot verkligheten. Han behövde aldrig besöka skolor eller prata med lärarna. Ibland hände det att rektorer dök upp mötena men det var sällan och oftast bara korta visiter. Ju längre ned i hierarkin man kom desto mindre känd var han. På lärar- och föräldranivå var Yngvesson en doldis, något som passande honom utmärkt. Han slapp allt gnäll som var vanligt förekommande på just den nivån. Men i fallet Tallmoskolan var det just nu en nackdel att vara okänd. Skolans formidabla framgång riktade strålkastarljuset på de som höll sig nära. Då var det ingen höjdare att befinna sig i mediaskugga. Men om han på något sätt kunde fånga upp framgångarna göra dem till sina egna och involvera hela kommunen. Då skulle hela projektet bli några storlekar större, kanske tillräckligt stort och värdigt Yngvessons ambitioner. Men hur skulle det gå till?

Som ett svar på Yngvessons frågor eller om de kanske rent av var böner öppnandes dörren till hans kontor och ordförande för Barn och Utbildningsnämnden kom in.

"Tjenare Yngvesson. Har han gått och blivit en enstöring? Han är väl inte folkskygg Yngvesson? Sitta här med matlåda i sin ensamhet", sa Bo Holmlund hurtigt i ett försök till skämt, något som inte föll särskilt väl ut.

"Ja, med tanke på kommunhusets alla nötter ser jag ingen annan utväg än att inta lunchen för mig själv. Men det är ju uppenbart att det inte längre fungerar", svarade Yngvesson surt. Han hade aldrig gillat Bo Holmlund. Det fanns alltid en baktanke med vad än den karln sa. Han var en hal ål som man gjorde bäst i att undvika så gått det gick.

"Du får sätta lås på dörren, dra ner persiennerna och hänga upp en stör-ej-skylt om du nu är så allergisk mot nötter." Bo försökte inte längre att vara rolig.

"Ha ha, mycket roligt Bo. Var det något särskilt?"

"Ja, det var det faktiskt", so Bo Holmlund underfundigt. "Jag har en del funderingar och kanske ett förslag som borde kunna locka dig till ett litet samarbete.

"Kanske ett förslag? Det tvivlar jag starkt på."

"Vi är av samma skrot och korn du och jag. Vi vill något. Vi är entreprenörer. Vi är vinnare", sa Bo Holmlund.

"Det var väl då väldigt vad mycket vi det blev helt plötsligt. Du och jag är av helt olika innehåll. Finns inga likheter. Det vet du lika väl som jag."

"Säg inte det Yngvesson. Säg inte det. Jag vet, vi ha haft våra meningsskiljaktigheter men det beror ju på att vår sort inte kan blanda sig. Vi är som kampfiskar. Vi..."

"Okej, jag ger mig", avbröt Yngvesson irriterat. "Har du kommit på allt det där nu? Och var du tvunget att störa mig mitt i lunchen bara för att du har fått en filosofisk uppenbarelse?"

"Med dina lunchvanor får du vara glad över att någon överhuvdtaget vill störa dig. Men jag är inte här för att träta. Jag har lite idéer Yngvesson."

"Varför är jag inte förvånad?", frågade Yngvesson med en suck.

"Lyssna här. Jag vill att du tar över Rema 1000 och implementerar det i hela kommunen. Du blir den som frontar utåt och den som ser till så att alla skolor verkligen genomför det, och självklart med så stor publicitet som möjligt."

"Fronta utåt?" Yngvesson var skeptisk.

"Ja, alltså du blir projektets ansikte utåt. Killen som genomförde århundradets största pedagogiska inovation."

"Äh, lägg av med det där affärssnacket. Projektet består ju bara av en rektor som snappat upp något utomlands. Dessutom är det väl hans projekt. Inget jag kan ta över. Han, rektorn, lär nog surna till om jag stjäl alltsammans."

"Vi, Yngvesson. Det är vi som stjäl hel grejen. Eller stjäl och stjäl. Vi förädlar idéer som en vilsen rektor snappat upp. Vi bygger en hel modell som kan appliceras på hela kommuner. Jag pratar om Holmlundsmodellen Yngvesson."

"Holmlunds...Aha, nu börjar jag förstå din iver", sa Yngvesson och lutade sig tillbaka i sin kontorsstol. Han förstod precis vad Bo Holmlund var ute efter.

"Vi tänker lika du och jag Yngvesson", svarade Bo triumfatoriskt.

"Skulle nog inte tro det men jag förstår hur du tänker. Du snor ett vinnande koncept och tar åt dig äran. Skolan du tänker plagiera har fått smått otroliga resultat. Det klart att du vill vara med och dela på glansen. Det jag inte förstår är vad du tjänar mer än ära och berömmelse?"

"Kom igen Yngvesson. Du är smartare än så. Du känner till skolmarknaden lika väl som jag. Du behöver inte ens en bra idé. Bara du har papper som liknar forskning, pengar att investera och ett kritvitt leende kan du sälja vilket skit som helst till kommunerna. Släng in lite trendig ord och en halvkänd skoldebattör så har du en försäljningssucé. Du tjänar pengar som gräs i åtminstone ett par år tills det kommer en ny trendig smörja som kommunerna hoppar på. Det är så det fungerar Yngvesson. Fan vet om vi inte skulle ta starta en friskolekoncern. Holmlunds international school of education. Det ligger pengar på bordet och det är bara att hämta dem."

"Jag begriper skolmarknaden men jag begriper inte var du kommer in någonstans. Sist jag kollade var du en medioker lokalpolitiker med siktet inställt på riksdagshuset."

"Nja, nu är det ju inte jag som kommer att driva Holmlundsmodellen som ett företag. Det finns andra intressenter. Se mig mer som en idéspruta som helt enkelt bara vill förbättra världen."

"Ha, den enda del av världen du vill förbättra är den lilla del som utgör din plånbok. Jag känner dig Holmlund."

"Kanske det. Men det finns pengar för dig med Yngvesson. Några aktieöverlåtelser från ett holdingbolag som äger andra bolag som äger andra bolag. Äh du vet, det vanliga upplägget bolag emellan."

"Ah, du menar det olagliga upplägget. Du sitter ju för fan som ordförande i nämnden."

"Nu är du tråkig. Kom inte och säg att du har bättre skrupler än jag. Vi är lika du och jag Yngvesson. Glöm inte det. Jag behöver dig. Jag kan själv inte gå in och styra verksamheten på detaljnivå, ministerstyre du vet", sa Holmlund.

"Du är inte minister än, men jag förstår vad du menar. Jag gillar dig inte Bo Holmlund och du gillar inte mig. Men jag måste erkänna att erbjudandet är lockande. Det är helt idiotsäkert för min del. Det är du som tar riskerna men jag behöver fundera." Yngvesson reste sig för att markera att mötet var över.

"Tänk inte för länge bara. Vi måste smida medan järnet är varmt."

"Kanske det. Men vad händer med rektorn. Han lär knappast ge bort allt det han byggt upp. Han kan ställa till med förtret."

"Rektorn, han är en gammal militär. Drivs av andra ideal än pengar, ära och berömmelse. Antingen får han vara med på något hörn eller också köper vi ut honom."

"Säg inte vi, säg för fan aldrig vi. Jag gör dig en tjänst mot betalning. Det finns inget vi i den här historien. Jag liter inte på dig. Du är en hal ål."

"Mycket möjligt Yngvesson. Mycket möjligt, men den här ålen kommer att bli rik."

Bo Holmlunds besök hade fått Yngvessons matlust att försvinna trots att matlådan inte på långa vägar var tom. Han sköt undan maten, knäppte av skärmen och lutade sig tillbaka i sin kontorsstol. Stolen var en bättre modell och medgav en sittställning som mer liknande den liggställning tandläkarens patienter intar. Bakåtlutad kunde Yngvesson betrakta det vitmålade taket som behövde målas om, antagligen rätt snart, helst inom något årtionde. Fläckar och färgflagor bildade fantasifulla figurer som gav betraktaren en stunds verklighetsflykt. Yngvesson behövde tänka.

För Yngvessons del borde det vara idiotsäkert. Ett inköp av en modell i den storlek som Bo Holmlund beskrev krävde med största sannolikhet ett godkännande i nämnden, kanske till och med i fullmäktige. Det beslutet hade Yngvesson ingenting att göra med. Beslutet skulle gå igenom. Det skulle Bo Holmlund se till. Som tjänsteman skulle Yngvesson bara göra som han blev tillsagd, att genomför beslutet, implementera Holmlundsmodellen. Han skulle kanske till och med kunna stå öppet som aktieägare till det bolag som sålde modellen. Han hade ju ingen koppling till beslutet för inköpet. Det kunde förstås bli svårt att förklara för banken att han plötsligt blivit aktieägare men det fanns antagligen en lösning på det problemet. Inget i det han stod i begrepp att göra var olagligt. Möjligtvis moraliskt förkastligt men olagligt kunde det knappast vara.

För Bo Holmlunds del var det mer tveksamt om han verkligen höll sig inom lagens råmärken. Som politiker hade han förstås lämnat bort allt ansvar över sina bolag till någon förvaltare. Men det var helt uppenbart att han fortfarande hade någon form av kontroll. För Yngvessons del kunde det kvitta vilka skumraskaffärer den karln höll på med. Han avskydde Holmlund och allt som hade med honom att göra. Om Bo försvann till huvudstaden eller in på en avlägsen anstalt spelade ingen roll. I alla händelser skulle Bo Holmlund inte vara kvar i kommunen. Det var åtminstone säkert. Ju mer han tänkte på saken desto ljusare kändes framtiden. Under de fem år Yngvesson hade kvar till pensionen skulle han slippa Holmlund, tjäna en rejäl hacka och avgå med fanan i topp. Holmlundsmodellen skulle ge fin publicitet och stora erkännanden. Vem visste kanske skulle han kunna gå ett par år tidigare i pension och börja föreläsa. Vem ville inte anlita personen som revolutionerade svensk skola?

Yngvesson slog på datorskärmen igen och återgick till de korkade människorna som genom sitt snubblande skapade billig humor. Det såg synnerligen ljust ut för förvaltningschefen Yngvesson.

Dejten

De gick in mot centrum.

Tallköping var inte större än att centrum alltid låg nära oavsett var man befann sig. Allt låg tämligen centralt i staden som fick ett ganska abrupt slut både väster- och österut. I väster mötte Tallköping Lavmon, ett rekreationsområde med elljusspår, idrottsplats och oändlig tallskog. Öster om staden bröt älven av stadsbebyggelsen med en knivskarp gräns utan några som helst kompromisser om fortsatt expansion. Europavägen slingrade sig från söder genom Tallköping med fortsatt sträckning norrut. Den som färdades den nyligen upprustade europavägen söderut eller norrut upptäckte snart att det var svårt att veta när staden egentligen började. Det hela tog sin början med några enstaka hus som efter några mil låg allt tätare tills de smälte samman till en mindre ort och tillsist förvandlades till småstad. Utan att besökaren märkte det smög sig staden fram och helt plötsligt dök de första trafikljusen upp och den överraskade gästen befann sig plötsligt i centrum. Den ouppmärksamme besökaren kunde om denne hade otur helt missa staden, särskilt om trafikljusen var ur funktion.

Tallköping var för litet för att gå vilse i och för stort för att alla skulle känna alla. Stadens storlek var ett gränsfall för friskolors etablering eftersom kundunderlaget var lågt trots att kundkretsen sträckte sig långt utanför staden och kommunen. För att ett kvartalsresultat skulle falla de kräsna aktieägarna på läppen fick inte tillgången på studiemotiverade och lättlärda elever vara för liten. Men Tallköping klarade de flesta kriterierna för en affärsetablering något som gladde kommunen då detta var ett tecken på att staden inte levde en tynande tillvaro till förmån för de större städerna. Målet om tio procent fler invånare inom ett decennium var inte inom räckhåll om man inte tänkt rita om kartan och införliva ett par av kransbyarna längs europavägen. Men skolkoncernernas tilltro till bygden gladde många mycket eftersom sjukvården, folktandvården, biblioteken och bankerna tagit till reträtt och nu krävde en fulltankad bil, bank-id och en extra fluorsköljning för att fungera. Men systembolaget och åtminstone en av skolkoncernerna stod pall och upprätthöll en anständig nivå på samhällsservicen. Tallköping fanns fortfarande på kartan.

Som de flesta småstäder stängde det mest ned redan vid tidig kväll. Några restauranger och en kafékedja höll öppet medan pubar och barer bidade sin tid inför fredagskvällens nöjesaktiviteter, men eftersom det var melodifestival på tv och långt till lönehelg var förväntningarna låga.

Tord och Åsa behövde inte boka bord och var till en början ensam på restaurangen Vine and Pine. En uttråkad servitör tog emot och placerade dem vid ett bord intill lokalens enda fönster. En fönsterplats kunde vara en av de bättre platserna på vilken restaurang som helst, så även på Vine and Pine om det inte vore för den något sorgliga utsikten över ett centrum som tidigt gjorde kväll. Fredagsmys och melodifestivalen var svåra konkurrenter för ett centrum i en småstad. Den sorgliga utsikten var dock inget som varken Tord eller Åsa ägnande någon tanke åt.

De skildes åt efter två glas vin på en intilliggande pub, en lång kram
och löften om att ses väldigt snart. Tord gick gågatan fram mot
busstorget för att vika av upp mot lägenhetshusen där hans två rum
och kök fanns beläget på andra våningen. Det hade varit en bra
träff, eller rättare sagt en fantastisk träff. Samtidigt kunde Tord tycka
att middagen med Åsa var ett grymt spel av ödet som tydligen roade
sig med att först nu skicka lycka och glädje till en man vars framtid
kunde räknas i veckor. De senaste tio åren hade varit kantad av
högt blodtryck, stress och ensamhet utan större glädjeämnen än ett
glas vin eller två på fredagskvällarna. Tord var egentligen ingen som
trodde på ödet, högre makter eller förutbestämda stigar. Han var
den sortens man som stakade ut sina egna vägar och var sin egen
lyckas smed. Visserligen hade smedjan varit stängd de sensate åren
och de vägar han färdades på nu var sedan gammalt upptrampade,
men nog var det han själv som styrde skutan. Ändå kunde han inte
skaka av sig känslan av bitter uppgivenhet. Varför hade inte Åsa dykt
upp för tio år sedan? Det var lite väl sent att tända upp i smedjan
nu.

Tord kunde åtminstone glädja sig åt att han inte hade behövt
ljuga för Åsa. Det hade varit nära några gånger men han hade lyc-
kats ändra riktning på samtalen till stabilare mark som inte byggde
på lögner. Å andra sidan kunde hela dejten betraktas som en en
enda stor lögn. Åsa hade haft lika trevligt som han. Det gick inte att
ta miste om och nog fanns det förhoppningar hos henne om en
framtid med en närmare relation till Tord. Tord som inte sagt ett
ord om sin högst kortsiktiga vårdplan. Hade han ändå inte lurat
henne å de grövsta?

Det var således med blandade känslor Tord gick hem efter en av de trevligaste kvällarna på årtiondet. Om det nu var ödet, högre makter eller bara rent oflyt var det oavsett ett grymt tilltag att visa hur vackert livet kunde vara precis innan slutet.

Kuratorn

Linda såg framemot dagarna på Tallmoskolan. I hennes tjänst låg tre skolor med totalt 650 elever. Det var ett ständigt jäktande mellan skolorna. Från ett möte till ett annat i expressfart. Lunchen som ofta var i form av snabbvärmd soppa fick hon ofta äta ljummen under något av alla hennes möten. Efter dagens slut snurrade elevnamn i det oändliga i hennes huvudet. Många namn hade hon inte ens ett ansikte till. Däremot kände hon till namnens diagnoser, svårigheter och åtgärdsprogram. Linda antecknade sida upp och sida ner under varje möte. Utan dessa anteckningar var hon körd. Det var omöjligt att hålla koll alla de elever som ältades på elevhälsomötena om hon inte hade sina anteckningar. Ibland kunde hon koppla namnen till gryniga bilder i skolkatalogen. Vid sällsynta fall träffade hon både namnen och deras föräldrar. Först då förvandlades namnen till levande barn av kött och blod istället för hastigt nedtecknade anteckningar i hennes block. Och det var vid de tillfällen hon verkligen tyckte om sitt jobb.

Lindas situation hade dock blivit bättre i och med att Rema 1000 sjösattes. Två hela dagar i veckan ägnade hon åt Tallmoskolan och deras elever. I början hade det varit svårt att veta vad som väntades av henne eftersom hon inte kunde hitta någon arbetsbeskrivning eller information om projektet. Hon hade helt enkelt fått improvisera och efter att fått både information och beskrivning av skolans administratör förstod hon att hon var på rätt spår. Det första hon hade tagit sig an var en grupp tjejer i åttan. De var fem till antalet och låg ständigt i konflikt med varandra. Konstellationen dem emellan förändrades hela tiden. Ena dagen var tre av dem bästisar och näst dag var de edsvurna fiender medan andra blivit bästisar. Linda hade blivit chockad över deras cyniska elakheter som främst förekom på nätet. Men hon hade också genast tyckt om tjejerna och efter hand kommit dem nära. Kanske för nära. Linda var inte säker. Hon pratade ofta med dem antingen i grupp eller enskilt. Några mailade till henne nästa varje dag medan en av tjejerna ofta <u>sms:ade</u>. Det var förstås hedrande att glädjande att Linda fått ett sådant förtroende och att hon var så omtyckt. Men det var också känslomässigt påfrestande. Tjejerna hade det svårt. Flera av dem kom från svåra hemförhållanden och hade det svårt i skolan. Samtliga hade vid flertalet gånger gråtit ut i Lindas famn.

Första dagarna hade Linda gråtit när hon kommit hem. Hon hade känt sig otillräcklig och maktlös inför elevernas problem. Deras bekymmer verkade oändliga och deras framtidsutsikter såg allt annat än ljusa ut. Vad Linda än gjorde eller sa hade hon känt det som om hon inte var till någon som helst nytta. Än värre hade det blivit när hon träffat Isa. Isa som kom från svårare hemförhållanden än någon kunde föreställa sig. Fosterhemsplacerad för tredje gången. Linda kände väl till Isa från elevhälsovårdsmötena, lärarkonferenserna och träffarna med bup. Hon hade till och med träffat Isa och hennes första fosterföräldrar några gånger. Lindas anteckningar om flickan kunde snart räknas i kilo så det fanns inte mycket hon inte visst om Isa. Trots det hade Linda chockats av flickans mående. Isa hade brutit sig igenom Lindas alla blanketter, anteckningar och journaler, och träffat henne rakt i hjärtat. Linda hade inte varit beredd och kunde inte annat än gråta i bilen på vägen hem.

Veckorna gick och Linda var nära att bryta ihop och antingen sjukskriva sig eller säga upp sig när hon hade stött på Tord i korridoren. Han hade sett hennes hopplöshet och tagit in henne på sitt kontor. Tårarna hade kommit och de hade inte sagt så mycket till en början. Tord böjd på vingummi och de hade pratat hela eftermiddagen. Tord hade förstått och känt igen sig i Lindas känslor av hopplöshet och vanmakt. När hariboasken och tårarna tog slut hade hon fått en kram av Tord. Om det var vingummit, kramen eller berättelsen om flickan och sjöstjärnorna som fått Linda på fötterna igen var hon inte riktigt säker på.

Efter besöket hos Tord, inte bara förstod Linda flickan med sjöstjärnorna. Linda var flickan med sjöstjärnorna. Flickan som efter en storm hade gått ned till stranden och upptäckt tusentals uppspolade sjöstjärnor. Genast hade hon börjat bära ned djuren till havet igen men hade blivit stoppad av en man som försökt förklara meningslösheten med att försöka rädda sjöstjärnorna. De gick inte att rädda. De var för många och skulle oavsett flickans ansträngningar torka och dö. Det spelade ingen roll. Det spelade visst roll hade flickan svarat. Det spelar stor roll för de sjöstjärnor jag hinner rädda.

Linda var flickan med sjöstjärnorna. Linda kunde inte hjälpa alla men det hon gjorde spelade roll, stor roll. Varje möte, kram eller torkad tår hade enorm betydelse för den som stod okramad med våta kinder. Mötet med Tord stärkte henne och gav henne nya krafter. Med nya ögon hade hon trots allt sett att hennes ansträngningar inte var förgäves. De spelade roll. Betydligt större roll än alla de möten och dokument som fanns kring alla elever.

Det kändes ovant att inte använda kommunens egenhändigt ihopsnickarade dokument som fanns i oändliga antal former. Visserligen antecknade hon varje dag men det var hennes egna anteckningar och skulle aldrig hålla vid en större granskning. Det måste finnas enorma risker med att inte fylla på i elevernas mappar. Vid klagomål, missnöje eller rutinkoll skulle några kilo papper saknas för eleverna på Tallmoskolan. Ett års total dokumentationslucka skulle gapa tomt när skolinspektionen kom på besök. Linda hade svårt att tro det fanns några förmildrande omständigheter som kunde blidka myndigheten. Det projektet som tillät att inte ett enda gram dokumentation tillfördes elevmapparna under ett helt år fanns inte. På något sätt hade skolans rektor hittat ett kryphål och lyckats undkomma både blankethysterin och mötesterrorn. Det var sannerligen inte illa jobbat av en rektor.

"Hej Linda."

"Hej på dig Isa. Hur är läget idag då? Fortfarande snuvig?" svarade Linda glatt.

"Bättre, det där med apelsiner och pepparrot var nog inte så dumt. Tack för tipset."

"Gammal visdom." Linda log mot Isa medan hon granskade henne. Linda kände henne tillräckligt väl för att se att något var på tok. "Hur är det fatt? Sen till lektionen?"

"Nja, sen och sen. Det är matten...Jag..."

"Jobbig morgon?"

"Mmm. Det kan man nog säga. Men det är okej."

"Nej, det är det inte. Det syns lång väg. Vet du vad? Jag har ett förslag. Vi tar en sväng förbi mattelektionen och tar reda på vad du ska göra. Sen hänger du med mig till åttorna."

"Åttorna?"

"Ja, jag brukar hänga lite med dem lektionen innan lunch. Du kan hänga på och jobba tillsammans med oss."

"Hänga med åttorna?", frågade Isa misstänksamt. "En kurator hänger inte. Men det kan nog behövas. Dom är för bedrövliga dom där åttorna."

"Nja, bedrövliga vet jag inte. Dom har lite krångel för sig, men de är mina sjöstjärnor så jag måste titta till dem emellanåt."

"Sjöstjärnor?"

"Ja, du med. Ni är mina sjöstjärnor.", svarade Linda finurligt.

"Du Linda, du är bra knäpp emellanåt, men jag gillar dig. Det behövs nog en halvknäpp kurator för få ordning på oss."

Lena

”Ost eller skinka?”, frågar Lena medan hon häller upp kaffe från sin termos.

Klockan är tio över sju och hon sitter vid katedern i sitt klassrum tillsammans med Isa. Sedan några månader tillbaka har det blivit en morgonrutin. Lena och Isa äter frukost tillsammans i klassrummet medan de pratar om allting mellan himmel och jord, de senaste dagarna mest om himmel.

”Ost, nej vänta skinka. Fast ost passar bättre till varm choklad. Varför ska det vara så svårt att välja”, svarar Isa och granskar de två mackorna som Lena just tagit fram.

”Fast ibland behöver man inte välja”, säger Lena och fiskar upp två färdigbredda mackor ur sin ryggsäck.

”Nä, fast nu vet jag ju inte om jag vill ha två ostmackor, två skinkmackor eller en av varje”, säger Isa med en bekymrad min.

”Ibland är det svårt att välja och ibland kan man inte välja. Och som med allting annat som är svårt måste man träna på att välja. Ju mer man tränar på att välja och ju fler mackor man har ätit desto lättare blir det. Jag kan ta en macka av varje så blir det lätt.”

”Åh, tack Lena. Jag är nog en nybörjare på att välja.

”Barn brukar vara det. Du lär dig snabbt. Snart blir du ett proffs på att välja mackor”, skrattar Lena.

De äter, dricker varm dryck och pratar. Efter en stund börjar Lena förbereda dagens lektioner och Isa tar fram sin läsebok. För Lena är det här den absolut bästa stunden på hela dagen. För ett år sedan var det otänkbart men nu är hon betydligt piggare och har inga problem att komma upp morgnarna. Vid sju är skolan nästan öde Förutom fritidspedagogerna och pensionärerna som sitter i matsalen med frukostbarnen är det tomt på både elever och personal. Lena kan kopiera, planera och plocka fram ostört. Kanske inte helt ostört. Isa brukar dyka upp strax efter sju och göra Lena sällskap.

Isa har en dokumentation som antagligen skulle gå att jämföra med vilken institutionerad buse som helst. Socialtjänsten, polisen, barn och ungdomspsyk, skolpsykologerna och barnmotagningen är bara några av alla författare som skrivit om Isa. Hur många vuxna som varit och är inblandad i ärendet Isa vet nog ingen. Med föräldrar som lider av alkoholism och psykisk sjukdom får man en tung dokumentation och barndom. Isas barndom och skolgång är blytunga liksom den efterföljande dokumentationen. Lena kan ibland förvånas över att barnet överhuvudtaget fungerar med tanke på den uppväxt hon just nu befann sig i.

Redan första morgonen som Isa dök upp hade Lena bjudit på en ostmacka och varm choklad. Chokladen hade hon hämtat från personalrummets nya kaffemaskin och var egentligen ämnad för personalen, något som Lena högaktningsfullt hade struntat i. Isa skulle egentligen äta frukost tillsammans med de andra barnen men hade på något sätt hittat till Lenas klassrum under ett av alla de försök till att rymma från skolan. Lena hade inget emot lite sällskap och hade genast tyckt om flickan. Isa påminde om Jonna. Och om en ostmacka och varm choklad kunde ge Isa en timma av lugn och ro var det ett billigt pris att betala, särskilt om man jämförde med kostnaden för den armé av psykologer, kuratorer och alla andra vuxna människor som var kopplade till flickan.

Den varma chokladen står kommunen för medan Lena bjuder på ostmackor. Det finns lärare som av ren princip aldrig använder privata medel till skolan samtidigt som det finns lärare som använder sin privata telefon, köper in skolmaterial för egna pengar och bjuder kommunen på gratis arbetstid. Lena tillhör den senare sorten av lärare även om hon numera sällan jobbar gratis. I en värld där kommunal omsorg och utbildning fungerar optimalt vore det rent förkastligt för att inte säga dumt att bidra till den gemensamma välfärden med privata medel. Lena kunde tidigt i karriären konstatera att det skyddsnät kommunen var en del av fungerade bra men optimal var en kraftig överdrift.

Kommunal välgörenhet är en svår balansgång. De flesta som ägnar sig åt välgörenhet skänker pengar till utrotningshotade pandor, jobbar ideellt i barnens fotbollsförening eller köper kakor och plastpåsar de egentligen inte vill ha från någon skolklass de aldrig har träffat, så även Lena. Den typen av välgörenhet var det ingen som opponerade sig emot även om Lena ibland kunde undra varför just pandor var så eftersträvansvärt att rädda. För de pengarna som det krävdes att hålla dem vid liv kunde man antagligen rädda betydligt fler mindre söta djur. Men det klart, en utrotningshotad padda med utseendet emot sig öppnar antagligen inga plånböcker. Det gör inte heller hungriga flickor med trasig barndom och utåtagerande beteende som rasar igenom den svenska välfärden. Därför har Lena inga problem med att dela en ostmacka eller att ägna en gratistimme till en gråtande elev. Men sådan välgörenhet är en svår balansgång även för erfarna lärare som Lena. Varken ostmackor eller tid finns i det oändliga.

En kvart innan dagens första lektion dyker Tord upp i dörröppning.
"Godmorgon Isa, finns det några ostmackor kvar?"
"Godmorgon, det kan du glömma. Du får skaffa egna mackor. Du borde hitta en fru som brer dina ostmackor," svarar Isa, slår igen sin bok och reser sig upp. "Dags för matte, suck hockeypuck, vi ses Lena."
"Vi ses, men du Isa, Tord kommer aldrig att hitta någon fru så länge han inte kan bre sina egna mackor", svarade Lena med ett skratt.
"Nä, och så länge han äter Haribo blir det också svårt. Hej då."
Tord kan inte annat än skratta åt Lena och Isa. Kanske finns det en smula sanning i det de säger. Nog kan han bre en ostmacka men matlagning utöver ostmackor och mikrad mat är inget han behärskar särskilt väl. Tord följer Isa med blicken när hon lämnar klassrummet.
"Hur är det med henne?"
"Jo vars, hon fungerar. Jag vet inte hur hon ligger till i ämnena men hon har inte lika många utbrott längre. Jag pratade med hennes klasslärare förra veckan."
"Du gör ett bra jobb med henne."
"Jobb och jobb, en ostmacka och varm choklad är inte mycket till jobb. Sen tror jag att hon, kuratorn, gör ett riktigt bra jobb med Isa."
"Underskatta aldrig kraften hos en ostmacka och en kopp varm choklad," säger Tord och sneglar mot Lenas kaffetermos. "Ska jag hjälpa dig med den den där termosen. Den ser ensam ut."

"Kan jag hjälpa en stackars elev med en ostmacka kan jag nog hjälpa en arm rektor med en kopp kaffe."

Lena tar fram en kopp till Tord och häller upp rykande hett kaffe ur termosen.

"Du det var kaffe det. Kokkaffe?"

"Ja, jag hittade ingen knapp för kokkaffe på maskinen i personalrummet så jag tar med mig eget."

"Märkligt det där med tekniken. Den tar utvecklingen bakåt. Den maskin som gör bättre kaffe än kokkaffe finns inte." Tord tar en försiktig klunk, blundar och njuter i några sekunder av Lenas kokkaffe.

"Har du hört något mer från luciamamman?", frågade Tord efter sin kaffeupplevelse.

"Luciamamman? Du menar Yvonne. Ett par mail bara. Hon kan inte släppa Lucia. Sen är det fortfarande samma snack om barnarbete och timplanen. Hon lär nog gå vidare."

"Förmodligen. Egentligen har hon rätt."

"Rätt? Hur då?" Lena tittar förvånat på Tord. "Lucia firar vi väl som vi vill."

"Ja, Lucia, men timplanen, den blir svår att förklara. Det är ju rätt uppenbart att alla elever inte får sina minuter i alla ämnen."

"Fast det ingår väl i projektet? Jag menar de får ju en annan typ av undervisning."

"Visst men det är inget som varken skolverket eller skolinspektionen gillar. Vi jobbar i en bransch där kvantitet är ledordet. Varje minut räknas men vad varje minut innehåller är inte lika viktigt. Funkar något dåligt gör vi mer av det. Ungefär som att späda ut fredagsgroggen med vatten. Det blir mer att dricka men starkare blir den då inte."

"Ha ha, du är rolig du. Du menar att undervisningen kan liknas med en dåligt blandad grogg?", skrattar Lena.

"Jag lovar dig, om vi tar bort saker från skolan blir den bättre."

"Mmm, kanske det. Fast man har ju tagit bort saker från skolan. Speciallärare, resurser och sunt förnuft. Inte blev det bättre av det."

"Ha ha, nu är det du om är rolig Lena. Måste ge dig en poäng där", säger Tord och bryter ut i skratt.

"Eller också är allt bra tragiskt."

"Förmodligen, men du behöver inte oroa dig. På vår skola tar vi bara bort dumheter. Anmälan lär komma men tänk inte på den. Det ligger inte på dig. Jag tar hand om den", säger Tord.

Lena hinner inte svara innan elever börjar strömma in i klassrummet. De flesta hälsar glatt på både Lena och Tord. Några gör high five som Tord besvarar samtidigt som han sakta rör sig mot klassrumsdörren.

"Vi ses Lena."

"Det gör vi."

Tord gick med lugna steg tillbaka till sitt kontor. Lugna steg var bra, lugna steg ökade vare sig puls eller blodtryck. Det hade aldrig funnits någon anledning att jäkta fram i korridorerna. Trots det gjorde de flesta på skolan just det, utom möjligtvis P.A. Lärare var antagligen bäst lämpade och bäst tränade för att ställa upp i VM i gång. Det fanns ingen annan yrkesgrupp som kunde förflytta sig med i sådan hög hastighet utan att springa. En lärare skulle antagligen gå om en brandman på utryckning. Alla jäktade fram, men till vad? Plus minus någon minut kunde ju inte spela någon roll när eleverna skulle undervisas i nio år. Ungefär som stressen i huvudstaden. Så fort han klev av tåget greps han med i den allmänna jäkten. Tord hade kommit på sig själv flera gånger att springa till avgångarna i tunnelbanan trots att det kom ett nytt tåg några minuter senare. Det var lätt att ryckas med.

Tord tyckte sig kunna se att hans personal sprang mindre i korridorerna nu än tidigare, innan han blev pedagogisk vilde. Det var förstås svårt att avgöra. Arbetsbelastningen var fortfarande hög och stressen fanns alltid närvarande, men nog var det en mer avslappnad stämning i hela huset? Han skulle ta upp frågan nästa gång han hade personalen samlad. Sjukskrivningarna hade i alla fall minskad enligt Leila. Om det berodde på det påhittade projektet var svårt att säga men helt osannolikt var det inte.

En fördel som Tord märkt av sedan han börjat strunta i många av de uppgifter som inte hörde till undervisning och elever var synen på personalen. Eller kanske var det snarare så att han börjat se sina medarbetare än att han ändrat in syn på dem. Han kunde ta sig tid att besöka klassrum, prata strunt i fikarummet och bjuda på vingummi vid sitt skrivbord. Tord hade helt enkelt kommit lärarna närmare något som störde honom allt mer. Ju bättre han lärde känna dem desto mer tankekraft ägnade han åt vad som skulle hände dem när allting sprack. Vad skulle de tycka om honom? Skulle de bli arga, ledsna eller besvikna. Han hade ju trots allt fört hela skolan bakom ljuset. När allt uppdagades skulle det med största sannolikhet storma rejält kring Tallmoskolan och dess personal. Då skulle Tord vara borta medan hans medarbetare skulle finnas kvar och få ta smällen. En gnagande känsla av dåligt samvete hade börjat växa inom honom vilket han inte hade räknat med. Hans gamla befäl från utlandstjänstgöringen hade aldrig sagt något om dåligt samvete över de eventuella skador som drabbade andra än den som skulle dö i en stor smäll.

Fritidspedagogen

"Va, vad gör du?" Camilla stannade till vid en stege med en uppflugen lärare på.

"Vad menar du? Det är ju becksvart i korridoren. Jag byter glödlampan", svarade läraren.

"Okej Bea, jag vet att du är ny och så, men sånt gör inte vi. Det där ett vaktmästarjobb."

"Jo, jag vet men jag tänkte att det var så krångligt att anmäla till rektorn som ska anmäla vidare. Det går mycket fortare om jag gör det själv. Dessutom tar det mig mindre tid att byta glödlampan än att göra en anmälan."

"Äh, kom igen Bea. Du måste hänga med. Så gjorde vi förr men nu är det nya tider. Vi skriver upp det i boken sen fixar P.A. det på nolltid."

"Fast, det kan man väl inte. Hela kommunen har ju samma system. Vi får ju inte…"

"Men vi är Tallmoskolan", avbröt Camilla. "Vi är ju lite annorlunda här."

"Ja, jo det har man ju märkt", skrattade Bea.

"Och komposten?", frågade Camilla retsamt.

"Suck, ja den med och returpappret, plasten, golven och snöskottningen. Säg inget. Jag ska skriva i boken."

"Ja, det där får du glömma nu. Nu jobbar du på Tallmo. Glöm inte det."

"Låter overkligt. För bra för att vara sant", sa Bea medan hon klättrade ner från stegen.

"Ja, det tycker vi alla men det lär nog knappast hålla."

"Varför inte?"

"Det är för bra för att vara sant. Allting här är för bra för att vara sant. Titta bara på oss på fritids. Vi får massor av avlastning från pensionärerna, P.A. hjälper till med de som inte har ro i kroppen, och planeringstid, du vi har fått tillbaka vår planeringstid. Förut handlade fritids om förvaring. Lämna in ungen på morgonen och få tillbaka den på kvällen. Nu kan vi till och med öppna läroplanen utan att skämmas. Vi kan ha en seriös veckoplanering som faktist håller. Det är som natt och dag. Så det är för bra för att vara sant. Bara att njuta så länge det varar."

Camilla hade jobbat länge som fritidspedagog och trots att hon jobbat före kommunaliseringen och de stora neddragningar på nittiotalet hade hon aldrig haft det så bra som nu. Projektet var en livboj eller en välsignelse. Hon orkade mer och kunde till och med gå upp i arbetstid. Efter en längre sjukskrivning för utmattning gick det bara inte att jobba heltid. Försäkringskassan tyckte annorlunda. Orkade hon inte med fick hon byta jobb. Lösningen blev att gå ned i tid och lön. Ett hårt slag för ekonomin. Men nu, nu jobbade Camilla inte bara heltid. Hon hade tagit upp sin gamla hobby bridge. Två gånger i veckan spelade hon skjortan av sina vänner. Det var alltså för bra för att vara sant.

"Ja, kanske det men projektet har väl slagit väl ut. Vi har ju till och med varit med på tv", sa Bea.

”Ja, man kan ju alltid hoppas. Men…” Mer hann inte Camilla säga innan hon blev avbruten.

”Jaha, och här står ni.”

”Ja precis, hej Yvonne. Jag tror att Jonas är i gympahallen med resten av treorna.”

”Tror! Vet du inte var min son är?”, frågade Yvonne barskt.

”Jodå, men jag har ingen gps på honom. Han kan ju ha gått på toaletten eller kanske till byggrummet”, svarade Camilla i ett försök att skämta. Något som inte riktigt gick hem.

”Skulle det vara roligt. Man får hoppas att de inte är ensam i gympasalen. Och ni har väl slutat med tjej- och killgrupper?” Yvonne lät om möjligt ännu barskare och hennes röst gick upp några tonlägen.

”Ja, det har vi förstås slutat med.” Till barnens stora förtret, tänkte Camilla. De ville inget hellre än att ha uppdelad tid i gympahallen, särskilt tjejerna som fick en betydligt lugnare stund och på sina villkor. Men efter påtryckningar från några av föräldrarna var det slut med uppdelningen. Det var svårt att hitta stöd för könsuppdelade grupper i styrdokumenten.

”Och sen såg jag att ni hade fem barn ute på skolgården utan tillsyn. Ska det verkligen vara så?”

”Utan tillsyn. Vad jag vet så är Hildur ute med dem”, svarade Camilla.

”Hildur? Ja det såg väl jag med. Men en pensionär? Vad har hon för utbildning? Hon verkar då inte veta något om genusvetenskap. Flickorna såg ut att leka med dockor. Ni ska ju uppmana till normkritiska lekar. Är det inte så?”

”Ja, jo det ska vi förstås. Men som sagt, Jonas är i gympahallen.”

"Ja, det får man ju hoppas. Det passar bra för då kan jag gå förbi rektorn. Han svarar varken på mail eller telefon. Du vet väl att han är en myndighetsperson? Han ska enligt lag vara tillgänglig. Jag vet mina rättigheter. Och du Gunilla, imorgon har jag en tidig middag med jobbet. Vi brukar gå ut några stycken en ett par gånger i månaden. Så jag kan inte hämta Jonas förrän 18, okej?"

"Visst, visst. Jag ändrar på listan", svarade Camilla trött.

Yvonne gick iväg mot expeditionen med bestämda steg utan att säga hej då. Camilla suckade, skakade på huvudet och ändrande på listorna. Det var inte första sista-minuten-ändringen och antagligen inte den sista.

Fritidslistorna var en rest från förhistorisk tid, som på något märkligt sätt överlevt när andra företeelser dött ut som t.ex sprit-stenciler, diabilder och griffeltavlor. Kommunen ansåg sig själv stå i frontlinjen för den digitala era som stundande. Vackra floskler hade krystats fram med hjälp av fakturerande konsulter medan glada färgbroschyrer som hade tryckts och spridit budskapet om en skola i digital framkant. Den digitala framkanten innebar att kommunen plöjde ner miljoner i en digital plattform där lärarna febrilt klickade fram enorma mängder information till föräldrar som inte loggade in. Ironiskt nog lyckades kommunens digitala ansträngningar inte möta föräldrarnas önskan om att kunna fylla i fritidstider online. Däremot kunde föräldrarna skriva ut tjugo sidor bedömningsmaterial om sitt barn inför ett utvecklingssamtal. Något som inte riktigt hade slagit igenom hos föräldrarna.

Den storslagna it-satsningen var ironisk på många sätt. När konsulter, programvaror och löner till alla it-tekniker var betalda var pengarna slut. Elever och lärare harvade på med krånglande datorer och borttappade nätverk, samtidigt som den eviga fortbildning av komplicerade program fortsatte att stjäla tid från personalen. Det var i och för sig inget Camilla behövde bry sig om. Men nog tyckte hon att det borde gå att få digitala fritidslister för alla de miljoner kommunen satsat.

"Vad i hela friden var det?", utbrast Bea.

"Ja, vad var det? Det var den mest missnöjda mamman i kommunen, med största sannolikhet i hela landet", svarade Camilla.

"Men helt allvarligt. Vad har hon för problem?"

"Säg det, men det här var ändå rätt stillsamt. Hon mår väl inte bra antagligen."

"Nä, det verkade inte så. Men är verkligen en after work en schyst anledning för ha barn på fritids?"

"Inte chans. Ulla tog upp det för något år sedan och det blev ett himla liv. Hon hotade med skolinspektionen och allt möjligt, så kränkt hon blev."

"Vi är billig barnvakter med andra ord."

Ekonomerna igen

"Vi har en del frågor. Vi får det inte riktigt att stämma," sa en av ekonomerna. Hans glasögon satt på nästippen och framför sig hade han mängder med utskrifter av excelark. På väggen lyste än fler excelark från projektorn som satt uppsatt i taket.

"Okej, kör", svarade Tord oberört. Han visste vad som skulle komma. Det gick inte att undvika hur länge som helst.

"Ja, var ska vi börja? I fjol gick du 250 000 plus trots att du inför sista kvartalet gick back. Ingen dålig upphämtning," sa ekonomen med glasögonen på nästippen.

"Just det, och vi har verkligen dubbelkollat kontona och fakturorna", fortsatte den andre ekonomen.

"Ja, vi har ju gjort en del besparingar på vikarier. Roligt att det syns i bokföringen." Tord visste vad han skulle säga, inte för att det spelade någon som helst roll för utgången. Loppet var kört, men i bästa fall kunde han kanske köpa lite tid. "Fast de där 250 000 är redan intecknade i förra årets budget. Räkningarna har nyss kommit och har väl inte registrerats än. Beställningen gjordes före årsskiftet."

Ekonomerna tittade först på varandra och började sen bläddra i sina papper.

"Intecknade? Nu är jag inte riktigt med här."

"Vi har köpt in möbler för den summan. Ni signalerade redan i början på december att det skulle bli pengar över. Eleverna fick stickor i rumpan av stolarna. Det gick inte längre. Både stolar och bänkar är ju från sjuttio. Inget fel på det årtiondet men stolarna hade gjort sitt."

Tord hade varit med tillräckligt länge för att bittert fått erfara hur pengar i skolbudgeten som fanns kvar i slutet av året försvann in i kommunens svarta hål. En rektor som var försiktig med ekonomin på vårterminen blev snuvad på eventuella överskott på höstterminen. Det var en svår balansgång. Det gällde att handla lagomt och inte sitta med pengar kvar på nyårsafton. Ungefär som att dö, tänkte Tord. Du kunde knappast ta med dig några tillgånger in i döden. Rent slöseri att inte spendera upp allt till sista kronan.

"Men de investeringarna är ju uppdelad på tre år och finns på ett annat konto." Ekonomen med glasögonen kliade sig bekymrat på hakan medan han pratade.

"Och dessutom vet du ju att ni inte får göra stora inköp i slutet av räkenskapsåret. Eventuella överskott ska ju gå tillbaka," sa den andre ekonomen surt.

"Kanske det, men stickorna i rumpan var ett problem ifjol och inte om tre år. Det var en nödvändig investering." Tord stod på sig.

"Okej, det är ju ditt ansvar. Men om vi går vidare till investeringsplanen för renovering så stämmer inte den. Enligt den skulle staketet lagas och målas."

"Japp, och det har vi gjort."

"Fast enligt våra papper har ni inte gjort det. Hur förklarar du det?" Ekonomen tog av sig sina glasögon och tittade uppfordrade på Tord.

"Hmm, märkligt," svarade Tord. "För jag kan ju se det nymålade staketet där ute. Men det klart står det i era papper att det inte är nymålat så är det nog inte det." Tord pekade ut genom fönstret mot staketet som P.A.-gruppen bytt ut de flesta spjälor och stolpar på.

"Men vi saknar ju fakturor, underlag och kvitton. Det finns ju ingenting. Vilken firma gjorde jobbet?"

"Byggbolaget som vi har avtal med. Jag har ingen koll på vilka de är för närvarande. Det där med fakturorna får jag kolla upp" svarade Tord.

Fakturorna skulle gå snabbt att kolla upp eftersom de inte fanns, barnarbetare fakturerade sällan. P.A.-gruppen hade gjort ett bra jobb till bråkdelen av vad det skulle ha kostat. Eleverna som hade hjälpt till hade varit stolta och antagligen fått kunskaper på köpet. Visserligen var det kunskaper som låg bortom läroplanen och kommunens målbeskrivning, men ändå värdefulla. Det var åtminstone något Tord många gånger försökt intala sig själv.

"Däremot finns det kvitton på 50 kvadratmeter korrugerad takplåt, en spis med ugn och en elektrisk kaffekvarn. Vad är det?" Ekonomen tittade upprört på Tord.

"Det är en kvarn som mal kaffebönor. Den är elektrisk, 220 volt. Riktigt bra", svarade Tord och spelade dum, riktigt dum. Kaffekvarnen var P.A.s påfund. Han tyckt att den kunde passa till fikarummet nere i källaren. Då skulle Marjana inte behöva mala sitt kaffe i en gammal trämortel. Dock hade Marjana bara fnyst åt P.A. Elektriska apparater visste ingenting om etiopiskt kaffe. Så nu stod den i bouleföreningens klubbhus. Dit förövrigt både plåten och spisen gått.

Ekonomens ansikte började anta en rödaktig ton vilket fick Tord att snabbt försöka förklara bort klubbhusets svartrenovering.

"Det ska inte ligga på vår verksamhet. Det ligger inom projektet.
Eleverna har fått träna praktiska förmågor inom ramen för elevens
val."

"Elevens val? Installera en spis?"

"Ja, precis, fysik och teknik. Jag ska kolla upp varför kostnaden
hamnade på oss. Leila vet nog."

"Jaha, på det viset." Ekonomen utan glasögon såg långt ifrån
nöjd ut med svaret men frågade inget mer.

"Sen har vi pensionärerna." En av ekonomerna bläddrade fram
ett nytt digitalt excelark på väggen. "Det finns inget kostnadställe
för dem och jag kan inte se att det ligger på kontot för personalen.
De jobbar väl inte gratis?"

"Nej, till viss del är det ju ideellt arbete."

"Till viss del? Jobbar de gratis?"

"De får ju måltider från bespisningen." Samt ett nytt klubbhus,
gratis hyra och glädje över att vara till nytta, tänkte Tord. Att säga
det högt hade varit ytterst olämpligt.

"Gratis mat, men det går inte att se på kontot för matbespis-
ningen. Det finns inga beställningar av fler portioner eller ökning
av kostnaderna." Ekonomen men glasögon visade Tord ett av sina
ark.

Nej, det klart att det inte fanns. Det var en muntlig överens-
kommelse med köket som mot extra matportioner fick hjälp när
det var som stressigast. Inte heller det något som lämpade sig att
berätta.

"Jag noterar det och koller genast upp det med matproduktio-
nen." Mycket mer kunde inte Tord svara.

Ekonomerna började plocka ihop sina papper. Det syntes tydligt
att de hade velat haft bättre svar från Tord.

"Jag ska vara ärlig Tord. Det ser inte bra ut. Kan vi inte räta ut de här frågetecknen blir det en extern redovisning. Någon utifrån får styra upp den här soppan."

"Inga problem,"svarade Tord hurtigt som för sitt inre kunde se att den stora smällen började närma sig.

Skolinspektionen

"Tjena, kan du kolla på det här?"

"Visst, vad har du?"

"En anmälning om diskriminering."

"Säg ingenting. Lucia? Någon stackare har förvägrats luciakronan?"

"Hur visste du…?"

"Tror det är den 23:e anmälan som handlar om Lucia den här säsongen. Ifjol var det 17. Det ökar. Antingen får inte pojkarna vara lucia eller tärnor och då anses det vara diskriminering, eller också får de det och då är det på något långsökt sätt brott mot läroplanens skrivningar om traditioner. I år hade vi tre anmälningar som handlade om pepparkaksgubbar. Tre rektorer som förbjudit dem och därför enligt anmälarna kränkt mörkhyade."

"På riktigt?"

"Ja, på riktigt. Du behöver bara vara hyfsat läskunnig och ha en internetuppkoppling för att kunna göra en anmälan."

"Men de studsar väl bara tillbaka?"

"Japp, tillbaka till huvudmannen. Inget vi kan gör något åt. Det börjar nästan bli rutin på det. Maila anmälaren och meddela kommunen, eller är det friskola?"

"Nej, det tror jag inte. Men du det finns mer."

"Mer?"

"Ja, lite skumt, men anmälaren nämner att det förekommer barnarbete och att flera elever inte får sina garanterade timmar."

"På riktigt?"

"Ja, på riktigt."

"Att de slirar på timplanen händer ju, men barnarbete, den var ny. Vilken skola är det?"

"Ja, få se... Tallmoskolan."

"Tallmoskolan? Låter bekant. Är den kommunal?"

"Ja, Tallköpings kommun."

"Tallköpings kommun...Ja just ja. Det var ju den skolan som fick gurkanmälan."

"Gurkanmälan?"

"Ja, det var före din tid. Den anmälan är legendarisk. Tror till och med att Johansson satt upp den på sitt kontor. En förälder var missnöjd med att kommunen serverade gurkor till måltiderna."

"Gurkor? Ja det lät ju fruktansvärt."

"Ja visst. De var varken ekologiska eller närproducerade. Har för mig att gurkorna inte heller ansågs ekonomiskt försvarbara. Kommunen köpte bara vatten, dessutom från Nederländerna. Illa."

"Oj då, det får ju krig, svält och ljummen öl att blekna. Stackars barn. Säg inte att ni gjorde en utredning?"

"Nej, inte en chans. Även om gurkorna innehåller både bly och arsenik har jag svårt att tro att det skulle ligga på vårt bord. Men ett gott skratt fick vi i alla fall."

"Kan tro det. Menar du att detta är ett liknande fall. Ett gurkfall?"

"Hmm...Nej, inte nödvändigtvis. Vem är anmälaren?"

"Det är...Vänta lite...Jo, en Yvonne Eriksson. Skolan är alltså Tallmoskolan och rektorn heter Tord."

"Får jag läsa?"

”Visst.”

”Hmm…Tallköping var det. Var det inte där de så framgångsrikt jobbar med den där modellen?”

”Holmlundsmodellen? Åh fan, var det där. Deras resultat verkar ju ha gått spikrakt uppåt.”

”Kanske lite för bra för att vara sant?”

”Vad menar du?”

”Jag vet inte riktigt. Är väl bara misstänksam av naturen. Du får nog göra ett ärende av det där. Glöm Lucian. Barnarbete tror jag inte heller på. Men timplanerna låter allvarligt. Ta fram bakgrundsinformation om både skolan och kommunen. Titta extra på resultat, behörighet och närvaro. Nästa vecka formulerar vi frågorna till kommunen. Du kan höra av dig till anmälaren redan idag att vi gör en utredning och att vi kommer att höra av oss senare för komplementerande uppgifter.”

”Okej, kan bli intressent det här.”

”Jajamen, dags att syna Holmlundsmodellen i sömmarna.”

Beskedet

"Ja, jo, alltså… Det ser inte bra ut det här Tord."

Allmänläkaren Ulla Konradsson-Ullvinger satt framför Tord på hälsocentralens mottagning. Hon såg mycket bekymrad ut och än mer besvärad. Det var uppenbart att hon var obekväm i den situation hon befann sig i. Något som förvånade Tord. Att han dessutom satt mitt emot en allmänläkare och inte en specialist var även det en smula märkligt kunde han tycka. Visserligen spelade det ingen roll om det var en allmänläkare, specialist eller shaman som mötte honom i behandlingsrummet. Ingen av dem skulle kunna hjälpa honom i alla fall. Hans prognos var nattsvart men trots det oroade han sig. Den dödliga sjukdomen han burit i över ett halvår var en tämligen hemlighetsfull och jobbade i det dolda. Tord hade inte känt av några krämpor alls. Tvärtom, han kände sig friskare än vad han gjort på länge. Det kunde antagligen förklaras med att han slappnat av och accepterat döden och på så sätt blivit lugnare. Men nog borde väl hans sjukdom vid det här laget gett sig till känna och attackerat åtminstone någon kroppsdel? Ett tag hade han trott att cancern hade satt sig i magtrakten eftersom han fick diarré och ont i magen. Efter några dagar hade det gått över och han var kärnfrisk igen. Det visade sig att vinterkräksjukan hade gått några varv på skolan och att han troligtvis blivit smittad. Tords hälsotillstånd var med andra ord oroande. Verkligheten var honom i bakhasorna och började han inte känna sig dåligt snart såg det verkligen inte bra ut.

"Som sagt var Tord. Det ser inte bra ut. Jag beklagar verkligen", sa allmänläkaren Ulla nervöst och bläddrade bland några papper hon hade i knät, antagligen utan att hon visste om det.

"Ja, jo, det är trist. Men hur länge tror du…Ja, alltså det börjar bli ont om tid," sa Tord.

"Ja, det kan ta lång tid. Men inte längre än en månad, max två. Tyvärr."

"Jaha, men så bra. Men när börjas det? Alltså när kickar den in? Jag känner mig rätt frisk."

"Det är bra Tord. Bra att du ändå mår bra efter allt du varit med om. Självklart erbjuder vi samtalsstöd. Det här måste ha varit en jobbig period för dig Tord."

Så var det dags igen för tjatet om psykologer och terapisnack. Varför kunde man inte bara få dö utan att det skulle ältas? Vad fanns det att säga? Tord trodde inte på någon gud eller ödet och han var inte det minst vidskeplig. Dog man så dog man. Märkvärdigare än så var det inte. Som att rycka ur kontakten. Det blev mörkt. Vad kunde en psykolog säga om det?

"Nej tack, det är bra. Jag klarar mig. Men du får gärna förklara mer ingående vad som händer nu. Hur märker jag av det?"

"Jo…men du vet…" Allmänläkaren Ullla Kondradsson-Ullvinger hade svårt att hitta orden. Det fanns ingen tvekan om att det här var jobbigt för henne. "Ärendegången ser ju lite olika ut från fall till fall."

Ärendegången? Hur svårt kunde det vara att prata i klarspråk frågade Tord tyst för sig själv. Varför sa hon inte bara som det var?

Läkaren såg erfaren ut och det här kunde inte vara det första svåra samtalet för henne. Sjung ut bara, och säg det.

"Jag förstår att det ser olika ut i olika fall. Men något måste du ju kunna säga?" Tord började bli irriterade och lät läkaren förstå det med sin röst.

"Absolut, absolut kan jag det. Vi skickade in anmälan i förra veckan och…"

"Anmälan? Till vad? Donationsregistret? Är det verkligen lämpligt med tanke på min prognos?" Tord hade sedan länge anmält sig till donationsregistret. Det var något hans befäl förordat innan Tord åkte ned första vändan till Balkan. Inte för att det skulle ha någon mening där nere men det var ett ytterligare sätt att bidra till mänsklighetens väl och ve.

"Donations… Nej nej. Lex Maria förstås. Vi skickade in en anmälan till Inspektionen för Vård och omsorg. De startar en utredning av ditt fall."

Så vitt Tord visste kunde inte en hjärna kortsluta sig och sluta fungera. Men om det skulle kunna ske var han troligen väldigt nära det tillstånd en kortsluten hjärna skulle ge en man i hans ålder. Han hörde läkarens ord men förstod inte. Han hörde sin egen röst men förstod inte vad han sa.

"Lex…Hur då? Vem…varför?"

"Lex Maria. Anmälan som vi har skickat in. Det vet du väl om." Allmänläkaren Ulla Kondradsson-Ullvinger tystande och såg på Tord. "Har de inte berättat för er?"

"Jo, jo det klart. Prognosen är dyster och det ser inte bra ut. Du sa det ju själva alldeles nyss. Det ser inte bra ut", svarade Tord som lyckats med en hård omstart av hjärnan. Att gnugga tinningarna och ta ett djupt andetag hjälpte tydligen.

"Men det är ju för oss det inte ser bra ut. Det är ju ditt fall som inte ser bra ut."

Nu började Tord förstå. Det var i huvudet det satt. Han var naturligtvis förvirrad och hade svårt att förstå på grund av sjukdomen. Så måste det vara. Kanske hade det spritt sig snabbare än han trott. Han uppfattade läkarens prat som rena svamlet. Han hade ju känt sig lite vimmelkantig och fumlig på middagen med Åsa och han hade faktiskt haft svårt att hitta orden. Självklart var det så. Tord kände sig lättad. Åtminstone i flera sekunder tills allmänläkare Ulla Konradsson-Ullvinger tog till orda.

"Vi har blandat ihop dina journaler Tord. Du har aldrig haft cancer. Av någon anledning som vi inte känner till fick din förra läkare en journal från en man som varit död i fem år. Han dog i cancer. Jag trodde de hade pratat med dig om det. Vi har gjort en anmälan till IVO. De kommer att utreda ditt fall och antagligen kommer du att få ersättning för felbehandling."

En avgrund öppnade sig under Tord och han föll handlöst ner i ett oändligt mörker. Hjärnan som nyligen var omstartad tvärdog och blinkade error. Någonstans långt borta i ett töcken kände han en hand och hörde någon som bad honom att lägga sig ner. Efter en evighet som enligt allmänläkare Ulla Kondradsson-Ullvinger varade i fem minuter kom Tord så pass till sans att han kunde kommunicera med nickningar. Efter tio minuter lyckades han sitta upp på den papperstäckta britsen.

"Jag förstår att det kommer som en chock Tord. Jag var helt övertygad om att du kände till detta. Det kommer att ta tid att smälta."

"Öh, ja men. Är ni verkligen helt säkra? Det kanske finns någon liten cancer", svarade Tord ynkligt.

"Nej, Vi har inte gjort någon undersökning alls. Vi ser ingen anledning till att utreda ditt hälsotillstånd. Tvärtom. Din värden är betydligt bättre än för ett år sedan. Du är frisk och kommer att leva länge till."

"Men, men det var ju mindre ett år kvar. Ni lovade ju." Tord började bli desperat och kunde för sitt inre ser hur fängelsedörren slog igen framför honom. Och det behövdes inte särskilt mycket fantasi för att lista ut vilka rubriker det skulle bli i tidningarna. Rektor använder barnarbetare till svartbygge. Det var ingen munter läsning.

"Lovar? Ja, det stämmer att din prognos såg dyster ut men det var ju aldrig dig det gällde. Den dystra prognosen tillhörde en man som varit död länge. Det var för honom det såg allvarligt ut. Ja, alltså inte nu, utan då när han inte var död så var han döende ända tills han dog."

"Jaha, vad händer nu. Ska jag undersökas?" Tord var tom på energi, tom på idéer och tom på framtidsplaner. Helt plötsligt måste han planera en framtid som var längre än några månader, och den planeringen var synnerligen en svår uppgift med tanke på hur han agerat det senaste året. Verkligheten skulle inte bara komma ikapp honom. Den skulle stampa på honom tills han låg som en blöt fläck på ett golv i en cell på Hall.

"Undersökas? Nej, jag förstår att det är svårt att ta in men du är frisk som en nötkärna." Ulla log mot Tord och såg mer avslappnad och säkrare nu än innan. Det var ju förstås rätt ovanligt att lämna ett livsbesked. Det vanliga var ju tvärtom. "Det jag undrar, eller det vi alla undrar, hur kom det sig att du inte ifrågasatte den felaktiga diagnosen. Du var ju bara här för en vanlig återkontroll. Någon PET-scanning gjorde vi ju inte. Enligt journalen undersöktes ett födelsemärke på din rygg, men det konstaterades redan vid besöket att det inte var någon tumör. Ett helt vanligt födelsemärke. Att ställa en cancerdiagnos är rätt omfattande. Inget som görs på hälsocentralen."

På det hade inte Tord något svar. Han kom knappt ihåg hälsokontrollen, antagligen eftersom han befann sig i ett migränliknande komatillstånd med ett skyhögt blodtryck och svidande magsår. Den undersökande läkaren hade varit riktig orolig, skrivit ut recept och förordat en längre sjukskrivning. Tord hade gått hem, tryckt i sig medicinen och varit på jobbet dagen efter. Det enda egentliga beviset han hade för läkarbesöket var receptet. Allt annat hade varit osäkert.

"Jag är inte så insatt i sjukvården och sånt", svarade Tord tyst. "Dessutom var det mycket på jobbet. Har inte riktigt haft tid att reflektera över besöket."

"Jag förstår. Hur som helst kommer du att bli kontaktad av IVO angående utredningen. Och självklart står vårt psykologteam till förfogande om du behöver prata med någon."

Tord avböjde samtalsstödet, tackade och gick ut i vårsolen omtumlad och gråtfärdig. Att gråta ut hos en psykolog var uteslutet. Vad skulle han säga? Att han just fått ett besked om att han skulle få ett långt och friskt liv? Han skulle få prata så det räckte, med poliser, advokater och domare.

Tord gick planlöst tills han plötsligt kände sig så matt att han var tvungen att sätta sig. Han hittade en parkbänk där han sjönk ner. Det gick inte att tänka klart. Skolinspektionen, kommunen, ekonomerna, polisen och tidningarna väntade runt hörnet beredda att kasta sig över honom. Tord försökte gå igenom alternativen men kom inte längre än till att antingen hoppa från Tallmobron eller leva i exil i något land utan utlämningsavtal. Det var tveksamt om Tallmobron var tillräckligt hög och dessutom var han höjdrädd. Bron gick bort. Och att leva som flykting i någon halvdiktatur på andra sidan jorden utan pengar lockade inte särskilt. Så vad återstod? Ett enkelrum på Hall?

Erla Hverir

Det såg inte bra ut. Det såg inte alls bra ut. Om det funnits en färg som vore mörkare än svart skulle den färgen varit en bra beskrivning av läget. Den gnagande oron hon haft de senaste månaderna visade sig vara väl grundad. Det var åtminstone något positivt, att hon inte oroat sig för mycket i onödan. Hon hade snarare oroat sig för lite. Hade hon haft en minsta aning om vilket mörker som tornat upp sig hade hon gått på ångestdämpande och sömnmedel för länge sedan. Egentligen bordet det inte funnits något att oroa sig för. Allt såg ju på bra ut. Bra elevresultat och bra omdömen från föräldrarna i senaste enkäten. De hade för närvarande kö till deras skola, vilket var helt otänkbart för ett år sedan då elever togs ur skolan till förmån för friskolan. Politikerna, fackförbunden och lärarna var nöjda. Till och med Pensionärernas riksorganisation var nöjda, och hade i sin medlemstidning uppmärksammat hur otroligt bra samarbete med skolan de haft. Och det tog inte slut där. I såväl lokala som rikstäckande medier nämndes Tallmoskolan. Det var en framgångssaga och alla gillar att höra sagor med lyckliga slut. Problemet var att alltihop var just det, en saga.

Fast kanske spelade det inte någon roll längre. Erla hade tröttnat på det svenska skolsystemet. Sverige gillade hon trots avsaknad av glaciärer, det ständigt närvarande havet och de heta källorna. Men den svenska och maniska fixeringen vid att allt skulle vara dokumenterat och rättssäkert drev henne till vansinne. Det hade gått för långt och började alltmer att likna slutskedet i en psykisk diagnos som varken gick att bota, hejda eller ens lindra. Långsamt gick patienten under av sitt eget kontrollbehov och berg av dokumentation. Erla tyckte det var ironiskt att ett land som hade en sådan förkärlek till pappersexerciser hade gjort sig av med sekreterare, assistenter och alla andra fullblodsbyråkrater. Istället fick de personer som vara satta leverera välfärd även leverera dokumentationen. En dokumentation som antagligen mer än väl närde hela den svenska massaindustrin. Det papperslösa samhället hade aldrig varit så full av papper som det var nu.

Rättssäkert. Erla spydde snart galla när någon sa det ordet. Allt skulle vara så rättssäkert. Hur kunde något bli rättssäkert bara för att någon plitade ner en drös med floskler på ett papper? Att däremot dokumenten sänkte kvaliteten i verksamheterna var dock något som var rätt säkert.

Erla var oändligt trött på alla direktiv, nya regler och byråkratisk smörja som regnande ner över skolan. Alla var de fina initiativ som antingen skulle rättssäkra elevernas rätt till rättigheter eller kontrollera att lärarna rättssäkrade elevernas rätt till rättigheter. Och för varje kilo papper sjönk kvaliteten på undervisningen, men så länge allt var rättssäkert var det ingen fara på taket.

Dokumentationen hade enligt Erla gått så långt att de blivit beroende av den. Utan den kom abstinens omedelbart i form av svår ångest och sömnsvårigheter. Det fanns inte en lärare, rektor eller mellanchef som kunde sova gott om nätterna utan att ha förvissat sig att dagens dokumentation var utförd. Skolinspektionen kunde när som helst knacka på dörren. För den som då saknade rätt papper var det godnatt på riktigt.

Erla Hverir hade helt enkelt fått nog. Det fick räcka. Hon var mer än nöjd. För två månader sedan lämnade hon in sin avskedsansökan och ringde sin mor i Reykjavik och berättade att de skulle flytta hem. Den svenska massaindustrin hade vunnit. Ett noll till skolsystemet. Hon skulle naturligtvis sakna Sverige med sin fantastiska natur. Framförallt skulle hon sörja avsaknaden av de vidsträckta skogarna som hon älskade att vistas i. Samtidigt kanske var det just skogarna som var roten till allt ont. Skulle man samla ihop Islands alla träd blev det antagligen en mindre dunge som skulle få plats på en normalstor tomt i Reykjavik. Med ett sådant trädbestånd tänker man till både en och två gånger innan men börjar skriva ut meningslösa floskler. Deprimerande nog gjorde klimatförändringarna att skog faktiskt började ta sig på Island. Rent krasst kunde alltså konsekvenserna av klimatförändringarna bli en ökad dokumentation i offentlig sektor på Island. Det hade inte forskare inte tänkt på. Erla rös vid tanken. Hon bestämde sig för att bli mer klimatsmart.

Erlas mor blev naturligtvis överlycklig när hon fick beskedet att hennes enda dotter skulle flytta tillbaka till ön. Hon hade visserligen kommit över besvikelsen när Erla bestämde sig för att inte vandra i moderns fotspår och bli lärarinna. Besvikelsen blev än större när Erla träffade sin svenska man och flyttade till Sverige. Kanske skulle ordningen bli återställd. Erla hade fortfarande åldern på sin sida. Än var det inte försent att bli lärarinna. Erla hade trots allt provat på yrket som vikarie

Erla log för sig själv när hon tänkte på sina insatser som lärare hemmavid. Hennes mor hade varit en god mentor och kommit med goda råd. Undervisa som en kock hade hennes mamma vid upprepade tillfällen sagt. Som en kock? Erla hade skrattat och menat att det vore olämpligt att komma med en kniv och ett par kastruller till lektionen. Hennes mor hade skakat på huvudet och därefter lugnt och metodiskt förklarat hemligheten med yrket.

"Du förstår Erla att läraryrket är inte som andra yrken. Om du rensar fisk blir det inte mycket till filéer i början. Men träning, tålamod och ännu mer träning ger färdighet. Tillslut, efter ett år eller två, bemästrar du fiskrensningens ädla konst. Då gör du perfekta filéer och har kommit till en punkt då fisken inte kan bli bättre rensad. Om du så filéar fisk i hundra år kan inte rensningen bli mer fulländad. Så är det inte i vårt skrå. En lärare blir aldrig färdig, gör aldrig en perfekt lektion som inte går att göra bättre. Efter några år blir din undervisning riktigt bra, men fulländad blir den aldrig. Det kan låta som en förbannelse att aldrig bli färdig eller kunna smida sina gärningar till perfektion. Men det finns en annan sida. Precis som konstnären som ständigt söker efter att bättra sina penseldrag försöker läraren alltid att förbättra sin undervisning. Du är aldrig bättre än din senaste lektion och den lektionen kan alltid bli bättre. Vi är konstnärer Erla. Vi är kreativa, fria och jagar ständigt efter bättre lektioner. En riktigt bra lärare undervisar som en riktigt bra kock lagar mat. En kock känner till receptet väl men använder det aldrig. Han mäter inte upp saltet, väger inte fisken eller räknar potatisarna. Kocken använder sin erfarenhet, känsla och kreativitet. I ryggraden finns receptet som stöd men det är alltid hans skicklighet om skapar rätten. Om kocken bara läser och följer receptet till punkt och pricka blir du mätt. Använder han sin själ får du en smakupplevelse. Vore det inte så kan vilken läskunnig tölp som helst bli kock. Och precis så är det med oss lärare vi har läroplanen i ryggen och undervisar med erfarenhet, känsla och kreativitet. Vore det inte så kan vilken läskunnig tölp som helst bli lärare."

Erla Hveris funderade över vad hennes nu pensionerade lärarmor hade sagt om den svenska skolan där lärarna tvingades använda lektionsbanker, gamla stenciler och fyrkantiga dokumentationssystem. Hade den svenska läraren varit en kock skulle denne mikrat halvfabrikat och haft ketchup på allt. Men nu slapp hon allt detta. Fyra veckor kvar och sen gick flyttlasset tillbaka till Island som inte hade mer skog än att det skulle räcka till att trycka en tidning utan helgbilaga. Men innan dess fanns bekymmer att ta sig igenom. Stora bekymmer.

Erla trodde att hon antagligen skulle komma undan förhållandevis bra, förmodligen kantstött och tilltufsad men ändå helskinnad. Skriftliga varningar, utskällningar och avsked var nog att vänta men det skulle hon kunna ta. Det var visserligen tråkigt att avslut sin svenska karriär på det viset. Hon fick ändå vara glad att det med största sannolikhet inte blev något rättsligt efterspel för hennes del.

På en och samma förmiddag hade Erla fått två blytunga besked. Först ut var kommunens chefsekonom. Han hade inte ens knackat på utan gick bara in på Erlas kontor med en välfylld mapp och en bister uppsyn. Och det hade funnits all anledning för honom att vara bister. Metodiskt hade han redovisat Tallmoskolans ekonomi som var för kreativ för hans smak. Inte mindre än 114 anmärkningar fanns prydligt uppradade spalt efter spalt. Det saknades fakturor, det fanns fakturor som inte gick att förklara och fakturor som bröt mot avtalen i upphandlingen. Särskilt oroande var fakturorna på byggmaterial som inte använts någonstans i hela kommunen. Svart korrugerad plåt användes inte på skolans tak. Enda förklaringen måste vara att den plåten satt på någon anställds villa. Ekonomen hade dessutom misstankar om att personal fått betalt svart från matproduktionen i form mat. Och det var helt uppenbart att skolan rustats upp av företag eller byggarbetare som fått betalt i svarta pengar eftersom det inte fanns några fakturor eller annan dokumentation som kunde styrka att arbetet utförts hederligt. Det var inte särskilt troligt att skolans vaktmästare gjort allt ensam, vilket dessutom inte låg i hans arbetsbeskrivning. Till exempel fanns det en offert på att renovera staketet. Där framkom det tydligt att en byggfirma uppskattade byggtiden till en vecka med sex heltidsarbetande snickare. Men mer än en offert fanns inte att finna. Ingen faktura från byggfirman som visade att arbetet utförts. Däremot stod staket runt skolan nymålat och fint. Det gick helt enkelt inte att förklara. Ekonomen hade avslutat med att påvisa det mest förbryllande av allt, ett överskott på 250 000 kr. Hur hade det gått till? Erla hade inga svar på någonting. Hon hade genast insett att detta inte kunde sluta på något annat sätt än i en brottsutredning. Ekonomen hade bekräftat hennes tankar genom att berätta att han ämnade lämna över alla handlingar till polisen.

Erla Hveris hade suttit i chock sedan ekonomen gått och hon hade aldrig hunnit hämta sig när nästa kalldusch kom. Ett telefonsamtal från skolinspektionen betydde aldrig goda nyheter. Det telefonsamtal Erla fick betydde att en katastrof av större mått var på ingång. Redan innan hon hade klickat fram samtalet visste hon. Vidden av problemet hade dock varit betydligt större än vad hon kunnat ana. Anmälan gällde Tallmoskolan och hade tre punkter. Misstanke om elever som inte fick sin undervisningstid, misstanke om elever som utförde arbete på skoltid och misstanke om elever som diskrimineras på grund av kön.

Efter ett tag släppte chocken och handlingsförlamningen. Erla visste inte hur länge hon suttit framför sitt skrivbord. Allt var som i en dimma. En overklig dimma som tjocknade undan för undan. Vad skulle näst kalldusch bestå i?

Erla sträckte sig efter sin kalender och började sakta att bläddra i den. Sida för sida bläddrade hon fram fyra veckor och räknade arbetsdagarna. 19 dagar minus tre semesterdagar. Sexton dagar att ta sig igenom, sen flytten till Island, om hon nu tilläts lämna landet förstås.

En knackning på dörren störde Erla i tankarna på Island. Utan att vänta på svar kom Tord in. Han såg fruktansvärt trött och sliten ut. Håret var ovårdat, hakan pryddes av grå skäggstubb och ögonen var röda av trötthet. Tord skulle lika gärna kunna tas för en uteliggare eller möjligtvis någon som blivit överkörd av ett tåg och överlevt och sen levt som uteliggare några år. Erla tog ett djupt andetag men förblev tyst. Hon granskade Tord och kunde inte annat än tycka synd om honom. Han såg ömklig och sjuk ut där han stod i dörröppningen och tvekade om han skulle gå in. Det låg inte långt bort att tro att han nyligen fått ett dödsbesked. Med tanke på hans uppgivenhet och sjukliga intryck skulle det mycket väl kunna vara hans eget dödsbesked.

Underskriften

"Kom in Tord", sa Erla försiktigt och drog fram en stol. "Du ser...
hmm en smula sliten ut. Är du frisk?"

"Jo då, jag är okej. Lite trött bara", svarade Tord. Något som
stämde alltför bra. Han var frisk som en nötkärna men trots att han
varit hemma i tre dagar var han oändligt trött. Dagen efter hälsobe-
söket ringde han in till skolan och meddelande att han tänkte jobba
hemma eftersom han hade huvudvärk. Leila hade naturligtvis blivit
misstänksam och antagligen hade hon förstått att han ljugit. Henne
gick det inte att lura. Men hon hade godtagit hans ursäkt och ställt
in hans åtaganden för dagen.

Tord hade suttit i tre dagar i soffan framför tv:en med en haribo-
ask i knät. På soffbordet stod en whiskeyflaska som han inte förmått
att öppna. Tankarna hade först flutit fram som en kall gröt i hans
huvud utan att tillföra något av värde, ungefär som komediserierna
som gled förbi på teveskärmen. Tredje dagen hade tankarna klarnat
någorlunda för att Tord skulle förstå vidden av sina problem. Han
hade mer än gärna velat träffat sitt gamla befäl som tyckt att man
lika gärna kunde dö med en stor smäll om man nu ändå var tvung-
en att dö. Men vad gjorde man om man överlevde smällen och inte
alls dog? Vad gjorde man då? Vad gjorde man när skolinspektionen,
polisen, kommunen, föräldrarna och PRO var efter en? Även om det
drevet inte satt igång ännu var det bara en tidsfråga. Vad gjorde

man då? Det hade hans befäl aldrig sagt något om. Vad gjorde man om man överlevde smällen och det var en av de största smällarna i svensk skolhistoria?

"Säkert?" Erla såg ömt på Tord och fylldes plötsligt av en stark medkänsla för sin uttröttade medarbetare. Hon vill krama om honom, trösta honom och skydda honom.

"Jo då, har varit med om värre", ljög Tord.

"Jag vill först bara säga att jag är djupt imponerad av vad du åstadkommit. Du är antagligen den mest populära och omtalade rektorn i hela kommunen. Nej, i hela landet. Du har uppnått resultat som ingen annan ens vågar drömma om. Hade jag varit kung i skollandet hade du fått en hel drös med medaljer."

"Tack för de orden. Det kryllar av kungar i vår bransch. Tyvärr är vi inga av dem. Medaljer lär nog utebli är jag rädd."

"Skolinspektionen har hört av sig. Jag antar att du känner till det. Ekonomerna kommer att lämna in en anmälan om förskingring och trolöshet mot huvudman. Det ser inte så bra ut Tord."

"Nej, det ser nog inte så bra ut. Det var roligt så länge det varade. Men du behöver inte vara orolig. Jag tar på mig allt. Jag har jobbat och överlevt som rektor i kommunal tjänst i många år så jag är hårdhudad. Jag är van stress och hårda tag. Tänk att kommunens stresshanteringskurs trots allt visade sig användbar. Den har jag nytta av nu." Tord försökte att skämta utan större framgång. Det fanns inte ett uns av humor i den situation han befann sig i.

"Jag är nog rädd att det inte ens skulle hjälpa med en universitetsutbildning i stresshantering", sa Erla och log.

"Nä, det är rätt kört. Men det har varit ett bra år."

"Verkligen Tord, det har verkligen varit ett bra år. Ingen förutom ekonomerna känner till det här. Det har inte nått nämnden eller förvaltningschefen än. Men det är nog bara en tidsfråga."

Tord och Erla satt tysta en stund. Det fanns inte så mycket att säga. Erla hade 16 dagar kvar i kommunen och Tord hade i bästa fall 16 timmar kvar i kommunen. Vad skulle man säga då? Tystnaden blev dock inte långvarig. Plötslig slogs Erlas dörr upp.

"Hallå där. Tord! Bra. Bra att ni är samlade båda två. Det spar oss tid." Barn och utbildningsnämndens ordförande Bo Holmlund strålade som en sol och slog sig ned bredvid Erla. Bakom honom kom förvaltningschefen Yngvesson och en för Tord okänd man in.

"Hej Bo, var det något särskilt?", frågade Erla kyligt trots att hon kunde gissa sig till svaret. Ryktet om skolinspektionen hade spridit sig snabbare än hon trott.

"Det är väl alltid något särskilt när jag dyker upp Erla. Det vet du väl", svarade Bo glatt på gränsen till hånfullt. "Först och främst vill jag gratulera Tord för en formidabel framgång som rektor. En riktigt trevlig historia det här. Framgångar på alla plan. Du imponerar Tord."

"Det är ju det jag alltid har sagt. Det är ruter i Tord. En rejäl karl som kan styra en skuta i hårt väder. Bra Tord", sköt förvaltningschefen in och dunkade Tord i ryggen.

Det sista Tord behövde var detta, ett gäng kommunala chefer som hånade honom. Vilka sjuka människor njöt av att strö salt i såret på en skadeskjuten som redan var nere för räkning? Respekten för sina fiender var det som skilde goda soldater från rövarpack. Något Tords befäl varit tydlig med. Eventuella övergrepp anmäldes ovillkorligen. Dessa kommunala herrar som nu satt framför Tord skulle onekligen hamna i onåd hos hans gamla befäl.

"Som sagt, förbannat bra jobbat Tord", fortsatte Bo Holmlund.
"Men nu är det dags att ta nästa steg. Vi måste tänka större. Det är
dags att sätta Tallköping på kartan och då pratar jag om världskartan. Du förstår Tord, det här projektet är på tok för stort för en rektor. Vi kallar in infanteriet Tord."

Kavalleriet, tänkte Tord. Man kallar inte in fotfolk som förstärkning. Förbaskade civilist till att inte kunna militär terminologi. Tord surnade till men hade samtidigt svårt att se vart hän samtalet barkade. Om herrarna kommit för hån och spe fällde de ovanligt korkade kommentarer.

"Låt mig förklara Tord." Bo Holmlund vände sig hela tiden mot Tord och ignorerade Erla fullständig. "Vi uppgraderar ditt projekt till ett företagskoncept, en pedagogisk produkt som går att sälja. Min svåger här har jobbat inom konsultbranschen och är en av de bästa entreprenörerna inom sitt gebit." Holmlund gjorde en paus och nickade till den okände mannen som visat sig vara Bos svåger.

"Jan Didriksen, till er tjänst", hälsade svågern hurtigt.

Tord tittade hastigt på Erla som såg lika förvånad ut som han kände sig. Vad var detta? Det var åtminstone helt uppenbart att de kostymklädda herrarna inte kände till anmälningen till skolinspektionen eller att Tallmoskolans ekonomi just i detta nu blev ett ärende hos polisens avdelning för ekobrott.

"Det här kommer att bli stort Tord och vi vill ha med dig på tåget. Vi pratar om föreläsningar, böcker, utbildningar och kommunala kontrakt. Holmlundsmodellen kommer att bli en miljonrullning. Självklart har vi en plan för utlandslansering, men det tar vi sen."
Bo Holmlund tystnade igen och lät det han sagt sjunka in hos Tord.

”Jaha, det lät ju bra. Men hur?”, sa Tord tveksamt samtidigt som han sökte Erlas blick. Men hon såg fortfarande ut som ett frågetecken.

”Det är inte så komplicerat. Jan har förberett allting. Hela projektet ingår i Holmlundsmodellen som är en produkt vilket det nybildade företag Didriksen Education Consulting erbjuder kommunen. Affärsupplägget är lika enkelt som genialt. Kommunerna betalar en årlig licens som ger rättigheter till att använda modellen. I licensen ingår självklart inte utbildningen. Den fakturerar vi per timme och deltagare.”

”Okej, men…”, sa Tord som förstod allt mindre ju mer Bo Holmlund pratade. ”…vad har jag med det att göra?”

”Vi anställer dig på deltid samtidigt som du fortsätter som rektor. Du åker runt och promotar Holmlundsmodellen, ger föreläsningar och blir vår reklampelare.”

”Men, jag förstår inte, anmälan till skolins…” Tord avbröts av Erla som hastigt tog till orda.

”Samarbetet med Skolinstitutet ligger ju inte inom projektet Tord, så det borde ju kunna fortgå som vanligt. Eller hur Bo.”

”Eh, ja, jo visst. Ni undervisar ju som vanligt på er skola, med Holmlundsmodellen som grund naturligtvis”, svarade Bo Holmlund.

Skolinstitutet? Menade hon Skolforskningsinstitutet? Tord sneglade på Erla som nickade flera gånger knappt märkbart mot honom. Det var uppenbart att hon förstått något som gått Tord helt förbi. Samarbete med Skolinstitutet var ett påhitt. Erla ville helt enkelt inte att han skulle försäga sig. Men varför?

"Fast jag får känslan av att ni försöker ta över Tords projekt. Ni har ju till och med bytt namn på det. Känns inte rätt." Erla vände sig mot Bo Holmlund och tittade honom stint i ögonen.

Bo Holmlund ryggade tillbaka men lät sig inte skrämmas.

"Det måste väl även du Erla förstå, att det här är mycket större än en rektors hobbyprojekt. Idéerna är fantastiska men ska vi vara ärliga är de ju inte Tords från början. Om jag inte missminner mig kommer de från Oxford. Vi fångar upp konceptet, förädlar och paketerar det till en prisvärd produkt. Det här ligger nog lite över din nivå Erla", svarade Bo Holmlund syrligt. Det var ingen tvekan om att han tänkt igenom detta noggrant. Något som gladde Erla.

"En prisvärd produkt? Det är väl ändå Tord som jobbat fram modellen och dessutom tagit allt ansvar. Eller hur Tord?" Erla höjde rösten och lät blicken vandra mellan de tre herrarna.

"Tord kommer inte att gå lottlös ur det här. Det kan jag försäkra dig om. Men tyvärr Erla, här finns inget för dig att hämta," svarade Bo argt.

"Om jag kanske får inflika," sa svågern Jan Didriksen och tog till orda med en mjuk och inställsam röst. "Du Tord är naturligtvis hjälten i den här historien. Men det finns en annan lösning som kanske är lite smidigare för oss alla."

"Jaha, ska jag vara ärlig begriper jag inte vad ni vill. Det är ändå…" Återigen avbröts Tord av Erla. Den här gången med en rejäl spark på smalbenet som fick honom att rycka till.

"Jag tänker så här Tord", fortsatte svågern med samma inställsamma röst. "Vi köper ut dig. Du får en summa av oss och vi tar hela ansvaret för Holmlundsmodellen från början till slut. Summan är tillräckligt stor så att du kan dra dig tillbaka vilket är ett krav från oss om du accepterar budet. Vi vinner alla på det här Tord. Vad säger du?"

"Hela ansvaret? Från början till slut? Vad menar du?" Tord kunde inte riktigt få ihop allt det svågern sa till en röd tråd. Han kände hur Erla återigen sparkade till honom i smalbenet. Förmodligen i förebyggande syfte.

"Vi har förberett papper. Det är egentligen bara att skriva under," sa svågern och räckte över en mapp innehållande dokument.

Tord tyckte att hela historien verkade osannolik. Kanske var allt en dröm och kanske skulle han vakna upp i sin soffa med handen i hariboasken.

Dröm eller inte började han bläddra i dokumentet han fått av svågern. Det var en diger lunta. Han kände nästan genast igen det Leila hade skrivit ihop om projektet Rema 1000. Flera sidor var rena avskrivningen från hennes påhittade projektbeskrivning. Rena fablerna men när det stod tryckt på finaste skrivpapper med affärslogga på såg det riktigt bra ut. Sista sidan var mest intressant. Där stod det uttryckligen att Tord avsade sig allt anspråk rörande Holmlundsmodellen. Om han skrev under förband han sig att inte jobba med modellen, inte prata med media om modellen och överhuvudtaget inte befatta sig med Holmlundsmodellen på något sätt. Det som intresserade Tord mest och det som fick honom att plötsligt förstå vad Erla menade med sina smalbenssparkar stod skrivet sist. I en enda meningen formulerades det att Tord fråntogs ansvaret för verksamheten rörande modellen. Med bara en liten underskrift skulle han som genom ett trollslag bara vara en enkel rektor som gjort som han blivit tillsagd.

Tord kliade sig i huvudet och mötte Erlas blick. Hon nickade lika försiktigt som förut men den här gången med ett leende.

”Jag förstår att du tvekar Tord. Av naturliga skäl kan vi inte nämna någon summa i kontraktet. Det skulle inte se bra ut”, sa Bo Holmlund med en betydligt lenare röst än den han använt mot Erla.

”Lite mycket att läsa igenom bara. Men datumen stämmer inte. Avtalet skrivs ju under idag och inte i början av läsåret ifjol. Lite märkligt kanske”, sa Tord.

”Nja, du vet. Det där är en liten efterhandskonstruktion. För att vi ska kunna ta fulla ansvaret för projektet måste det ju vara påskrivet innan det börjar. Lite formalia bara. Inget som ändrar sakförhållandet. Dokumentet kommer att sparas i flera kopior och skickas till vårt holdingbolag. Aktieägarna är svåra att övertyga ibland. Det här blir i praktiken vårt bevis att vi äger produkten.” Svågern lät obekymrad när han pratade trots att han antagligen passerat ett flertal gränser för vad en domare ansett vara på rätt sida om lagen.

Tord kunde inte tro att det var sant. Genom en kråka på pappret var han fri från allt ansvar, fri från skolinspektionens, ekonomernas och polisens utredningar. Han skyndade sig att skriva på men kunde inte hålla sig. Han var tvungen att stilla sin nyfikenhet.

”Då var det gjort. Jag har inte med saken att göra. Men vem har ansvaret för projektet om inte jag har det. Det kan knappast en kommunalpolitiker eller en affärsman ha.”

”Det är där jag kommer in”, svarade förvaltningschefen Yngvesson. Jag kommer att ha ansvaret för elevernas undervisning inom projektet. Eller rättare sagt, när du skrev på dokumentet blev det jag som har haft ansvaret hela läsåret. Det står i avtalet att det är jag som är projektledare. Det här är inget jag vill missa. Särskilt inte sedan jag blev en av aktieägarna i holdningbolaget som äger Didriksen Education Consulting. Det här kommer att bli stort Tord och då frontar vi med mitt namn. Ja, under Holmlunds namn då förstås.

En sak hade Förvaltningschefen Yngvesson rätt i. Detta skulle bli stort. Det var Tord övertygad om.

"Men, det kan aldrig vara lagligt. Du borde vara jävig. Köper tjänster av dig själv?" Tord var uppriktigt nyfiken på upplägget.

"Vi ska inte gå in på detaljer Tord", svarade Bo Holmlund. "Det är inte komplicerat att dölja sitt ägande. Så mycket kan vi säga. Vi tjänar alla på detta. Även du Tord. Vi överför aktier från…Du behöver inte veta. Om några veckor kommer du att kunna sälja optioner för ett värde av…Ja, vi låter det vara osagt. Helt lagligt och vitt.

"Och Tallmoskolan?"

"Skolan? Ja, den fortsätter som vanligt. Vi satsar lite extra där och gör den till ett showroom", svarade Bo Holmlund.

"Showroom?"

"Ja, eller skyltfönster, kalla det vad du vill. Skolan tar emot studiebesök och säljer Holmlundsmodellen."

"Blandar du inte ihop kommunal och privat verksamhet? Verkar lite rörigt det där." Även Erla var nyfiken.

"Lilla vän, jag förstår att det blir för stort och för mycket för dig att ta in. Vårt Holdingbolag tittar just nu på att starta en friskola. Köper vi inte skolan bygger vi en ny. Och jo Erla, det är helt lagligt och nej Erla, jag har inte gett upp mina politiska ambitioner. Dörren till riksdagen är öppen och jag tänker ta plats. Mina ekonomiska förehavanden vilar jag ifrån. Så tyvärr Erla, inget jäv eller några oegentligheter." Bo pratade med en överdriven len röst medan han log mot Erla.

"Fast…" Erla tystade sig själv. Det spelade ingen roll att hela upplägget liknande handlingen i en dålig kriminalserie där manusförfattaren ledsnat för länge sedan. Om eller rättare sagt när allting rasade var både hon och Tord på behörigt avstånd. De här tre herrarna hade precis räddat skinnet på Tord och skrivit under sina egna karriärers dödsdomar. Dörren till riksdagshuset skulle definitivt stängas och reglas. Men samtidigt skulle nog andra dörrar öppnas. Dörrarna på Hall var ett troligare alternativ för ordförande i Barn och utbildningsnämnden.

"Du har nog rätt Bo. Det här är alldeles för stort för mig. Det här kommer att bli stort, riktigt stort", sa Erla och log mot Bo Holmlund.

Smällen

Homlundshärvan växer

Bo Holmlund, före detta ordförande i Barn och utbildningsnämnden, har som Länsnyheterna tidigare skrivit tvingats avgå som ordförande efter misstanke om jäv. Under gårdagen kom ytterligare uppgifter som inte bara förstärker misstanke om jäv utan även väcker misstanke om mutbrott alternativt grovt mutbrott.

Det var igår som kommunens interna utredning kring Bo Holmlunds misstanke om jäv även kom att omfatta misstankar om mutbrott. Ärendet lämnades över till polisen som redan öppnat en utredning angående de ekonomiska oegentligheterna som råder kring Holmlundsmodellen, där Bo Holmlund har ansvar, i skrivandets stund oklart i vilken omfattning. Enligt våra källor har svart arbetskraft och renoveringar av privat egendom med kommunala medel förekommit inom ramen för Holmlundsmodellen. Det är ännu inte känt om misstankarna om mutbrott hör samman med de ekonomiska oegentligheter som polisen sedan tidigare utreder. Polisen är mycket förtegen och vill av utredningstekniska skäl inte kommentera fallet.

Sent under gårdagskvällen greps och anhölls Bo Holmlund. Enligt kammaråklagare Karin Lignell kommer den så kallade kollusionsfaran att åberopas, det vill säga risken att den misstänkte på fri fot kan undanröja bevis eller på annat sätt försvåra eller förstöra utredningen. Beslut om häktning väntas inom kort. Karin Lignell ser det inte som osannolikt att flera gripanden kan komma att genomförs under de närmaste dygnen.

Parallellt utreder skolinspektionen ett antal anmälning mot Tallmoskolan. Samtliga anmälningar lär handla om den framgångsrika Holmlundsmodellen. Misstanke om diskriminering på grund av kön, misstanke om elever som inte undervisas enligt timplanen och misstanke om utnyttjande av barn i arbete. Vi har sökt ansvarig utredare på skolinspektionen utan framgång. Tallmoskolans rektor anser att anklagelserna är missförstånd samtidigt som han hänvisar till förvaltningschefen Kenth Yngvesson. Vi har även sökt Kent Yngvesson men han avböjer att kommentera. Enligt de dokument som vi har fått kännedom om är det Yngvesson som har det yttersta ansvaret för Holmlundsmodellen.

Vad som nu händer när Tallmoskolans elever och personal kommer tillbaka från sommarlovet är osäkert efter gripandet av Bo Holmlund. Den framgångsrika modell skolan jobbat efter har ökat elevernas resultat samtidigt som skolan har lyckats sänka lärarnas arbetsbörda som fått till följd att sjukskrivningarna har minskat drastiskt. Särskilt mycket uppmärksamhet har den så kallade P.A.-gruppen fått, både nationellt och internationellt. P.A.-gruppen är det program för elever med särskilda behov får en anpassa studiegång. Enligt skolinspektionen, i ett tidigare uttalande, är det också just detta program som får mest kritik. Skolinspektionen hävdar att eleverna inte får den undervisningstid de har rätt till samt att den så kallade inkluderingsprincipen frångåtts. Enligt skolinspektionen får vissa särlösningar inom undervisningen förekomma men att den typ av undervisning som förekommit på Tallmoskolan vida överskrider ramen för inkludering. Därom finns ingen tvekan. Länsnyheterna har tidigare skrivit om P.A.-gruppen och intervjuat flertal elever och föräldrar som unisont hyllar denna undervisningsform. Något som skolinspektionen inte vill kommentera. Vad som nu händer med de elever som ingått i programmet är som sagt osäkert i och med Bo Holmlunds gripande och skolinspektionens utredning.

Länsnyheterna har varit i kontakt med verksamhetschefen Erla Hvrir som inte säger sig veta hur höstterminen kommer att se ut för Tallmoskolan. Så fort utredningarna är klara kommer förvaltningen analysera utvärderingarna och resultatet av utredningarna. Innan dess finns inte så mycket att säga om höstterminen mer än att alla elever kommer att ha en tillgång till en skola med fortsatt hög måluppfyllelse. Erla avböjer att kommentera gripandet av Bo Holmlund.

Vi har sannolikt inte sett slutet i Holmlundshärvan. Själv-
klart håller vi på Länsnyheterna er uppdaterade. Följ gärna
vår live-rapportering från åklagare Karin Lignells presskon-
ferens imorgon.

Seth Ohlsson
seth.ohlosson@lansnyheterna.se

Höstterminen

Yngvesson

"Nu har du gjort fel igen Yngelsson. Det är viktigt att sortera rätt Yngelsson. Reglementet är viktigt."

"Yngvesson, fortfarande Yngvesson. Det är papper och ska ju ligga i kärlet för papper. Du sa ju det själv.

"Har du bytt namn?"

"Nej, jag har inte bytt namn. Och vad är det för fel på det här pappret. Det ska ju också ligga här."

"Då heter du ju Yngelsson? Du måste lyssna Yngelsson. Limmet i kuverten ställer till det i återvinningsprocessen. Förbränning Yngelsson. Måste lyssna. Det är viktig att följa reglementet Yngelesson."

"Jaha men okej, fast du, jag har alltid hetat Yngvesson."

"Alltid? Jaha. då förstår jag."

"Bra, äntligen. Du…"

"Men varför har du två namn? Räcker det inte med bara Yngelsson?"

"Men för hel…Jag har bara ett namn Yngvesson."

"Jaha, då förstår jag. Bara ett namn. När bytte du då?"

"Jag har inte bytt namn! Jag heter Yngvesson. Hur svårt ska det vara att… Äh, glöm det. Jag går på rast."

"Inte redan Yngelsson. 09:15 tar vi rast, inte 09:13. Reglementet är viktigt Yngelsson."

"Du kan ta dit jävla regemente och sortera det som farligt avfall.
Nu går jag och fikar," sa Yngvesson, slängde rent demonstrativt
plast i kärlet för papper och gick därifrån. I dörröppningen stötte
han på platschefen som fick en hastig nick till hälsning.
    "Kjell, vi har snackat om det där. Du får inte gör narr av dem.
Har du kört namnskämtet igen? Han såg sur ut."
    "Lika roligt varje gång."
    "Det tvivlar jag på Kjell. Du vet vad som gäller."
    "Ja, ja, vara snäll, och sortera rätt. Du vet ju att jag är den enda
här som kan sortera rätt."
    "Jo, jag har hört det."
    "Kjell-sortering är viktigt."
    "Kanske det, men man måste vara Kjell-kritisk ibland."

Yngvesson satte sig ned i det tomma fikarummet med en kopp ry-
kande hett kaffe. Eller åtminstone något som påminde om kaffe.
Rykande hett, sen fanns det inga fler likheter med ett anständigt
kaffe. Fanns det verkligen arbetsplatser som fortfarande använde
pulverkaffe? Yngvesson hade aldrig gillat kommunalt kaffe. Hur dyr
och fin maskin de än köpte in så smakade kaffet illa nio av tio
gånger. Den tionde gången brukade han hälla en fyra blankt i kop-
pen. Han var med andra ord van med kaffe av den sämre sorten
men fick ändå erkänna att han nått en ny bottennivå i sitt kaffedric-
kande. Men eftersom han även nått en ny bottennivå i karriären var
kaffet inte så stort bekymmer.
    Yngvesson borde ha vetat bättre än att lita på Bo Holmlund. Det
gick inte att lasta Bo för vad som hände mer än för hans girighet,
totala avsaknad av medmänsklighet och blygsamma intelligens.
Yngvesson lastade bara sig själv. Inte ens den där rektorn som ställt

till hela soppan kunde ställas till svars för Yngvessons belägenhet. Nej, han borde ha vetat bättre än att liera sig med Holmlund och hans halvkriminella svåger. Det var hans eget fel. I så många år i kommunal tjänst borde han ha anat oråd. Verkade något vara för bra för att vara sant var det mest troligt inte sant eller åtminstone inte kommunalt. Men Yngvesson hade smittats av samma galenskap som Bo Holmlund var född med om än i mindre omfattning. En rejäl summa pengar, ära och berömmelse kunde grumla det sunda förnuftet för vilken klok karl som helst. Det var i alla fall den förklaringen Yngvesson försökt intala sig själv. Den rejäla summan pengar och äran blev han utan. Däremot fick han berömmelse. När bara ett av hans tre löften infriats övergick det grumliga förnuftet till glasklara insikter. Hur hade han kunnat vara så dum? Den frågan hade hela kommunen ställt sig, förutom Benny på internposten.

"Du åstadkom något Yngvesson. Förbannat bra gjort. Vilken skola du skapade. Trist bara att pärmbärarna skulle komma och förstöra allting." Hade Benny sagt när han räckt över den sista försändelsen innan uppsägning. Trist var en stor underdrift. Det var åt helvete med allting. Yngvesson var inte den person att hylla för skolans framgångar. Det visste alla som jobbade inom förvaltningen från högsta chef ner till lärarna, utom då Benny. Att Yngvesson försökt manövrera ut alla andra för ära och berömmelse kunde de flesta räkna ut. Men det visade sig att de flesta utanför skolans värld liksom Benny trodde att det var Yngvesson som låg bakom Tallköpings framgångssaga som nu fått internationell spridning. Många ansåg att han var en rejäl karl som visat hur en skola skulle drivas, möjligtvis på fel sida lagen men med tanke på de goda resultaten var det snarare lagen än Yngvesson det var fel på. Men kommunen tänkte annorlunda. Omedelbar uppsägning, polisanmälan och en skriftlig reprimand. Det senare en smula märkligt eftersom skriftliga reprimander från kommunen tog dåligt på de som redan var uppsagda men kommunen hade sina regler.

Skolinspektionen gjorde en av sina största utredningar någonsin och skickade horder av tjänstemän beväpnade med lgr11, blanketter och ett segervissa leenden. Men kommunen var förberedd och rustad till tänderna med förmodligen skolhistoriens tyngsta dokumentation. Till många inom skolinspektionens besvikelse blev resultatet magert. Någon diskriminering på grund av kön fanns inte att hitta. Däremot fanns flera kilo papper som beskrev skolans värdegrundsarbete allt sorterat i några meter pärm. Punkten som rörde barnarbete såg först lovande ut men fick även den arkiveras utan åtgärd. För att barnarbete ska gälla måste en ersättning utgå till barnen vilket inte hade gjorts. Att åberopa slavarbete var inte heller möjligt eftersom någon transaktion som kunde kopplas till inköp av barn inte stod att finna. Dessutom kunde kommunen uppvisa dokument som visade på att aktiviteterna faktiskt innehöll undervisning. En hel stab av tjänstemän lyckades på de mest långsökta sätt associera renoveringar med lgr11. En bedrift som vid närmare eftertanke inte är särskilt svår med tanke på det tolkningsutrymme den boken innehåller. Däremot fanns flera fall av elever som inte fått sin rättmätiga undervisningstid. Kvantitet var något som skollagen inte tummade på. Kvalitet var av underordnad betydelse men kvantitet, där drog man en gräns för vad som var kriminellt eller inte. Tyvärr fanns ett litet problem i sammanhanget. Diggischool.2 hade en sämre driftsäkerhet än Postnord och Sj tillsammans vilket fick till följd att registreringen av närvaron var ofullständig. Trots två veckors jagande efter lärares pärmar och kalendrar där man hoppades hitta någon from av närvarohantering gick det inte att med säkerhet konstatera elevers bristande undervisnings tid. Skolinspektionens till en början episka utredning kokades ner till ett vite mot kommunen. Kommunen måste inom sex månader skicka in några extra kilo dokument som visade att de kommit till rätta med problemen kring närvarohanteringen. Yngvesson och hela kommunen kunde pusta ut.

Värre var det med den ekonomiska brottsutredningen. Där hade kommunen mer tur än Yngvesson eftersom det visade sig att det fanns dokument som detaljerat beskrev vem som hade det ekonomiska ansvaret. Kommunens jurister kunde gäspa sig igenom utredningen medan Yngvessons advokat bittert kunde konstaterat att det var kört. Riktigt kört. Trots sina många år inom rättsväsendet hade advokaten aldrig sett något så märkligt upplägg som att en högt uppsatt chef så tydligt kunde bindas till ett ekonomiskt ansvar på en sådan detaljnivå ute i verksamheten. Men de påskrivna dokumenten var tydliga och gick inte att misstolkas. Domslutet kom relativt snabbt och gav Yngvesson villkorlig dom och 200 timmars samhällstjänst.

Innan Yngvesson var klar med sitt grubblande och pulverkaffe kom resten av arbetsgänget in.

"Kram Yngve. Du ser ut att behöva en kram."

"Tack det är bra Torkel. Jag klarar mig", svarade Yngvesson och tittade upp. "Och jag heter inte…"

"Jo, Yngve, en fredagskram", sa Torkel klampade fram till Yngvesson i en ansatts att kramas.

"Nej, du alltså det är måndag. Inga fredagskramar."

"Ja, det vet jag väl att det är måndag. Men jag tycker inte om måndagskramar. Jag har bara fredagskramar. Kom nu Yngve."

"Jo, men, okej Torkel, en fredagskram då." Yngvesson ställde sig
upp och lät sig omfamnas av Torkels väldiga och varma famn.

"Gruppkram! Yngelsson behöver en gruppkram!" Ropade Kjell
som just kommit in.

Någonstans just då och där förstod Yngvesson att han jobbat på
fel ställe i kommunen de senaste 20 åren. I rådhuset fick man inga
gruppkramar eller en fredagskram på en måndag. Där hade han fått
låsa in sig för att för att slippa korkade beslut, vansinniga projekt
och allmän dumhet. Annat var det här, på kommunens interna av-
fallsanläggning. Visserligen kunde de driva honom till vansinne
med sitt tjat om hans namn men ändå. Här fanns ingen Bo Holm-
lund, inga möten, ingen byråkrati eller en pärm så långt ögat kunde
se. Det enda i dokumentationsväg som stationen kunde uppbringa
var de återvinningskärl med kontorspapper som gick till kommu-
nens största dokumentförstörare. Där kunde Yngvesson stå timme
efter timme och strimla papper av rena terapeutiska skäl. Och sen
personalen. De retade hans nerver till bristningsgränsen, särskilt i
början. Men han hade lärt sig att tycka om dem. Eller i alla fall
kommit en bra bit på väg med den biten. Yngvessons arbetskamra-
ter var egentliga uthyrda av Employment Fosterage Consulting. Ett
bemanningsföretag som för en väl tilltagen kommunal peng tog sig
an och hyrde ut personer med bl.a. utvecklingsstörning till andra
företag. På klassisk kommunalt manér betalade kommunen ett före-
tag som anställde personer som av olika anledningar inte var an-
ställningsbara. Sedan betalade kommunen bemanningsföretaget för
att hyra dessa personer som man egentligen redan hade betalat för.
För Yngvesson del kunde det egentligen kvitta. Med tanke på per-
sonalkostnaderna var det en dyr gruppkram. Men det var det värt.
När allt kom omkring var kanske de 200 timmarna samhällstjänst

på avfallsanläggningen det bästa som hänt hans karriär. Åtminstone under de senaste 20 åren.

"Okej, okej. Nu har vi gruppkramat klart." Yngvesson försökte milt avbryta gruppkramen.

"Du är rolig du Yngve. Vi har ju bara börjat."

Lämningen

”Jag vill inte, jag vill inte!”, viskade Joel förtvivlat medan tårarna rann längs hans kinder. ”Jag fixar det inte, snälla mamma, jag vill inte.”

Christina kunde inte förmå sig att säga något. Hon höll om sin son och strök honom över håret. Hon var redan sen till jobbet. Att lämna Joel hade åter blivit ett helvete igen. Vissa dagar gick bättre men ofta slutade det med gråt och förtvivlan. Joel grät innan han hoppade ur bilen och Christina grät efteråt på väg till jobbet. Förra årets glädje var borta liksom Joels gamla lärare, P.A. och skruvdragaren. Det hade naturligtvis varit för bra för att vara sant. Joel var tillbaka i klassrummet på heltid tillsammans med 27 andra elever, en lärare och en resurs på halvtid.

”Det kommer att ordna sig. Det kommer att bli bra.” Christina trodde inte för ett ögonblick på vad hon sa till Joel. Med en obehörig klasslärare och en vakant rektorstjänst var oddsen inte särskilt stora för att Joels tredje skolår skulle bli bra eller ens hyfsat. Mötena med elevhälsan var tillbaka. Christina hade redan hunnit med två stycken. Åtgärdsprogram och vaga löften om utredning och eventuellt en extra resurs var ett magert resultat av två exakt likadana möten.

”Varför kan jag inte få vara med P.A. mamma?”

"Du vet ju varför. Det var ju…" Christina visste inte hur hon skulle förklara för Joel. Efter första mötet hade hon ringt telefonnumret som fått från Tord, men P.A. hade inte svarat. Istället svarade en kvinna som hänvisade till rektorn. Rektorn som inte fanns.

"Jag kan inte, jag kan inte", hulkade Joel.

Joels olycka skar som knivar i Christinas hjärta. Hon fick kämpa hårt för att inte själv falla i otröstlig gråt.

"Du Joel, jag kan inte heller. Vad sägs om varm choklad och en limpsmörgås?"

Christina startade motorn, svängde ut från skolans parkeringsplats och sneglade på en förvånad Joel. Hon hade bestämt sig. Nu fick det vara slut med barnmisshandel i kommunal regi. Det fick räcka nu. Joel var hennes son, hennes allt. Man lämnade inte den man älskade i ett svart hål av misslyckanden och ångest. Så gjorde man bara inte. Christina log och vände sig mot Joel.

"Joel, nu struntar vi i det här."

Lena

Lena sitter på bussen mot Granköping. Inte som för ett år sedan i en planlös flykt från en ohållbar tillvaro. Den här gången sitter hon på bussen i en välplanerad flykt från en ohållbar tillvaro, men fortfarande utan busskort.

Lena hade planerat sitt avsked noga. Redan innan sommaren, då när allting brakade samman hade hon bestämt sig. Det fick vara nog. Det hade inte varit svårt att inse vad som skulle komma till hösten. Ner i saltgruvan igen och jobba på, i enligt henne, en skola som inte fungerade. Föregående läsår hade naturligtvis varit för bra för att vara sant. En tidsresa tillbaka till den tid då skolan var professionell, stark och ingav framtidshopp.

Men tidsresor finns inte och inte heller Rema 1000. Lena hade helt enkelt varit tvungen att välja. I ena vågskålen fanns ond bråd sjukskrivning och i den andra ett liv med bättre hälsa och mående. Efter många timmar med Jonna i telefon hade hon slutligen bestämt sig. Hälsa och välmående vägde tyngre. Valet hade trots allt varit lätt. I början hade det känts som om hon hade gett upp och svikit både kollegor och elever. Men det var också där, i det dåliga samvetet som sjukskrivningen låg och lurade. Det envetna samvetet som inte går att koppla bort, trycka undan eller lura. Lena kunde ibland önska att det gick att dra ur kontakten för känslorna, gå på jobbet och göra sina 45 timmar, för att sedan komma hem och plugga in känslorna och bli go och glad. Det finns antagligen kraftfulla piller för sådan urkoppling men det alternativet hade inte känts särskilt attraktivt för Lena. Då hade det bara funnits två alternativ kvar; fortsätta och hoppas att kaklet inte gjorde alltför stor skada när sjukskrivningen kom eller hoppa av. Lena hade valt det senare alternativet.

Lena kliver av bussen som parkerat vid busskuren närmast kiosken. Kiosken som är stängd får Lena att fnissa till. En handskriven lapp med texten ”Stängt på grunda av sjukdom” är inget som lockar till skratt för den stressade resenären som behöver fylla på med koffein och gårdagens nyheter. Men för en lärare som just sagt upp sig var ironi tydlig. Tänk om kiosken vore en skola. En skola stänger man inte pga av sjukdom, lärarbrist eller naturkatastrofer. Då sätter man på en den längsta film man hittar och hoppas på att eleverna sköter sig. Kioskägaren kunde väl också sätta på en film? Det tycker i all fall Lena som för sitt inre kunde se förvånade kunder stå och köa. En film skulle inte sälja vare sig kaffe eller tidningar, lika lite som den undervisade elever.

”Är du så nära ett nervsammanbrott så att du står och skrattar för dig själv.”

”Va?, nej…” Lena vänder sig om och möter Jonnas glada och hårt sminkade ansikte.

”Blev lite orolig ett tag. Jag vill ju inte ha med mig en förvirrad tant.”

”Hej, Jonna. Var inte orolig. Lite lärarhumor bara.” Lena kan inte motstå att krama den glada flickan och låta sig smittas av glädjen.

”Då är det värre med lärarkåren än jag trodde.”

”Antagligen. Har du packat?”, skrattar Lena till svar.

”Ja, och du?”

”Självklart.” Lena lyfter sin tunga ryggsäck med viss ansträng-
ning.

”Packa lätt Lena. Skulle vi inte resa lätt? Du har väl i alla fall inte
din kalender med dig?”

”Nej då. Bara det mest nödvändiga.”

”Bra, en tågluff i Europa planerar man inte”, säger Jonna upp-
manande med en spelad allvarlig min.

”Nej, jag vet. Fast…”

”Fast vad då Lena?”

”Det kan hända att jag har en dag planerad.”

”Kan hända? Du är omöjlig Lena. Helt hopplös.”

”Jag vet, men jag försöker bättra mig”, säger Lena och utbryter i
skratt.

”Det ska nog bli ordning på dig”, skrattar Jonna.

”Bra, jag har en dag planerad i Frankrike. ”

P.A

"Då säger vi så. Hildur och Anna bakar och du Arvid ordnar kaffe."

"Jag kan ta med mig engångsmuggar. Jag diskade dem från förra gången."

"Bra Edith, där tjänar vi in en slant. Några frågor?"

"Bakar vi sockerfritt? Jag har ett recept på småkakor från Hemmets Journal som är både fri från gluten och laktos. De blir lite torra men doppar man dem i kaffet smakar de himmelskt."

"Hildur, dig kan man lita på. Sockerfritt passar nog bäst. Då ses vi imorgon. Och hör ni! Glöm inte de nya bestämmelserna inför turneringen. Vi kan inte göra några undantag längre för er som har rullator. Vi kan helt enkelt inte ha rullatorer stående överallt. Parkera dem utanför grusplanen. Okej då är..."

"Vänta, vem ordnar med kaffe?"

"För tredje gången Arvid. Det är du som tar med dig kaffe."

"Axel?"

"Nej, det är du Arvid."

"Så bra, Axel är väl död. Han kan ju inte brygga något kaffe.

Den lilla nyrenoverade klubblokalen tömdes sakta på pensionärer. Skrammel från kryckor, harklingar och skrapande av stolar tycktes aldrig vilja dö ut. Den lilla skaran av pensionärer rörde sig ut mot dörren med en glaciärs tröghet. P.A. började nästan att bli orolig att fler av dem ska dö av ålderdom innan de hunnit komma ut i den kyliga höstluften. Roffe stängde dörren efter dem när Hildur äntligen hade hittat sitt paraply, som hon egentligen inte behövde, och lämnat klubbhuset. Den elektriska kaffekvarnen kom fram på bordet medan de etiopiska kaffebönder rostade på den nyinköpta spisen. En halvtimma senare satt Roffe och P.A med en var sin rykande het kopp kaffe.

"Det här är inte bra Roffe", sa P.A buttert.

"Nej, det är väl inte det", svarade Roffe lika buttert.

"Sitta här och tyna bort bland gamla kärringar och gubbar. Och sockerfritt och laktosfritt, vad fan är det? Hel grejen med fika är väl att få i sig socker och fett i rikliga mängder. Och Arvid? Han är ju så satans snål att man kan se botten på kaffekoppen med hans svaga kaffe. Det är ju svagare än kyrkkaffe. Sånt kan aldrig vara bra Roffe."

"Nej, men vad ska en karl göra då? Sitta hemma och uggla är ju inte heller särskilt hälsofrämjande."

"En karl ska jobba Roffe, slita ont och svettas. Annars mår han inte bra. Att sitta här tär på nerverna. Han börjar grubbla och då är det kört. Grubblande gubbar blir aldrig gamla."

"Nej, men å andra sidan tyckte du ju inte att de senaste tio åren hos kommunen var mycket till jobb. Pappersjobb har väl aldrig varit något för dig", sa Roffe.

"Nej, det förstås. Men man fick åtminstone lufta ett element eller skruva upp en hylla mellan pappersrapporterna. Det här är döden Roffe."

"Antagligen. Det var ju fan att det gick som det gick med skolan. Det var ett bra år. Det är nästan så man saknar de där ohängda odågorna. De var ju trots allt rejält virke i dem trots skolans försök till att fördärvat dem", sa Roffe.

"Jo du, det hade kunna blivit folk av dem, riktigt folk. Men det klart, när pärmbärarna, som inte begriper bättre, får nys om något som funkar blir det förstås ett jävlans liv. Du vet skolan måste skötas efter deras bok. Ungarna måste tryckas in i ett och samma klassrum med samma bok framför näsan. Och skulle du sätta något värdefullt i nävarna på dem som en hammare eller skruvdragare går det på tvärs mot pärmbärarnas världsbild. Som att svära i kyrkan eller spotta i frälsningsarmen sopkök."

"Ja det är synd och skam. Här ska man sitta och invänta döden med Arvids kyrkkaffe och Ediths ökenkakor." Roffe sträckte sig efter Ediths kakburk och tog en kaka som blivit över från förra veckans möte. "Fy fan P.A. Det här är inget för oss."

"Nä du, men vi har ju åtminstone afrikakaffet. Fast jag begriper inte vad det var Marjana gjorde. Jag får inte riktigt till det som hon," sa P.A. medan han fyllde på sin kopp för tredje och sista gången.

"Det var själen P.A, det var själen. Hon använde sin själ och stolthet i kaffet. Det är inget som gamla gubbar som oss kan lära. Bara att erkänna, flickan kunde koka kaffe."

"Jo, det är nog så. Klubben borde anställa henne. Då ska du få se att det blir fart på gubbarna och kärringarna på grusplanen", sa P.A.

"Jo du, det är annat det än Arvids snålkaffe."

"Vi skulle haft en egen klubb du och jag Roffe. Du vet en sån där ungdomsklubb."

"Ungdomsklubb? Och där tycker du att vi passar in? Två gamla gubbar?"

"Det finns för lite gamla gubbar bland den förtappade ungdomen. Ungarna går ju på fritidsgårdar. Vi borde ha en fritidsgård där de får lära sig ett och annat. Dricka kaffe som en karl till exempel."

"Eller som en etiopisk kvinna kanske. Fan P.A. du är något på
spåren. Vi låter ungarna komma till oss, förser dem med lite verktyg
och får lite gjort, precis om på skolan ifjol."

"Bra idé, men den här klubbstugan är ju nyrenoverad och kommunen lär knappast gå med på utbyggnad. Vi får vara glad som
överhuvudtaget får vara kvar."

"Tänk större P.A., tänk större. Vi kan ta på oss uppdrag runt om i
stan. Inte ska vi sitta i den här lilla holken och ha kaffemöten."

"Vet du vad. Du är inte dum. Lasse har väl kvar sin gamla bilverkstad? Har han inte det? Lasse sitter ju och tynar bort i bingohallen dagarna i ända. Pensionärslivet är inget för Lasse. Han är garanterat med på upplägget", svarade P.A. ivrigt, eller så ivrigt en pensionerad vaktmästare nu kunde svara.

"Ja, Lasse ja, den gamla bilmeken. Han är bitter och tvär men
jävligt duktigt på allt som går att tanka med diesel eller bensin.
Tänk dig, Verkstadsklubben eller Snickargården. Fan vet om vi inte
kan få bidrag från kommunen om vi sysselsätter ungarna."

"Ja, det är väl just det som är problemet. Kommunen lär ju inte
gilla det. Dessutom var det inte så populärt att låta eleverna jobba
gratis."

"Jobba gratis? Vi utbildade dem Roffe och det ska vi göra nu
med. Vi borde kunna göra folk av en tio femton ungar. Jäklar i min
låda. Det här kommer att bli bra."

"Ja, också kan Edith och Arvid gör sånt där mellis du vet."

Både P.A. och Roffe tystnade och tittade på varandra, och bröt
sen ut i skratt.

"Inget kyrkkaffe eller ökenkakor på vår fritidsgård", skrattade P.

Kuratorn

Den nya terminen efter sommaren hade varit som att springa in i en mental bergvägg i hårdaste granit. Pappersexercisen, utredningarna och de oändliga mötena var tillbaka i full kraft. Elevvårdsärenden låg i stora oövervinnerliga högar på hennes skrivbord och väntade på hennes handpåläggning. Utredningar var inget som egentligen skulle ligga på hennes bord men eftersom psykologen sagt upp sig efter all turbulens var elevhälsan kort om folk. Linda fick bistå så gott hon kunde tills de tillsatt den vakanta tjänsten.

Psykologen var en tung förlust för elevhälsan. Han var erkänt duktig och erfaren, men också trött. Trött på ständiga utredningar, diagnoser, remisser, åtgärdsprogram och lärare som desperat sökte hans hjälp. Men trots det skötte han sitt jobb klanderfritt. Med projekt Rema 1000, som egentligen inte var något projekt, hade han fått ny kraft och energi. En helt ny dimension för yrket öppnade sig och han kunde lägga undan mycket av pappersjobbet till förmån för eleverna. Men han hade precis som Linda förstått att respiten från dokumentationshelvetet var ytterst tillfällig. Ingen på elevhälsan trodde för ett ögonblick att det nya arbetssättet skulle överleva. Det fanns inte på kartan, inte ens på den mest fantasifulla önskekartan, att ett liknande elevfokus fick fortgå. Inte med det skolsystem elevhälsan verkade i. Så när pappersexercisen kom igång igen efter sommaren sa psykologen upp sig. Han hade fått en forskartjänst vid ett universitet söderut. Under det gångna läsåret hade han fått en liten glimt av hur elevvård kunde vara eller hur den enligt honom borde vara. Denna glimt hade väckt något hos honom, en glöd och en iver av att förändra. Och han var fast beslutsam att visa resten av världen hans syn på elevvård.

Linda däremot hade fortsatt och återvänt till sitt skrivbord. Elevmöten hade hon fortfarande haft men i en ytterst sparsam form. Flera gånger under terminen hade hon bittert önskat att hon aldrig behövt uppleva det påhittade projektet Rema 1000. Det hade känts som om ödet på det mest ondskefulla sätt drev med henne. Att först visa en skymt av himmelriket för att sedan stänga porten och förpassa henne tillbaka dokumentationens gråa och trista bakgård var inget annat ren och skär ondska. Innan Rema 1000 visste hon inget annat än att fylla i blanketter och dokumentera. Det man inte visste av saknade man inte.

Sen var det Lindas sjöstjärnor. Det hade varit ett grymt skådespel att se dem ligga på på stranden och sakta dö. Visserligen hade hon lagt mycket tid på dem även denna termin men den tiden bestod till stor del av ändlösa möten och tung administration. Linda hade träffat eleverna men i betydligt mindre omfattning. Något som hade märkts i klasserna. Konflikterna, frånvaron och stöket hade ökat i samma ögonblick Linda hade satt sig vid skrivbordet. Kanske borde hon känt någon form av glädje eller stolthet över att hennes bortavaro från eleverna hade blivit märkbar. Men inom Linda hade det bara funnits sorg och en djup tomhet.

Tillslut hade Linda fått nog, eller rättare sagt hennes kropp och själ hade fått nog. En morgon hade hon helt enkelt inte orkat längre. Hon hade sjukskrivit sig och hade inte klivit ur sängen på en vecka. Valet att säga upp sig hade varit svårt men en absolut nödvändighet. Att hitta ett nytt jobb hade däremot varit avsevärt lättare. Som kurator på företagshälsovården hade hon fått nya och mer stimulerande arbetsuppgifter. I pappersexercisen och möteskulturen hade hon inte funnit några större skillnader, men tempot hade varit lägre och klienternas situation mindre avgrundsdjup. Men trots det nya arbetet hade hon inte kunnat inte släppa tankarna på sina sjöstjärnor. De skulle alltid finnas hos henne.

Linda hade just stängt av sin dator för dagen och börjat plocka ihop sina prylar när telefonen ringde. Hon övervann motståndet till att svara och klickade fram samtalet. Förvånat kunde hon konstaterar att det var hennes gamla kollega från elevhälsan, psykologen.

"Tjena Linda, stör jag?"

"Nej, inte direkt. Har slutat för dagen. Roligt att höra ifrån dig. Det var inte igår."

"Nej, det var ett tag sen. Hörde att du sitter på företagshälsovården."

"Jo, det gick inte längre. Det är tufft här med, men jag klarar mig."

"Tur att du är en tuff tjej. Jag har det nog lugnare men just nu är det tidsbrist. Behöver din hjälp."

"Min hjälp?" Linda kunde inte dölja sin förvåning. Vad kunde hon bistå en erfaren och duktig psykolog?

"Jag jobbar som du vet på universitetet. En forskningstjänst på fakulteten för utbildningsvetenskap och…"

"Utbildningsvetenskap? Har du verkligen hamnat rätt? Vilken institution? Du har väl inte sadlat om?" Lina blev nyfiken och kunde inte motstå att avbryta honom.

"Nja, sadlat om kanske jag inte har gjort. Det är tvärvetenskapligt. Lite krångligt att förklara på telefon. Går det vägen sadlar vi om hela elevhälsan. Men jag ringer för att vi behöver fler folk och jag tror att du skulle gilla min ingång i forskningsprojektet. Vi har fått medel för att utöka till fler områden."

"Roligt att du tänker på mig, men jag är ingen forskare." Linda börjar bli lika förbryllad som nyfiken.

"Inte än. Men det spelar ingen roll. Den viktigaste merit du besitter för min forskning är ditt deltagande i Rema 1000. Du har varit med Linda. Du vet vad elevhälsa handlar om."

"Okej, nu böjar jag förstå. Du har förläst dig och nu har de vita rockarna tagit hand om dig. Det ordnar sig nog. Se bara till vara snälla mot tanterna och farbröderna", skrattade Linda som nu inte begrep någonting. "Du förstår att Rema 1000 bara var ett påhitt. Inte på riktigt."

"Ha ha, du har kvar din humor. Det är bra. Det betyder att du fortfarande är vid gott mod. Det är som sagt ont om tid. Kan du komma ner. Jag lovar att du kommer att bli intresserad."

"Åka ner, bara sådär? Visserligen jobbar jag inte kommunalt längre men jag har en del att göra."

"Jag vet Linda, men det handlar om rädda sjöstjärnor. Kan du franska förresten?"

"Franska? Va?"

"Bra, det kommer du att behöva."

Banken

Tallköping hade liksom många andra mindre orter drabbats av bankdöden. Kontor efter kontor försvann trots högljudda klagomål från invånarna. Bankdosor, mobilt bank-id och internet tog över efter sina föregångares frånfällen. Plötsligt blev kunderna sina egna banktjänstemän som klickade sig fram bland betalningar, fondsparande och amorteringar. Dock överlevde ett av de större bankernas kontor sotdöden, något som Tord just idag var glad för. Sju mil enkel resa för att uträtta bankäranden kändes så där. Då skulle det var en riktigt bra rådgivning eller ett bra räntebesked för att det skulle löna sig. Tord hade ingen aning varför en av banktjänstemännen ringt upp och bett honom komma in på kontoret. Fast han hade sina aningar. Att äga hus med en exfru var sällan en lättsam historia.

"Hej Tord, välkommen. Ja, vi känner ju varandra. Det här är Eskil Ekström från huvudkontoret och här är kontorschefen Jonsson." Banktjänstemannen lät nervös när han talade och såg ut som han helst ville smita ut ur det lilla kontor som de samlats i.

Tord hälsade på kontorschefen, Eskil från huvudkontoret och låtsades att han kände banktjänstemannen. En känsla av obehag smög sig på medan han satte sig i stolen framför en datorskärm. Ett huslån kunde knappast dra ihop en så imponerande skara bankfolk. Något mer eller annat låg och lurade.

Banktjänstemannen slog sig ned bredvid Tord medan Eskil från huvudkontoret och kontorets chef stod bakom dem.

”Jo, du förstår…”, banktjänstemannen tvekade och tittade upp på sin överordnad innan han fortsatte. ”…enligt penningtvättslagen, 2017:630, måste banken förstå syftet med dina bankaffärer. Lagen är till för att motverka penningtvätt och finansiering av terrorism.”

”Terrorism?”, brast Tord ut. ”Hur då?”

”Ja, det är naturligtvis inte så att vi misstänker dig för terrorism eller så.”

”Det var ju skönt att höra. Den enda terrorverksamheter jag känner till är skolverket och skolinspektionen som terroriserar mig med dokumentation.” Tords försök till skämt föll pladask till golvet utan några som helst chanser till att bli upplockat. Publiken var krävande.

”Öh jaha, några sådana transfereringar känner vi inte till. Saken är den att det skett två större insättningar på dit konto de senaste två dagarna. Vi behöver räta ut några frågetecken här om du förstår.”

”Insättningar?”

”Som du förstår måste vi fråga varifrån pengarna kommer. Kundkännedom ni vet?”

I en kort stund som varade i någonstans mellan två sekunder och en evighet kunde inte Tord formulera en tanke som inte slutade med ett frågetecken. Två insättningar så pass stora att de fick en Eskil på huvudkontorets uppmärksamhet till den grad att han åkte till Tallköping. Det måste vara en betydande summor. Långt större än lönekuvertet från kommunen och återbäringen från tankkortet.

"Vi har naturligtvis försökt spårat var pengarna kommer ifrån.
Det första vi tittar på är om pengarna kommer från spel och dobbel
vilket inte är fallet här. Det enda vi kan hitta på den ena insättning-
en är en avsändare EVO. Något du Tord känner till?"

"EVO? Nä, det känner jag inte till..." Tord begrep ingenting. Allt
måste vara ett missförstånd. De hade antagligen blandat ihop hans
personnummer med en kassör åt något gangstersyndikat.

Tord skulle just lägga fram sin teori när han kom på vad det
handlade om.

"IVO, du menar ju förstås IVO. Doktorn, hon pratade ju om ett
skadestånd. Det hade jag helt glömt. Blev feldiagnostiserad. Det
kunde ta ett tag sa dom."

"IVO, nä EVO enligt våra papper ska det vara EVO." Banktjänst-
mannen bläddrade nervöst i sina papper. "Öh, jaha, nä, va, jo det
står visst IVO här. Men det framgår inte att det är en myndighet."

"Va! Har ni inte kollat uppgifterna ordentligt? Har jag offrat en
hel dag och åkt hit bara för att granska en utbetalning från IVO?"
Eskil från huvudkontoret lät irriterad och tittade anklagade på
banktjänstemannen.

"Nej... det framgår... inte att det är en myndighet, jag dubbel-
kollade och 200 000 är ju ansenlig summa pengar." Svettpärlor bör-
jade synas på den förtvivlade banktjänstemannen som insåg att han
gjort en tabbe modell större.

"Dubbelkollat? Har du ens enkelkollat? Du kunde ju ha kört
transaktionen via våra register. Och du, känner du till det här?", sa
Eskil från huvudkontoret ilsket och vände sig mot kontorschefen.

"Självfallet, eller nej. Det gjorde jag så klart inte", svarade kon-
torschefen snabbt och blev person nummer två i det trånga rummet
med svett i pannan.

"Men men men, det finns en till insättning som..." Banktjäns-
temannen torkade sig i pannan innan han fortsatte. "...leder till en
advokatbyrå i Luxemburg. Det rör sig om 600 000..."

"Det räcker för mig nu. Sådana här ärenden ska skötas av konto-
ren. Det handlar ju för böveln om summor under miljonen. Och
advokatbyrå? Det begriper ni väl att en advokatbyrå alltid är inkopp-
lad när det gäller skadeståndsärenden. Ni begär in dokumentation
som stärker utbetalningen sen är det klart. Amatörer! Tro fan det att
man lägger ned kontoren i ödemarken med den begåvningsreserv
som finns här." Eskil från huvudkontoret var rasande och gav sin
underordnade varsina ilskna blickar innan han lämnande rummet
för omedelbar transport till huvudstaden.

"Det, det här kommer inte att gå obemärkt förbi. Kriminella in-
sättningar, jo jag tackar jag", sa kontorschefen efter att han hämtat
sig från den ytterst pinsamma avhyvling han just fått.

"Fast vänta...du, det är mer än miljonen, det..."

"Det räcker så." Kontorschefen lyfte handen mot sin underord-
nade och vände sig mot Tord. "Jag ber verkligen om ursäkt för de
besvär ni fått. Ni har lidit tillräckligt. Vår bank ska inte gör det än
värre."

Kontorschefen blängde surt mot banktjänstemannen och läm-
nande rummet. Kvar blev Tord tillsammans med banktjänsteman-
nen som satt ihopsjunken på sin stol uppgiven och gråtfärdig.

"Vill ni ha något sorts intyg?", frågade Tord försiktigt.

"Egentligen...fast, du glöm det. Första insättningen på 197 000
kr tror jag på. Men försök inte lura mig att de 600 000 kommer från
IVO eller från någon annan myndighet. Inte en chans. Men jag
struntar i det. Dumskallarna till chefer kan gått ha det."

"Vad menar du? Var skulle pengarna i så fall komma ifrån?"

"Ja du, inte vet jag. Men inte betalar IVO ut 600 000 euro från en
advokatbyrå i Luxemburg."

Tord sjönk ned på samma bänk han suttit på några veckor tidigare.
Den gången friskförklarad, i chock och fullständigt nedbruten. Den
här gången var han fortfarande friskförklarad, i ett ännu större
chocktillstånd men inte nedbruten. Han kunde fortfarande inte
förstå vad han just varit med om på bankkontoret. I ett slag hade
han blivit miljonär. Inte genom hårt arbete eller en vinstlott, utan
genom… Ja, genom vad?

När värsta chocken lagt sig och tankeverksamheten kom tillbaka
kunde Tord börja lägga ihop ett och ett. IVO-pengarna kunde han
förstå, bara tacka, ta emot och vara glad. Pengarna från Luxemburg
kunde han också förstå, men där var det summan som förbryllade. I
Bo Holmlunds upplägg, eller om det nu var svågerns ingick det nå-
gon form av utbetalning bara Tord skrev under dokumentet där av
han avsade sig alla anspråk på projekt Rema 1000. Eftersom projek-
tet inte fanns eller någonsin funnits var Tords del i avtalet inte sär-
skilt svårt att hålla. Han hade aldrig räknat med att Bo Holmlund
skulle hålla sin del, vilket Tord egentligen struntade i. Han var bara
glad att komma undan skolinspektionen och brottsutredningen.
Han hade bara vaga minnesbilder från mötet i Erlas kontor där Bo
Holmlunds svåger förklarat den minst sagt snåriga planeringen som
senare skulle mynna i Holmlundmodellens införande. Tord hade
inte förstått särskilt mycket och kunde inte komma ihåg att någon
summa nämnts i sammanhanget. Oavsett vad som sagts var det
knappast tal om miljoner. Kände han Bo Holmlund rätt handlade
det snarare om en siffra som i bästa fall åtföljdes av fyra nollor och
inte sex. Något måste ha gått fel. Kanske hade någon halvkriminell

mäklare eller advokat blivit nervös när Holmlund gripits och börjat flytta runt pengar. Vad som än hade hänt var det inget som Tord någonsin skulle få klarhet i. Det var som det var.

Att först komma tillbaka från dödens väntrum, bli friskförklarad och sen bli miljonär kunde få vem som helst att tappa fattningen och börja tvivla på världsordningen. Det var inte helt osannolikt att en person i Tords situation blev religiös av den mer extrema sorten, fick nervsammanbrott eller gick med i någon sekt för svartmagiker. Men Tord var inte vem som helst. Två utlandsmissioner till ett krigsdrabbat Balkan och även ett decennium i kommunens tjänst som rektor härdade nerverna. Som vanligt när tillvaron blev grumlig och svår att förstå började Tord tänka över sin situation analytiskt och sansat, även om det denna gång var en synnerligen svår uppgift. Efter en stunds tänkande, hur länge visste han inte, det kunde vara allt från tio minuter till ett par timmar, hade han fattat två beslut. Han behövde ring två samtal. Ett till Erla Hvrir och ett till Åsa. Han började med Erla.

Döstädningen

Erla Hvrirs mormor hade varit en bestämd gumma till gränsen på tjurig och envis. Skulle man fråga någon av hennes grannar som en gång kände den bestämda gumman fick den nyfikne antagligen höra en beskrivning av henne som oresonabel, folkilsk och enstöring. Frågade man Erla Hvrir blev svaret att samma gumma var världens bästa mormor, visserligen egensinnig och bestämd men ändå världens bästa mormor. Den mormor Erla hade känt hade generationer av kunskap att förmedla till den vetgirige Erla som aldrig slutade att förvånas över sin mormors goda råd. Ett av de sista råden Erla fått var vikten av döstädningen. Man skulle städa efter sig, ordna upp räkenskaperna och lämna en skinande ren disk efter sig. Problemet med döstädning var att man aldrig kunde veta när det var dags att städa. När Erla frågat om saken hade mormor fnyst och sagt att den dagen alltid låg och lurade och att döstädning var något varje ansvarsfull kvinna över 35 borde ägna sig åt. Män lämnade sällan annat elände efter sig varför Erlas mormor inte såg något behov av döstädning för den manliga delan av mänskligheten. Erlas mormor döstädade i 52 år.

Erla hade för länge sedan i ålder passerat sin mormors rekommendationer för döstädning och var tvungen att erkänna att hon inte ägnat så mycket tanke åt saken, inte förrän nu. Med bara en dag kvar i kommunens tjänst kände hon behov av ordna upp räkenskaperna. Eftersom det inte var hennes fikavecka struntade hon i disken.

Utredningen från skolinspektionen var i stort avslutad. Några få kilo dokumentation återstod att skicka iväg, i övrigt var det med största sannolikhet över för denna gång. Men man kunde aldrig vara säker. Erla fyllde sin sons gamla hockeytrunk med pärm efter pärm. Allt som rörde eller hade det minsta samband med Rema 1000 åkte ned i den slitna bagen. Det var allt ifrån protokoll från möten där projektet diskuterats till skrivelser från PRO som hyllade projektet. Allt rensades bort med en isländsk mormors noggrannhet. Det var tveksamt om det gjorde någon nytta. Det mesta av pärmarna var och skulle med stor sannolikhet förbli olästa. Men även de mest osannolika kunde ju hända. För den nitiske utredaren fanns trots allt läsning som kunde koppla Tord till oegentligheterna kring det påhittade projektet. Dock skulle det krävas en arbetsinsats av bibliska dimensioner för att vaska fram den läsningen. Det var det som var det fina med kommunal administration. Den begravde effektiv allt, varför Erla riskfritt kunde bära hem en trunk med pärmar och elda upp i husets värmepanna. Ingen skulle sakna några kilo dokumentation. Att dessa pärmar tillslut skulle göra nytta var det ingen som trott. De skulle bli ett fint bidrag till familjen Hvrirs uppvärmningssystem.

Den digitala döstädningen bidrog inte till uppvärmningen av Erlas hus. Samtidigt var det en lätt manöver att radera oönskade filer. Klicka delete, bekräfta med ännu ett klick och sedan en kopp kaffe. Svårare än så var de inte. Filerna skulle säkert kunna återskapas men dokumentation som inte saknades återskapades sällan. Efter den stora it-kraschen för två år sedan då två av kommunens serverar bröt ihop och vägrade komma tillbaka trots it-enhetens svordomar och höga blodtryck bestämdes det att backup-system med pärmar skulle införas eftersom en av de två servarna just var en back-up. Så Erla kände sig tämligen säker på att hennes digitala döstädning skulle imponera på hennes mormor om hade varit i livet.

Erla Hvrir hade precis med nöd och näppe lyckats fått igen den överfulla hockytrunken när hennes telefon ringde. Hon lät det ringa några gånger under tiden hon funderade på om hon skulle svara eller inte. Eftersom det var arbetstelefonen gällde det jobb och eftersom hon slutade imorgon fanns inte mycket jobb att prata om. Någon efterträdare till henne fanns inte De övriga områdescheferna fick dela på hennes arbetsuppgifter. Kommunen vill inte tillsätta tjänsten förrän omorganisationen av Barn och utbildningsförvaltningen var klar, vilket såg ut kunna dra ut på tiden rejält på grund av Holmlundsskandalen. Trots att hon kom fram till att hon inte skulle svara lyfte hon telefonen och klickade fram samtalet.
    "Hej Erla, det är jag Tord. Stör jag?"
    "Ingen fara. Jag blev just färdig med döstädningen."
    "Död…Vad? Jaha, hur som helst har jag fattat ett beslut. Jag säger upp mig."
    "Låter sunt."
    "Jo, det är nog sunt. Jag skickar in papperna."
    "Gör så. Några planer?"
    "Nej, faktiskt inte. Kanske försöka hitta ett lugnt ställe, kanske skriva mina memoarer, vem vet kanske skriva en hel bok."
    "Låter som bra planer. Jag känner till ett riktigt lugnt ställe för dina memoarer. Men du måste ta med eget skrivpapper."

Häktet

"Du är sen"

"Jag har fler klienter. Dessutom har du knappast bråttom till något."

"Typiskt torr advokathumor. Jag betalar dig stora summor pengar och ändå sitter jag här. Vad är det som händer?"

"Det är komplicerat."

"Det är ju därför jag betalar dig. Du ska ju lösa sådant här."

"Lyssna noga nu Bo. Du sitter i skiten och det djupt. Det finns inga pengar eller advokater i världen som kan rädda dig."

"Du är ju för fan den bäst betalda advokaten i landet. Du får väl anstränga dig. Se till att få ut mig."

"Lunga ner dig Bo. Det här är ingen korrupt bananrepublik där du kan sticka åt en domare och ett par politiker pengar och gå fri. Det funkar inte så. Du kommer göra tid."

"Va fan, göra tid? Vadå göra tid?"

"Jag har svårt att se annat än att det blir en fängelsedom. Allt mitt jobb handlar nu om att mildra, försöka korta ner straffet. Men fängelse blir det."

"Mildra! Förra gången sa du ju att det på sin höjd skulle bli böter, möjligen villkorlig. För helvete, nu får du fixa det här."

"Förra gången snackade du en massa skit Holmlund. Du ljög, du dolde sanningen, du snackade smörja helt enkelt. Det fattar du väl att du måste säga sanning om jag ska hjälp dig. De hittar ju nya saker på dig snart varje dag. Konton tvärs över hela världen. Flertal jävsituationer, mutbrott, skattebrott, insiderbrott och sen härvan kring Holmlundsmodellen. Du har ju för fan sålt luftslott till dig själv. Ett kriminellt luftslott dessutom. Och mutbrott Holmlund! Flera år bakåt i tiden. Bjudresor till Rivieran. Det måste du väl ha fattat att det skulle komma fram. Nu handlar det om få ner antalet år."

"År?"

"Det är kört Holmlund. "

Efter mötet med advokaten leddes Bo Holmlund tillbaka till sin elva kvadratmeter stora häktescell. Elva kvadratmeter, större var inte hans liv just nu. En brits, ett vägfast skrivbord, en stol och ett litet fönster försett med ett kraftigt galler. Elva kvadratmeter var en väldigt liten yta för någon som hade planer på att inta riksdagen, kränga pedagogik till kommuner och uppgradera livet till deluxevarianten. Elva kvadratmeter var med andra ord inget för Bo Holmlund. Men det tyckte tydligen polis, åklagare och resten av världen. Efter att två civilpoliser mycket diskret bett honom att följa med när han precis parkerat bilen vid kommunhuset en morgon exploderade historien om Bo Holmlund i media. Helt plötsligt hade han fått hela värden emot sig. Adjektiven som media använde i sammanhanget var föga smickrande för Holmlund. Ord som maktgalen, girigbuk, hänsynslös, fifflare och skojare var bara några av alla de ord som nämndes. Till en början gick han under epitetet femtiofemåringen, sedan lokalpolitikern och numer Ordförande Bo Holmlund. Varför media lagt till Ordförande kunde inte Bo begripa. Ordförandeposten i Barn och utbildningsnämnden blev han av med samma dag som han greps och uteslutningen från partiet kom dagen efter.

Bo Holmlund var optimism och hade till en början lagt stor tilltro till sin egen intelligens och plånbok. Visserligen hade han rört sig i gränslandet mellan vad som kunde anses lagligt och vad som kunde beskrivas som kriminalitet. Holmlund hade varit så säker på sig själv och sina pengar att han fortsatt kunde se dörren till riksdagen öppen på vid gavel samtidigt som Holmlundsmodellen gav sköna klirr i kassan. Den situation Holmlund befann sig var inget som inte en dyr advokat och ett knivskarpt intellekt kunde ordna upp.

Efter omhäktningen och vidare utredning visade det sig att han grovt uppskattat vad en förmögenhet kunde göra i Sverige som helt uppenbarligen var ett tjuvsamhälle som hellre låste in ansedda medborgare än kriminella förortsungar som brände bilar stup i kvarten. Och ett sådant kommunistland hade han betalt in skatt till. Vad fick man för det? Elva kvadratmeter? Däremot ansåg han inte att det fanns anledning att misstro sitt skarpsinne.

Elva kvadratmeter är ett ytmått som får den mest sorglöse människan att börja grubbla förr eller senare. Bo Holmlund var inget undantag. Det var inte svårt att bli bitter, förbannad och hämndlysten. Erla Hvrir skulle han kunde han strypa omgående även om han tvivlade starkt på att hon skulle ta någon nämnvärd skada. Växer man upp vid en svavelkälla var det inte mycket som bet. Sådana dog aldrig. Det var Erla som hade lurat in honom i fällan. Både Erla och den där sluge rektorn hade naturligtvis vetat om att skolinspektionen och polisen lurat runt hörnet. Antagligen låg de båda i maskopi med staten och den så kallade rättvisan. Hela projekt Rema 1000 var upplagt för att locka honom rätt in i fällan. Så typiskt i det här sosselandet. Så fort någon lyckades med något, tjänade pengar eller sträckte sig ovanför pöbeln skulle denne tas ner. Svenska avundsjukan och Jantelagen samverkade och krossade sådana som Bo Holmlund. Sådana som han som ville något. Istället för att hyllas som en rättskaffens medborgare som försökt åstadkommit något satt han instängd på elva kvadratmeter granne med kriminella gangster.

Med hopp om att slippa sina elva kvadratmeter inom en snar framtid är elva kvadratmeter överkomligt, deprimerande men överkomligt. Försvinner hoppet om en snar frigivning krymper de elva kvadratmetrarna till en klaustrofobisk liten yta som kväver alla försök till att tänka klart eller positivt. Efter mötet med advokaten låg Bo Holmlund på sin brits och kände paniken växa fram. Det här höll på att gå åt skogen.

Nödlandningen

Vraket från DC-10:an låg kvar på den svarta stranden som en relik från en annan tid. Vraket, stranden och ljuset från den nedgående solen gjorde platsen surrealistisk och gav besökaren en känsla av att befinna sig i en drömvärld. Det fanns inget på den kolsvarta stranden som minde från verkligheten. Inte ens vågorna tycktes vilja inordna sig i världsordningen. De röt och slog in mot den svarta stranden som vågor så oftast gjorde men samtidigt som de lockade och drog i besökaren fanns där något hotfullt som gjordes bäst i att inte störas. Kom inte för nära, låt vågorna vara så låter havet dig vara. Någon skylt behövdes inte. Vågorna var tydliga.

Den amerikanska besättningen i DC-10 hade osannolikt överlevt. Ett flygplanshaveri mitt över Atlanten i full storm är inget som ger höga överlevnadschanser. Piloten och hans besättning var dödsdömda. Men så dök Island upp, inte med några större löften om överlevnad men med en liten strimma av hopp. Genom skicklighet, tur eller ett ingrepp av högre makter lyckades piloten nödlanda på en av Islands stränder. Vilka tankar som genomfor flygplansbesättningens hjärnor när de i all hast lämnade de kraschade planet är höljd i dunkel men förvåning och förundran borde ha varit övervägande känslor hos besättningen. Vad tänkte de när de mötte den surrealistiska värld Sólheimasandurs stränder utgjorde?

Tord betraktade det snart 50 år gamla vraket från nödlandningen. Allt som återstod var ett tomt aluminiumskal som i solens sken stod i skarp konstrast mot den svarta sanden. Trots att hans erfarenheter av flygplan var starkt begränsad till några charterresor och ett par resor i ett bullrigt Herkules ned till Balkan kunde han känna igen sig i pilotens situation. Stormen, dödsdomen och den förväntade kraschen. Och att sen överleva kraschen och hamna i en ny märklig och okänd tillvaro. Om Tord och DC-10:ans pilot någon gång träffades hade de antagligen en hel del att prata om. Tord hade visserligen aldrig flugit ett flygplan eller kraschat på en isländsk strand men likheterna var ändå slående. Från att vara ensam och döende med skolinspektionen och kommunens ekonomer i hasorna till att bli friskförklarad, ekonomiskt oberoende och sittande på en häst på en svart strand på en ö mitt ute i Atlanten, och dessutom tillsammans med en person som han mer än gärna kunde tänka sig att dela tillvaron med i resten av sitt liv. Mer surrealistiskt än så kunde det nog inte bli. Det var i all fall det mest overkliga som Tord varit med om och han hade trots allt varit rektor i den kommunala grundskolan i 15 år och gjort två utlandstjänstgöringar på Balkan.

Trots att Tord var en man av ordning och planering som helst hade kontroll över händelseutvecklingen, åtminstone den händelseutveckling som var i direkt anknytning till honom själv, trivdes han i den oplanerade och drömlika tillvaro han befann sig i. Han hade utan att fundera bokat två enkelbiljetter till Island samma dag Erla Hvrir kommit med inbjudan. Returbiljetterna skulle han köpa när det föll honom och Åsa in. Sådana infall kunde en man som just sagt upp sig och hade ett mindre berg av pengar på kontot följa. Avvänjningen från en hårt arbetade rektor i kommunal tjänst hade gått förvånansvärt lätt. Första dagen hade känts som en vanlig lördag, andra dagen som en söndag och tredje dagen hade Erla ringt.

Samvetskvalen över att lämna skolan skavde och var svåra att komma över men å andra sidan, han hade gjort vad han kunnat. Skolsystemet hade varit Tord övermäktigt. Han hade kämpat väl men fick erkänna sig besegrad. Förhoppningsvis hade han gjort skillnad för någon, om inte annat under sista året. Tord hade trots allt gett personal och elever ett speciellt och lärorikt läsår, en respit från skolsystemet. Det var han övertygad om.

Eleverna och personalen skulle Tord sakna men det fanns andra saker han inte skulle sörja. Möten, dokumentation och den ständigt vibrerande telefonen som aldrig gav sig. På sin första lediga dag hade Tord tänk slänga telefonen i älven efter att han stampat sönder den. Men som den exemplariska kommunmedborgare han var hade han hejdat sig i sista stund. Kommunens miljöpolicy satt djupt rotat i rektorssjälen. Innan han hunnit lämna in telefonen på en miljöstation för säkert deponi började den att uppföra sig mer resonabelt utan att höja ägarens blodtryck. Nu låg mobiltelefonen där i Tords innerficka och levde ett tämligen blygsamt liv. Med undantag för Åsa, Erla och en envis fransk telefonförsäljare var det sällan telefonen fick anledning att vibrera. Den förstnämnda gav visserligen puls men av det mer angenäma slaget. Den sistnämnda var lätt klicka bort.

Vinden tog i och det isländska vädret såg ut att vara på väg att byta årstid. I horisonten tornade en blöt och kylig höst upp sig eller möjligtvis en snörik vinter med löfte om kraftiga vindbyar. Det var svårt att säga. Eftersom vädret på ön var lynnigt, oförutsägbart och nästintill obstinat kunde det bjuda på alla fyra årstider på en och samma dag om så behagades. De hade redan fått uppleva försommar och en början till höst som hastigt slog om till vår. Vinter kunde de gärna spara till senare varför de vände sina hästar mot väster där solen ännu hade några minuter kvar innan nedgång. Bakom dem i fjärran fortsatte det isländska vädret att ladda om för att bjuda på en hagelskur eller kanske rent av en mindre snöstorm. Det såg inte ut som att de mörka molnen riktigt hade bestämt sig än. Bäst var ändå att rida tillbaka, mot stugan, mot Erlas gryta av rökt lammkött och mot solnedgången.